MOSKAU ◆ BERLIN

MOSKAU ◆ BERLIN

STEREOGRAMME

HERAUSGEGEBEN
VON TILMAN SPENGLER

BERLIN VERLAG

Aus dem Russischen von Gabriele Leupold,
Franziska Seppeler, Rosemarie Tietze und Dirk Uffelmann
Umschlaggestaltung:
Nina Rothfos und Patrick Gabler, Hamburg
Gesetzt aus der Stempel Garamond und Frutiger
durch psb, Berlin
Druck & Bindung: GGP Media, Pößneck
Printed in Germany 2001
ISBN 3-8270-0413-6

Das Zustandekommen dieses Buches gründet sich auf das von Christiane Bauermeister (für das LCB) entwickelte und durchgeführte gleichnamige Projekt. Thorsten Dönges stand ihr zur Seite. Das Projekt folgt einer Anregung von Katharina Narbutovič (Berlin) und Alexander Lawrin (Moskau). Das Projekt entstand in Kooperation mit der Stiftung »Brandenburger Tor« der Bankgesellschaft Berlin im Max Liebermann Haus und wurde gefördert von der Stiftung Deutsche Klassenlotterie Berlin und dem Hotel Baltschug Kempinski Moskau.

INHALT

TILMAN SPENGLER
VORWORT

Im großen Weltenplan liegen Moskau und Berlin gar nicht so weit auseinander – und so mancher ideologisch Fehlgeleitete hat sich schon zu richtiggehenden Verschmelzungsvisionen hinreißen lassen. Will man sich dieser einschlägig besetzten Orte allerdings mit größerer Umsicht und Präzision annehmen, muß man sie zunächst auseinanderrücken, um sie dann gleichzeitig zu fokussieren. Was liegt da näher, als sich in Stereoskopie zu versuchen – Kenner dieser Technik versichern, daß der Erfolg des Verfahrens tatsächlich mit dem Abstand zwischen den Augen zu tun haben soll. Dieser immer weiter ausgedehnte Abstand erschließt Tiefe und befördert eine das Auge immer geschickter täuschende Repräsentanz des wahrgenommenen Wirklichen. Wie Hermann von Helmholtz 1850 in seinem »Handbuch der physiologischen Optik« notierte: »Die Naturwahrheit von Stereogrammen und die Lebhaftigkeit, mit der sie die Körperformen darstellen, ist nun in der Tat so groß, daß manche Objekte, die man aus stereoskopischen Bildern kennt, wenn man später in Wirklichkeit vor sie hintritt, nicht mehr den Eindruck eines unbekannten oder nur halbbekannten Gegenstandes machen.« Es galt also, Berlin und Moskau zugleich in den Blick zu nehmen und mittels dieses weitausgedehnten Gesichtsfeldes Stereogramme festzuhalten, Momentaufnahmen von ungewöhnlicher Tiefenschärfe und hoher Dichte. Wir machten uns auf.

In alten Wörterbüchern bezeichnet der deutsche Begriff »Reise« auch noch das Maß von etwas Einmaligem. Wieviel Krüge Wasser man mit *einem* Mal aus dem Brunnen ziehen darf, etwa, war eine »Reise«, oder wieviel Schnee an einem *bestimmten* Tag bis zur Dämmerung fällt, oder wieviel Leinwand *vor Mitternacht* gewirkt werden kann. So vereint diese alte Auslegung Ungereimtes zwischen dem Nichtwiederholbaren und dem Maß.

Unsere Reisen nach Moskau und nach Berlin hätten außer dieser etymologischen Poetisierung noch anderer, klärender Verfahren bedurft: dem Aufhellen von historischen Schatten zum Beispiel. Denn kein Künstler, der hernach über den Ortswechsel schreiben, malen, filmen oder komponieren soll, kann sich von der Erinnerung frei machen, daß vor ihm bereits andere begabte Kollegen die scheinbare oder reale Distanz zwischen den beiden Metropolen überwunden, diese aufgelöst, in ein neues Licht gerückt, vielleicht, Gott behüte, völlig unbeachtet gelassen haben.

Zwei Jahrhunderte vor unseren Besuchen hatten umherreisende Künstler es leichter. Sprachen sie Deutsch, zogen sie nach Italien und ließen dort ihren Sinnen freien Lauf. Sprachen sie Russisch, bewegten sie sich in Richtung Krim, manchmal auch nach Badenweiler. Gegenbesuche waren die Ausnahme. Keinen Italiener, der einigermaßen bei Trost war, hat es je gedrängt, Gefühle des Nordens auszukosten. Auch in Badenweiler und auf der Krim blieb man lieber unter seinesgleichen. Vielleicht war Iwan Gontscharow der vorbildliche Reisende – oft mit dem Schiff unterwegs, einmal bis nach Shanghai – doch meistens an Bord, in der Hängematte geblieben.

Dostojewski verbrachte nur eine Nacht in Berlin.

Walter Benjamin, um einen der Protagonisten, einen unserer Reiseführer zu nennen, suchte in Moskau ein formendes, ein strafendes Jerusalem und fand es in der Gestalt von Lenin und in der Gestalt der vom deutschen Philosophen angebeteten Asja Lacis. Vladimir Nabokov suchte in Berlin das Gestaltlose, das Nicht-Prägende und fand es im Geruch von Badenden an der Krummen Lanke. Zwischen beiden tummelt sich Viktor Schklowski und erzählt uns von *byt*, von der dumpfen Starre, die uns trennt.

Vergessen wollen wir auch nicht den Hund »Schnauz«, der Wladimir Majakowski gehörte und der ihn und seine Gefährtin Lilja Brik durch die deutsche Reichshauptstadt führte.

Oder den marxistischen Philosophen Karl August Wittfogel, der zur selben Zeit in Moskau Stalin durch die Weltgeschichte führen wollte, dabei allerdings brüsk abgewiesen wurde.

Allen Entwürfen jener Zeit, sehen wir einmal von dem Aufklärer »Schnauz« ab, von dem wir es nur vermuten können, war ein Hang zum Megalomanen eigen. Wie könnte es auch anders gewesen sein in jenen Jahren, als es um Leben und Tod ging. »Buchstäblich«, wie Walter Benjamin dazu vermerkte.

2000 und 2001 entwerfen wir – in Berlin und in Moskau, in Moskau und in Berlin – unsere Eindrücke in kleineren Formaten. »Jerusalem«, aber immerhin auch noch »Tito« heißen in Moskau jetzt nur Diskos, in denen es lärmt, in denen manchmal sogar Gedichte vorgetragen werden. Einen Hund hat keiner von uns mitgebracht, die Möglichkeit einer nachhaltigen Einflußnahme auf die Lenker der Staatsgeschäfte wird allseits als gering eingestuft.

Unser Freund und großer Literaturkenner Michail Ryklin hat mit pinkertonscher Phantasie herausgefunden, daß Benjamin und Nabokov einander in Berlin in einem Café hätten begegnen können, das sie beide besuchten. Man beachte den Konditionalsatz im Konjunktiv II. Sie hätten sich durchaus auch über zeitbewegende Themen, Inhalte oder Formen verständigen können: Nabokov, der nie Deutsch lernen *wollte*, und Benjamin, der nie Russisch lernen *konnte*, beherrschten immerhin, so erzählt Ryklin, der es wissen muß, ein intellektuell mehr als nur verkehrsfähiges Französisch. Man kann sich den Eingangsdialog vorstellen:

»Ein *Croissant* als Zeichen des Kreuzes? Sie wissen, lieber Fürst Nabokov, daß dieses Gebäck zwar in den Zeiten der Kreuzfahrer erfunden wurde, die es naturgemäß zur Abwehr gegen den Halbmond verzehrten, dennoch ...«

»Ein *Croissant* als Zeichen der Sichel? *Faucille, comme dans: Marteau et faucille!* Herr Benjamin, diese Form läßt meine Familie zwar erst seit der Französischen Revolution backen, doch auf den Kreuzzügen hat ein Onkel mütterlicherseits bereits mit Leimruten gearbeitet, ein Rezept, welches später ...«

»›Halbmond‹, sage ich, lieber Fürst. Blätterteig. Fast ohne Butter. Marzipangefüllt, die Mandeln geschält nur von den magersten Fingern südspanischer Bauernkasten. Großäugige Mädchen mit kleinen Händen. Knöchel für das Schattenspiel hinter der großen Leinwand.«

»Sichel! *Faucille*!, Benjamin, Sie werden an mich denken.«

Vermutlich sind Benjamin und Nabokov einander tatsächlich im Café begegnet und hielten von Tisch zu Tisch einen klug scheuen Abstand. Mehr als fünfzig Jahre später haben wir das in Moskau und in Berlin ähnlich gehalten, jedenfalls mit den vermutlich Gleichgesinnten. Vielleicht wollten wir uns auch bei der Aufnahme der hermeneutischen Witterung nicht in den Weg geraten.

Hanns Zischler, der auch Schauspieler ist, kann einen jovialen Nachkriegsdeutschen, der Russisch beherrscht, so lautgewandt nachahmen, daß der Moskauer Taxifahrer an seiner eigenen Sprachkompetenz zu zweifeln beginnt.

»Märßädess?«

»Dschigoli!«

»Drei Schwestern?«

»Lada! Lada!«

»Bö-em-wäh?«

Schreckliche, trostspendende Vorstellung, daß der Dialog zwischen Benjamin und Nabokov ähnlich verlaufen wäre, wenn damals nicht das Französische vermittelnd eingegriffen hätte.

Vielleicht hat Hanns aus Furcht vor seiner Gabe der erfinderischen Mimikry alle klugen Überlegungen über die Nähe und die Distanz von Kulturen geschickt mit einem unauffällig schimmernden Gewebe von künstlerischen Artefaktfedern umhüllt. Für Katja Lange-Müller schafft diese gesicherte Nähe der Zoobesuch. Das hat Tradition, der Name von Lilja Brik ist bereits vermerkt worden: Tiere, die sich in Menschen verwandeln, Menschen, die einen ähnlichen Prozeß in Richtung Tier anstreben, von Ovid bis Kafka sind Schriftsteller auch immer Virtuosen in der Beschreibung der angeblich nur scheinbaren Mutation gewesen. Wer sich dabei in wen verwandelt, darüber hat schon immer der Zufall entschieden.

»Echt«, sagt Katja, die uns am Abend zu einem luxuriösen Nachtmahl auf ihr Moskauer Hotelzimmer eingeladen hat. »Und trotzdem wird man deswegen nicht direkt zum Vegetarier.«

Katja ist unsere Russin, die offen verschlungenen Bahnen ihres Herzbluts haben zwei Ausgänge, einen in den Mund, also auf die Zunge, und einen anderen, in den sie ihre Feder tunkt, jedenfalls den Kiel, auf den es schließlich ankommt.

Dieses Sprachbild stammt vermutlich von unserem Künstler, von Haralampi Oroschakoff, den Elke Schmitter und ich bewundernd nur den »Großfürsten« nennen. Das hat mit der Geschichte seines Blutes zu tun, seines Geschmacks, seiner Chromosomen, was weiß ich. Auch mit dem Stammbaum eines Geschlechts, dem in der Geschichte nicht immer der Goldspiegel vorgehalten wurde. Noch so eine Metapher. Aber es stimmt: die Wörter »Blut« oder »Gold« kann niemand von uns so unbefangen einsetzen wie Haralampi. Oder in scharfsinnige geschichtsspekulativere Zusammenhänge stellen. Außerdem versteht es Haralampi, den Begriff »Große Pforte« so zu erwähnen, als habe dort einst eine Amme sein Spielzeug verloren. Kleinere Geister könnte das demütig stimmen.

»Ich habe über Schaschlik auf dem Spieß geschrieben«, ruft Andrej Bitow in unsere Runde. »Will sagen, über meine Straße in Moskau, und, obwohl das so selbstverständlich wie rätselhaft ist, über die russische Geschichte, den Staatsterror und alle Mutationen meiner Karriere.«

Das verdient einen kleinen Umtrunk. »Und über Zwiebeln«, fügt Bitow hinzu, »über Zwiebeln habe ich auch geschrieben. Wie man Haut um Haut entfernt, um der Wahrheit nahezukommen. Zwiebeln und Schaschlik, wer will das schon trennen?« Auch darauf trinken wir. Bitow hat uns einen Vorgeschmack dieser Ansicht schon am Mittag, im Büro des Russischen PEN, vorgetragen, in einem ehrwürdigen Gebäude, das dennoch ein wenig nach Sperrholz und Resopal riecht. Natürlich haben wir sein klassisches Gedicht über die Zwiebel erkannt. Es ist ein hervorragendes Poem, mal krönt das Gemüse Kirchtürme, mal blickt es von dort nach Osten, mal nach Westen. Moskau blickt auch oft nach dem Westen und nach dem Osten. Berlin nicht weniger. Darauf muß man jetzt unbedingt ein Glas trinken. Es war den ganzen Tag lang dunkel genug. Dunkel und kalt. Moskau im Dezember. Toll, heroisch – und rätselhaft, wie die Einheimischen das ertragen. »Auf das Unrecht, da folgt das Übel, wie die Trän auf den herben Zwiebel«, deklamiert Lew Rubinstein, der mehr von »Wallenstein« versteht als irgend jemand sonst in dieser Bar.

Trinken ist in Moskau naturgemäß genausowenig ein Problem wie in Berlin. Jedenfalls wenn man sich an die Parameter der Verfügbarkeit und der Akzeptanz hält.

Die Berliner Schriftsteller konnten zum Trinken auch in die Bar ihres angenehmen luxuriösen Moskauer Hotels schreiten. Elke Schmitter lernt hier einen Mann mit so vielfältigen wie undurchsichtigen Geschäftsinteressen kennen und beschließt, nicht mit diesem Mann zu tanzen, weil oder obwohl dessen Augen wohlgefällig auf ihr ruhen. Diesen Mann stören die Preise der Bar übrigens nicht im geringsten.

Er ist für eine Geschichte gut, aber Tanzen wäre vielleicht übertrieben.

Ich hätte jetzt gerne gesagt, daß in diesem Moment die kluge Tatjana Schtscherbina auftauchte, um uns darüber aufzuklären, welche historischen Phasen Moskau bereits durchlaufen hat, bevor weniger kluge Künstler aus Berlin auftauchten, um dieser Stadt das Gewand ihrer Phantasie überzustreifen.

Aber Tatjana hat an diesem Abend gewichtigere Sorgen. Sie denkt über Andenken nach, über Andenken, die ein Berliner aus Moskau, ein Moskauer aus Berlin mitnehmen könnte. Vielleicht sollten es doch Strickjacken sein, überlegt sie. Die Strickjacke als zweite Haut. Ein schlichtes Gewand, ohne Samtlitzen und Goldtressen. Hat nicht auch Kohl …? Für so ein Museum?

Währenddessen prostet dieser Geschäftsmann, der vielleicht aus Armenien stammt, vielleicht auch aus Georgien, wieder Elke Schmitter zu.

»Das ehrbare Moskau«, ruft Jewgeni Popow in dem ihm eigenen Grundton freundlicher Ironie dazwischen. Popow ist einer der wenigen Menschen, für den Sprechen und Durchschauen zu einem identischen Akt der poetischen Erkenntnis geworden sind und dem diese Verbindung auch noch glückt.

Den Geschäftsmann, dessen strahlende Augen Elke Schmitter fixieren, mustert er mit kennerhaftem Mißtrauen. Über Moskau und das Verbrechen muß ihm niemand etwas erzählen.

Und wo, bitte schön, war Papenfuß?

Papenfuß, natürlich haben wir ihn nicht vergessen. Obwohl der Geschäftsmann gerade dem Sänger das Mikrophon abgenommen hat und etwas über einen Fluß schmettert, der vielleicht Wolga heißt. Bert Papenfuß wird zu diesem Zeitpunkt bereits in einem rockerschütterten Keller vermutet, von welchem das Gerücht kursiert, dort werde »Smaragdlyrik« von »höchstem Hitzegrad« vorgetragen. Und Dichtkunst aus dem deutschen Barock.

Um Papenfuß machen wir uns daher keine Sorgen.

Papenfuß ist bereits ein Teil jenes Moskaus, das Berlin nicht mehr nötig hat.

»Asien«, ruft Bitow in den Applaus nach dem Gesang, »vergessen wir nie das Asien in uns.« Dem stimmt sogar Lew Rubinstein zu, den wirklich niemand verdächtigen kann, Sehnsucht nach Steppen, Schafherden oder dem Tod der Tausend Messer zu haben. Erst am Morgen hat er uns mit der Frage beschäftigt: »Wie komm ich ins Zentrum?«

Und wie erzähle ich, fragt die unbetanzte Elke Schmitter, meine Geschichte von jenem Geschäftsmann, der vormittags Leute einbetoniert, nachmittags einen Fußballverein zum Springen bringt, abends hofhält, in einer Bar, die bisweilen von Berliner Schriftstellern frequentiert wird.

Dabei ist die Geschichte längst geschrieben. Majakowski hat den Daumen gehoben, Frau Brik hat gelächelt, Walter Benjamin hat mit dem Spazierstock gewinkt.

Ich bin am nächsten Morgen in das Moskauer Wassermuseum gefahren. Das Wassermuseum ist, den Zimmerpflanzen und der Armut der Exponate nach zu urteilen, eine Gründung aus den frühen 50er Jahren. Schulklassen machen einen gelangweilten Bogen um diese Stätte.

Was ich gesehen habe, möchte ich hier nicht beschreiben.

Vielleicht waren die anderen schon vor mir hier.

MOSKAU

Hanns Zischler

MOSKAU – NACH DEM AUGENSCHEIN

Ein wenig sprachlos, wie *nemzy* eben, sind wir durch das winterliche Moskau gelaufen. Wem die Sprache fehlt und wer der Dolmetscher und der Halmasprünge durch ein halbgares Englisch überdrüssig ist, hält sich an die Bilder, die sichtbaren und die unsichtbaren.

* * *

> Ein Land, in dem die Hauptstadt an den Rand des Staates verlagert wurde, ähnelt einem Tier, bei dem das Herz am Ende des kleinen Fingers liegt oder der Magen im großen Zeh.
> *Diderot im Gespräch mit Katharina II.*, als er ihr riet, von St. Petersburg abzurücken und Moskau zu modernisieren.

1986. Im Süden der ringförmigen Stadt mit ihren schwer zu überquerenden, viel zu breiten Boulevards stießen wir, unweit der Metro-Station Orechowo, auf die riesige Bauruine von Katharinas pseudomaurischem Schloß: *Ruiny carskogo dvorca*, sagt der deutschsprachige Stadtplan. Ein geziegeltes Ungetüm, von Katharina enthusiastisch beauftragt und dann, noch ehe es vollendet war, wie achtlos beiseite geschoben. Ahnte die »russische Minerva«, nachdem Diderot sie zum Bau eines eigenen Schlosses – anstelle des alten Kreml – in Moskau gedrängt und Bashenow eine ganz neue Formensprache entwickelt hatte, wie frivol diese manieristische Architektur im Hinblick auf die vorhandene »byzantinische« Substanz war? Obschon oder gerade weil diese »fortschrittlichste« Zarin zu Beginn ihrer Regentschaft ein neues »aufgeklärtes« byzantinisches Großreich errichten wollte, mit einem gänzlich um- und neugestalteten Moskau als Metropole. Allerdings, so gab sie gegenüber Diderot zu bedenken, könne es noch Jahrhunderte dauern, bis Moskau die Hauptstadt eines neuen Rußlands werde.

Vergessen oder von ihr nie gewußt, und einem Diderot ganz unbegreiflich – die Prophezeiung des Mönches Filofej Anfang des 16. Jahrhunderts, daß und warum Moskau das dritte Rom werden müsse: das erste sei durch seine eigene Verderbtheit, das zweite [Byzanz] durch die Unreinen – die Muselmanen – besiegt worden. Und: »Ein viertes Rom wird es nicht geben.«

* * *

Mit dem riesigen Taurischen Palast für den Fürsten (und Favoriten) Potjomkin in St. Petersburg erteilt sie sich selbst Satisfaktion für die ihr von den bornierten, glaubensnärrischen Moskowitern zugefügte Schmach. Die Abwendung könnte nicht radikaler sein: sie hält unter neuen Vorzeichen an der »westlichen« Option (St. Petersburg) fest, und sie säkularisiert, ja pervertiert den theokratischen Titel des Selbstherrschers auf eigene Weise. Nachdem sie ihren Gatten, den lutheranisch-preußischen dritten Peter, hat umbringen lassen (oder zumindest die Pläne zu seiner Beseitigung nicht vereitelt hat), proklamiert sie sich zur Selbstherrscherin – ein Titel, der ihr rechtens nur vom Patriarchen hätte verliehen werden können. In einer kühnen Konjektur hat der englische Prosa-Historiograph Walter Savage Landor Mitte des 19. Jahrhunderts diesen Augenblick in einem Dialog Katharinas mit ihrer Vertrauten, der Fürstin Daschkowa, festgehalten, wobei er als entscheidendes *Darstellungs- und Durchsetzungsmittel* ihrer Macht die Lüge, in heutigen Worten: die Desinformation, nennt. Das Beispiel ist mustergültig.

Katharina: *Ich werde Europa meine Beweggründe mitteilen, falls es jemals ausfindig machen sollte, daß ich die Verschwörung begünstigt habe. Ich werde es zu überzeugen wissen, daß seine Ruhe die Tat forderte, daß mein Leben in Gefahr war, daß ich die Verschwörer auf den Knien um Schonung gebeten habe, daß ich in Ohnmacht fiel und daß die entsetzliche Tat begangen wurde, während ich bewußtlos lag. Europa weiß schon, daß Peter beständig neue militärische Übungen ersann und neue Uniformen machen ließ, meine Minister aber werden nach der ersten Audienz für meine weibliche Friedensliebe Zeugnis ablegen können.*

Daschkowa: *Europa wird sich eher unterwerfen als hintergehen lassen.*

Katharina: *Wir wollen beides tun, so Gott will.*

Daschkowa: *Die Herrscherwürde wird durch diese offene Gewalttat gefährdet erscheinen.*

Katharina: *Die Herrscherwürde kann durch ihre Träger nie gefährdet werden. Ein Herrscher kann den Thron ohne Schaden mit Blut besudeln; aber der Thron wankt, wenn ein Untertan eine Feder aus seinem Polster zieht.*

* * *

Mit ihren gigantischen Plänen für Moskau hat sie die Blaupause für Stalin geliefert. Der Priesterseminarist wird die Stadt Moskau – mit dem Kreml als unantastbarem Sanktuarium – in die Knie zwingen und ihr mit der Schraubzwinge des zweiten Fünfjahrplans die eisernen Ringe um den Leib legen.

* * *

1986. Im Süden der ringförmigen Stadt, fast noch im Schatten der Schloßruine – von der man sagte, sie solle nun, nach einem gut zweihundertjährigen Winterschlaf, doch noch zu Ende gebaut werden (auch 2001 steht die »Vollendung der Ruine« noch aus) –, stießen wir auf einen Markt. Ein mild schwüler Septembertag, das Licht giftig stechend. Zwei »Klassen« von Obst und Gemüse wurden angeboten; die massenhaft auf den Boden geschütteten oder auf Ladepritschen gestapelten, mit Krume- und Laubresten verklebten Rüben, Kohlstrünke, rote Bete, Äpfel und Kartoffeln; daneben, in einem eigenen Rayon, die gleichen säuberlich arrangierten Früchte, wie für den Kirchgang herausgeputzt. Die Preisunterschiede exorbitant. Weit und breit keine Kundschaft.

* * *

In Saratow, im Gouvernement ***, werde, so berichtet der Reisende, auf der Speisekarte eines großen, gut besuchten Restaurants eine Salatplatte »Ramon Mercader« angeboten. Auf die vom Gastronomischen wegführende Frage des französischen Gastes, ob er wisse, wer Ramon Mercader gewesen sei, schweigt der Kellner und schüttelt den Kopf.

Als der Gast nachhakt, ob er schon einmal den Namen Trotzki gehört habe, sagt der Kellner: »Da muß ich passen.« Dergleichen wäre in Moskau undenkbar.

* * *

Die weitaus interessanteste, reichhaltigste Ausgabe des »Moskauer Tagebuchs« von Walter Benjamin ist 1997 in Rußland erschienen. Was der bildersüchtige Fußgänger 1926 dort gesehen und notiert hat, wird in der Ausgabe von Michail Ryklin jetzt plötzlich wieder sichtbar. Die (hoffentlich endgültige) Öffnung und die enorm kostspielige Erschließung der hauptstädtischen Bildarchive und vor allem der kenntnisreiche Zugriff des Herausgebers haben ein Moskaubuch entstehen lassen, das jenes merkwürdig »ländliche«, stellenweise noch mittelalterliche Moskau neben und hinter den allermodernsten Fassaden zeigt. Die große Umwälzung sollte erst neun Jahre später über die Bühne gehen. *W. B. – Bild-Journalist* wäre eine neue Berufsbezeichnung für den Berliner Sammler und Zerstreuer.

Das jüngste Zeugnis des wiederentdeckten Moskau vor (und nach) Stalin ist der außergewöhnlich reichhaltige Fotoband »Moscow Reconstructed in Photographs: 1852–2000«. Mit ungläubig staunenden Augen betrachteten die herbeigeströmten Moskauer in einer die Buchausgabe begleitenden Ausstellung die Privatsammlung »Moskau in Fotografien: 1913–1930«. Sie blickten auf ihre eigene Stadt, als wäre das untergegangene Vineta wieder auferstanden. Ungläubig tasteten Augen und Finger die vertraute Welt wie ein Rätselbild ab: ein futuristisches Bakunindenkmal aus dem Jahr 1919? Eine große Wiese mit Holzhaus und weißem Zaun mitten in der Stadt? Das Puzzle, das für das *Zeitfeld* Moskaus ausgelegt war, kippte wie ein Vexierbild um und legte einen lange Zeit verschütteten Raum frei.

Zweieinhalb Millionen Bilddokumente (Stiche, Drucke, Zeichnungen, Skizzen, Blaupausen, Fotografien) schlummern in den Archiven des Moskauer Architekturmuseums. Wozu dieses Museum fähig ist, belegte die Ausstellung »Architetti italiani per la Russia dal XV al XX secolo«. Neben den bekannteren, megalomanen Arbeiten der *très grands décorateurs* auf der Bühne von St. Petersburg verblüffen die Moskauer Sakralbauten aus dem 16. Jahrhundert: plötzlich ist das byzantinische Venedig zum Greifen nah. Monumentaler Abschluß und Irrläufer zugleich ist der Entwurf von Armando Brasini für den »Palast der Sowjets« aus dem Jahr 1931, dessen Proportionen von Speerschem Zuschnitt sind. Das offenbar einen ganzen Flügel des klobigen, dreigliedrigen Palastes ausfüllende Theater war so groß, daß der Architekt auf der Bühne mühelos ein Flugzeug unterbringen, vielleicht sogar landen lassen konnte – wie die unabsehbar tiefe Hinterbühne dies suggeriert. Die Inschrift über dem sehr hohen Portal zieren merkwürdigerweise lateinische Initialen. War der Entwurf am Ende eine »Wiedervorlage« – ausgelagert aus italienisch-faschistischen Wettbewerben? Dort verworfen, weil zu monumental? Der Moskauer Bild-Journalist W. B. hätte sich ob der Ästhetisierung des Politischen *an diesem Ort* verwundert die Augen gerieben.

* * *

Unsere Fragen im Hotel Kempinski nach etwelchen Antiquariaten *downtown* waren mit branchenüblicher Ignoranz – aber dreisprachig – beantwortet worden. Zudem hatte der Concierge »Antiquariat« mit »Antiques« gleichgesetzt und uns in die Höhle eines goldsüchtigen Nippes- und Eiersammlers geschickt, einen Steinwurf vom Roten Platz entfernt.

Wir wollten einmal dieses steinmassierte Zentrum verlassen. Der Fahrer chauffiert, besser gesagt, er navigiert uns längs der biegungsreichen Jausa aufwärts in die ausgefransten Teile der nördlichen Stadt, ruft die Sehenswürdigkeiten rechts und links des Weges aus: »Ministerium für Luftfahrt!« – »Park der Offiziere!« – »Stadion Metallurg!« Er ruft die Namen mehrfach aus, immer ein wenig lauter, bis wir endlich nickend und verständnisinnig nachsprechend die angerufenen Stätten uns gemerkt haben.

* * *

Eine parkähnliche Stadtbrache tut sich auf, in die hinein in den 70er Jahren von blinder Hand einige Wohnblöcke gewürfelt wurden. Unser Fahrer schweigt. Wir kommen auf Wege, die sämtlich wie Umwege aussehen. Wir suchen – und finden – den Flohmarkt. Es war der mittlerweile nur noch sehr vage Wunsch nach antiquarischen Büchern, der uns zu diesem Ausflug verleitete. Den Weg zum Einlaßtor säumen Hausfrauen, die selbstgestrickte Fäustlinge, Socken und Petersilie anbieten. Vor dem Tor haben sich Gaffer versammelt, die einem widerlichen Schauspiel beiwohnen. Ein völlig verwahrloster, angeketteter Bär gaukelt und dreht sich wie irre geworden auf einem Baumstamm, während seine Herrin den Zuschauern irgendeine Schnulze erzählt und dabei heftig mit der Blechbüchse scheppert, als könne der schiere Klang des

Geldes dem armen Viech ein besseres Los verkünden. Als ich meine Kamera hebe, nicht um die Kreatur, sondern deren Quälerin zu filmen, herrscht sie mich mit dem einzigen Wort an, das ich auf jeden Fall verstehen würde: »Dollar!«

* * *

Ein Ensemble von nagelneuen bunten Holzimitaten irgendwie altrussischer, pseudokarelischer (?) Häuser und Giebel, Zwiebeltürme und Zinnen schrecken uns aus der Ferne mehr ab, als daß sie uns begrüßen. Der erste Augenschein verrät: Hier herrscht der Nepp. Wir zahlen und treten ein. Der Flohmarkt zerfällt, wie seinerzeit der Obst- und Gemüsemarkt im Süden der Stadt, in zwei Klassen, die sich scharf befehden. In den pseudorussischen Butzenscheibenpavillons sitzt die *crème* der Händler, die harte Talmifraktion, die »globalisiertes« Kunsthandwerk anbietet. Auf dem unbebauten Terrain davor und dahinter haben sich die mehr nomadisierenden Anbieter ausgebreitet: zwischen Fliegerkappen (inkl. Sauerstoffmaske), sowjetischen Orden, alten Karabinern und technischem Krimskrams entdecken wir einen Stand mit Landkarten. Wie Teppiche werden die großen Karten ausgebreitet: *Berlin 1946, unter sowjetischer Besatzung / Frontverläufe der deutschen und russischen Heere 1914–1917 / Kartensammlung des russischen Generalstabs zur Schlacht bei Tannenberg / Geologie Sibiriens / etc. etc.* Die Preise sind reell; zu handeln gibt es wenig. Man könnte schwach werden, man wird schwach. Unweit von diesem wandernden Kartographen klafft ein brauner Reisekoffer und hält in seinem Maul bündelweise Fotografien feil. Es sind dünne, mittel- und großformatige Papierabzüge, die auf einen billigen Jugendstilkarton aufgeklebt wurden. Wir greifen zu: die Zeit springt zurück.

* * *

Eine Gruppe von fünfundzwanzig Männern, in Viererreihen in einem Fotostudio. An der Wand lehnt oder hängt ein Rücksetzer, ein irgendwie floral-idyllisch anmutender Stoffetzen, zu klein, um das ganze Bild einzurahmen. Milde Entzauberung. Arbeitskittel und Hemden, fast alle bis obenhin zugeknöpft; dem Zuschnitt nach Ende der 20er Jahre. Gesichter, die einen unentmischbaren Ausdruck von Angst, Entschlossenheit und gebanntem Schweigen in sich versammelt haben. Gesichter wie *ein* Gesicht. Das unentrinnbare Gesicht des verstummenden Kollektivs. Und selbst das nur angedeutete Lächeln in einigen Augenpaaren, die winzige Spur einer Entkrampfung auf ein oder zwei Mündern wird aufgesogen von der Mehrheit der beharrlich geschlossenen Lippen. Keiner trägt ein Abzeichen, einen Orden, eine Spange oder irgendeine Auszeichnung. Sie kommen aus Sibirien, vermutet unser Begleiter. Gut möglich. Ich denke, sie kommen aus Platonows Roman »Die Baugrube«. Sie haben sich aus dem Staub gemacht – oder sind vom Autor aufgegeben worden, was nicht weiter verwunderlich ist, schließlich waren es ja so viele, deren er gedenken wollte; sie sind auf dem langen beschwerlichen Weg von siebzig Jahren bei uns angelangt. Das Foto hält jenen Augenblick im Roman fest, in dem die schon Verworfenen nur noch durch eine Epiphanie des grüblerischen und kindisch-grausamen Phantasten Woschtschew errettet werden: »Nun stellte er sie, diese liquidierten, stumm in den Erdentiefen ruhenden Arbeitssklaven, vor das Angesicht der Macht und der Zukunft, um für sie Genugtuung zu fordern, vermittels einer organisierten, ewig gültigen Sinngebung.« Ersetzt man »das Angesicht der Macht« durch den fotografischen Apparat, liefert uns die Dunkelkammer Platonows dieses Gruppenbild.

* * *

»Das Volk schweigt«, letzte Zeile von Puschkins »Boris Godunow« (Regieanweisung).

Unmittelbar vor der nordwestlichen Mauer des Kreml, auf dem Areal des winterlich schraffierten Alexandergartens, hat sich unterirdisch ein riesiges neues Einkaufszentrum, eine Mall breitgemacht. Anschaulicher läßt sich die Deregulierung des Kommunismus in einen ausufernden Konsumismus kaum vorstellen. Die Auflagen des Denkmalschutzes für den Garten und den Kreml blieben gewahrt. Die alte Macht hinter der riesigen, tannenbewehrten Mauer hat nur kurz gewankt, sie festigt sich zusehends, auch und gerade nach dem Untergang der »Kursk«, der ganz in alter Manier als unerklärliche schicksalhafte Havarie oder feindlicher Angriff verbucht und propagiert wird. Und der Apparat schafft sich entlastende Supplemente, findet neue Namen und Abkürzungen [FSB statt KGB], läßt das immer schon latent nationalistische Rossjia hinter dem roten Stern jetzt unverhüllt hervortreten: »Rotrußland«, phantasierte Andrej Bely 1911. Doch es hat sich etwas Entscheidendes geändert, wie am Fall der »Kursk« evident wurde: »Die Propagandisten im Kreml«, schreibt Michail Ryklin in »Lettre«, Nr. 51, »würden den alten sowjetischen Mechanismus gerne erneut in Gang setzen, doch nach einem Jahrzehnt ziemlicher Offenheit ist das unmöglich. Die Kontrolle über die Massenmedien kann zwar formale Gefügigkeit und Apathie gewährleisten, aber keinen Enthusiasmus mehr entfachen.«

* * *

Unmittelbar neben dem Alexandergarten – etwas verloren auf sehr hohem Sockel und jetzt aus der Verankerung seiner historischen Koordinaten gerückt – das Reiterdenkmal des Marschalls Shukow. Eroberer von Berlin. *Eherner Reiter* auch er, doch im Gegensatz zum Petersburger *steht* er mit beschwichtigend ausgestreckter Rechter im Sattel, immer *en route*, in wippender Spannung verharrend. Der Reiterpeter hat noch einen *namhaften* Gegner, den Schwedenkönig Karl XII., der »das Schicksal zum Trommelwirbel exerzieren lassen will« (Puschkin) und dabei alles verspielt, während Peter in prekärer Balance, aber doch sicher auf seinem Felsen angelangt ist, als habe die Woge des Schicksals selbst ihn dort hinaufgetragen: an *diesem* Bild orientiert Puschkin sein eigenes (dichterisches) Zarentum. Shukows Pferd hingegen gleitet in leichtem Paßgang über die geborstenen Standarten und Embleme Hitlerdeutschlands hinweg; das Standbild ist groß, aber nicht monumental. Daß noch Mitte des 20. Jahrhunderts ein Reiter als Kriegsheld fungiert, ist weniger einem romantischen Impuls zu verdanken als dem Wunsch nach Rückbindung an die eigene Historie.

Shukow deutet jetzt auf die neue Mall. Und weiter hinauf in die Twerskaja.

* * *

Auf dem großen, nach Nordwesten schießenden Pfeil der Twerskaja-Straße ist alles von Neon umrahmt. Und immer mehr Bildwände füllen die Flächen. Keine europäische Stadt, Brüssel vielleicht ausgenommen, ist derart süchtig nach diesen großformatigen Illuminationen und Projektionen. Moskau wird lateinisch. Unter den vielen flammenden Logos sind nur wenige, die in kyrillischer Schrift leuchten. Byzanz verglüht:

SAMSUNGMCDONALD'SSONYPEPSI.

* * *

Poesie ist an sich schon ein ungewöhnliches Schauspiel. Weil er [Puschkin] vor langer Zeit selbst den Vorhang aufgezogen hatte, konnte er sich nicht mehr unsichtbar machen.

Andrej Sinjawski: »Promenaden mit Puschkin«

Gehen, gehen, gehen. Durch Matsch und Schnee. Die Stadt mit den Füßen schlürfen und essen. An einer Straßenkreuzung unweit der hellen Kirche, in der Puschkin seine fatale Hochzeit feierte, und die *deshalb* noch heute wie eine Pilgerstätte aufgesucht wird, verkauft eine Bäuerin Dörrobst und Nüsse. Die feuchtkalte Luft hat die Früchte zu einem zweiten Leben erweckt. Ich beiße in eine Birne – die unwiderstehlichste aller Früchte – und werde von einem kleinen Taumel erfaßt: Sommer, Franken, der Birnbaum im Garten, die aufgeschnittene Frucht, die mir zum ersten Mal das Bild des weiblichen Geschlechts enthüllt hat. Ich schlage die Augen auf, und »es löst sich auf der Wolken flüchtiger Zug«. Der schwarze Puschkin sitzt sehr entspannt, in einen weißen

Pelz aus Schnee gehüllt, auf seinem Denkmalthron vis-à-vis dem Kirchenportal. Als könne er jetzt endlich aus sicherer und ironischer Distanz den schlimmsten seiner vielen Faux-pas – die Heirat mit Natalja Gontscharowa – betrachten.

* * *

Oktober 1995. Dreharbeiten in Moskau zu dem deutschen Fernsehfilm »Der letzte Kurier«. Wir wohnen in einem Altersheim für verdiente Schauspieler und Kulturschaffende am Stadtrand von Moskau. Ein massiver weißer Klinkerblock aus den 70er Jahren, dessen Nüchternheit im Äußeren durch viele Stores und noch mehr Blumentöpfe auf Simsen und Böden sowie bunte umlaufende Wollperser im Innern narkotisiert wird. Im Atrium blickt ein großes Mosaik Sergej Eisensteins auf einen verwaisten Brunnen, vor dem eine Hollywoodschaukel und ein Sonnenschirm sich zu einem Beckettbühnenbild eingefunden haben. Die Zimmer sind karg eingerichtet, die Heizkörper kalt. Nachts streichen bettelnde Hunde ums Haus.

* * *

Im Souterrain des ehemaligen Revolutionsmuseums stoße ich auf einen Trödler, der meine Rubel nicht einmal sehen will. Ich finde ein Schulplakat für den Schreibunterricht der ersten Klasse. Ein Junge mit kurzgeschorenen Haaren und mit einem farbig gestreiften Pullunder sitzt vor seinem Pult, ein aufgeschlagenes Buch in Händen. In großen Lettern steht darunter, daß dieser Junge lesen lernt. Kleingedruckt am Rand: 1953. Ich versinke. Unvermutet treffen zwei Dinge, zwei »Daten« aufeinander – ein Bild und ein

Name, die viele Jahre getrennt im fernen Orbit meines Gedächtnisses kreisten. Der Junge auf diesem Bild bin ich. Das Jahr der Einschulung, die Frisur, der Pullunder, der ganze Kopf stimmt. Doch das wäre noch strukturell zu erklären: Jungen sahen damals eben so aus. (Und gewiß wurden auch »ihm« mit dem speichelfeuchten Taschentuch der Mutter die Wangen gesäubert, ehe er zur Schule ging.) Ich blicke von dem Bild ein Weilchen weg – da fällt mir der Name wieder ein, mit dem ich damals bedacht wurde: Rußla. Ein zärtliches Wort – der kleine Russe. Warum und wer hat mich so genannt? Nicht die Mutter, das »Dienstmädchen«, und nur sie rief mich so. Der Name war wohl eine Reminiszenz an die russischen Kriegsgefangenen – und Zwangsarbeiter –, mit denen sie während des Krieges in einer Munitionsfabrik in Memmingen gearbeitet hatte.

In der Möbiuszeitschleife der Namen und Orte erreicht mich in diesen Tagen die Nachricht vom Suchdienst des Roten Kreuzes, daß jener Onkel, dessen Vornamen ich erhalten habe – nachdem er bereits als vermißt gemeldet worden war –, am 15. Juli 1943 in einem sowjetischen Kriegsgefangenenlager bei Jelabuga gestorben ist. Beim Namen Jelabuga schrecke ich auf und mir fällt ein, daß im selben Ort die gänzlich erschöpfte und von aller Welt verlassene Marina Zwetajewa am 31. August 1941 Hand an sich gelegt hat.

* * *

In der Tretjakow-Galerie. Eine kundige deutschsprechende Kustodin führt uns mit verhaltenem Stolz durch die alte Sammlung. Wie angewurzelt bleibe ich vor dem Bild von Gay stehen: »Peter I. verhört den Zarewitsch Alexej«. Der

Thronprätendent ist eine bleiche, schlaffe Gestalt, ein Schatten nur, wie aus der Adams Family herübergekommen. Peter sitzt mit ausgebreiteten Beinen an der Schmalseite eines Tisches, sichtlich verärgert *und* gelangweilt, diesem vor ihm Stehenden überhaupt zuhören zu sollen. Auch diese Szene hat Landor, unwesentlich dramatisch überhöht, geschildert; bei ihm wurde sie zum Tribunal:

Peter: *Ich habe dich zwischen meinen Garden und Pferden erzogen, zwischen meinen Trommeln und Trompeten, zwischen meinen Flaggen und Masten … Ich habe meine Hände blutig gestochen, habe dich das Blut lecken lassen und habe dasselbe mit deinen Händen getan. Später, von deinem zehnten Lebensjahr an, habe ich Schießpulver in deinen Grog gemischt; ich habe deine Pfirsiche gepfeffert … Nichts wollte helfen. Denke daran, wie ich dich selbst ans Fenster geführt habe, wenn Burschen gehängt und erschossen wurden. Tag für Tag habe ich dir halbe und gevierteilte Körper gezeigt; ich habe deine Ordonnanz oder einen Kämmerling nach abgeschlagenen Köpfen geschickt, habe ihnen die Mütze von den Augen gezogen und habe dich gezwungen, ihnen fest ins Gesicht zu sehen, du unverbesserlicher Feigling.*

Anschließend läßt er den Sohn zum Tode verurteilen. Als dieser wider Erwarten noch vor der Urteilsvollstreckung ohnmächtig wird und verscheidet, herrscht der wütende Peter den Überbringer der Botschaft, seinen Kanzler, an:

Einen solchen Unfall berichtest du einem Vater, und einem Vater, der noch nicht zu Mittag gegessen hat! Bring er mir ein Glas Branntwein … Ich muß mich abkühlen – und – höre! eine Schnitte Speck, wenn dir dein Leben lieb ist! Und etwas gepökelten Stör, und etwas Kraut und Kaviar, und guten, kräftigen Käse.

* * *

Im Historischen Museum. Es ist Sonntag. Starker Besucherandrang. Aber das Interesse gilt nicht nur der Sonderausstellung »Napoleon und Alexander«, auch die ständige Sammlung, die von der Heiligen Rus bis zur Revolution reicht, wird von Menschen allen Alters eingehend studiert. Unübersehbares gleißendes Zentrum: die grell beleuchtete silberne Totenmaske des ersten Peter. Dieses sehr breite, grausam verschlossene Gesicht.

* * *

Als wir schließlich doch noch fündig geworden waren, in einem großen Antiquariat in der Nikitskaja – unweit der »Hochzeits«-Kirche –, nimmt uns der Zöllner mit einem barschen »Antiks« die regulär erworbenen Fundstücke wieder ab (nur Grandville passiert unbemerkt die Grenze). Es sind schmale sowjetische Architekturzeitschriften aus den 30er Jahren mit großformatigen, gefalteten Graphiken von Brükken und Stadien. Noch mehr verwundert uns, daß er die Fotografien vom Flohmarkt, darunter auch das »Platonow«-Bild, einbehalten will. Zeitzoll. Die Schleusen zur Vergangenheit sind noch stark bewacht. Vielleicht lohnte es sich doch, Russisch zu lernen (entgegen Brodskys Rat: »Hinter der ersten offenen Tür wirst du auf eine zweite stoßen, die für immer verschlossen bleibt: dahinter erst beginnt die Dichtung«) – und sich so die ungewöhnlich reichhaltige gegenwärtige Szene zu erschließen.

BERLIN

Andrej Bitow

REALIEN AUS DEM PARADIES
BERLINER INSTALLATION

Die Zwiebel

Städte sind wie Menschen. Jede Biographie hat ihre eigene Kollektion. Mehr als eine Mutter, mehr als zwei Großmütter, mehr als vier Ehefrauen oder ein Dutzend Freunde kann es nicht geben. Alles zusammen nicht mehr als zwanzig.

Ich bin »erblicher« Petersburger, sogar »erblicher Ehrenbürger«, geboren bereits in Leningrad, dieweil 1937. Eine zweite Stadt tauchte erst im Alter von 28 in mir auf, und das war Moskau. Die Entfernung: eine Nacht. Beide – »zwei große Unterschiede«. Die Opposition von Moskau und Petersburg ist ein traditionell unerschöpfliches und unerschöpflich traditionelles Thema, welches Ost und West, Europa und Asien, Hauptstadt und Provinz, die erstrangige und (abwechselnd) zweitrangige Stadt in sich faßt, und all das auf russischem Boden, also ein kontrastreiches Modell von Wettbewerb und Eifersucht. Dennoch habe ich mich an Moskau gewöhnt, habe ich mich eingewöhnt, und gegen vierzig bin ich dorthin emigriert. *Das heißt, ich nahm Moskauer Bürgerrecht an, was die Leningrader bis heute als Verrat empfinden.*

Von nun an lebte ich in beiden Städten, und das hat bis heute meine typische Zwillingspsyche nicht überfordert.

Meine Mutter – auch sie Zwilling, auch sie Überlebende der Blockade – blieb der Heimatstadt treu, solange sie konnte, und als sie nicht mehr konnte und ich sie zu mir nach Moskau holte, empfand sie das auf ihre Weise: »Stimmt es, daß Moskau und Leningrad sich vereint haben?« Was unser Schicksal betraf, hatte sie recht. Zumal auch das Klima, das früher prinzipiell unterschiedlich war, sich fast nicht mehr unterscheidet.

Da Petersburg und Moskau eine Einheit geworden waren, ergab sich erneut die innere Notwendigkeit einer zweiten *Stadt. Solange ich nicht ins Ausland durfte, war innerhalb der Grenzen des ehemaligen Imperiums Tbilissi für mich eine solche Stadt. In dieser Eigenschaft ist es für uns heute verloren, und das ist äußerst schade. Auf seine Kosten und sogar noch intensiver ist in meinem Leben BERLIN aufgetaucht.*

In ebendiese Stadt wurde ich zum ersten Mal »rausgelassen«. Ich erinnere mich genau an dieses Datum einer zweiten Geburt – es war der 15. September 1986, die Taufpatin war Christiane Bauermeister, der Taufpate Natan Fedorowskij.

Bis zum letzten Augenblick glaubte ich nicht, daß etwas Derartiges geschehen könnte. Der Abflug war morgens. Da ich viel zu früh den Koffer gepackt hatte, konnte ich nicht einschlafen, ich bekam Fieber, die Temperatur stieg fast auf vierzig, das Wasser strömte nur so aus allen Löchern (»Reisefieber«?) – sollte ich zum ersten Mal im Leben den Notarzt holen? Das Ausland zu opfern, dazu war ein Sowjetmensch allerdings nicht fähig! Ich konnte nicht einmal das russische Allheilmittel Wodka zu mir nehmen, da ich vor dem Abflug noch das Auto parken mußte. Mein Bewußtsein begann sich zu trüben; ich stieg in die Badewanne mit kochendheißem Wasser (wo ich tatsächlich hätte sterben können) und schaffte es bis morgens. Ich war mir sicher, daß ich an der Grenze noch aufgehalten würde; das erste in Scheremetjewo-2 war deshalb, daß ich mir eine Zigarette anzündete (Rauchen war zu jener Zeit auf allen Flughäfen verboten, mit Ausnahme der internationalen): So hab ich wenigstens mal geraucht auf dem Flughafen! Der Zoll ließ mich durch. Also hält mich die Paßkontrolle auf! Aber auch dort ließen sie mich durch. Meine Verblüffung wuchs – ich flog! In Schönefeld wurde ich ungehindert durchgelassen, ich glaubte mir selbst nicht. Und hatte recht! Denn in Empfang nahm mich ein Mensch in Zivil, dessen Zugehörigkeit zur bewußten Behörde keinem Zweifel unterlag. Also hatten sie sich besonnen und würden mich jetzt aufhalten. Der Mensch beteuerte allerdings, er sei nur gekommen, um mich durch die Mauer zu lotsen, Diplomatenautos würden nicht kontrolliert. (Wozu anzumerken ist: In jener Zeit wurde von Sowjetmenschen kein Visum für Westberlin verlangt – vorausgesetzt, sie waren schon dort.)

Trotzdem glaubte ich nicht! Ich glaubte nicht, als wir unterwegs noch einen Geiger abholten, glaubte nicht, als wir in der sowjetischen Botschaft auf einen Passierschein zum ungehinderten Durchdringen der Mauer und wieder zurück warteten, glaubte nicht einmal, als wir schon durchgedrungen waren und durchs westliche Berlin fuhren, das sich in seiner Hautfarbe deutlich vom östlichen unterschied. Doch ich wurde zum Hotel Savoy gebracht, und mein Begleiter ver-

drückte sich. Im Hotelzimmer erwartete mich ein Strauß Orchideen und ein Bücherstoß – der gerade gedruckte Roman. Eine Stunde lang vergnügte ich mich damit, die Türen von Bad und Minibar aufzumachen und mir Rotz und Tränen abzuwischen, bis man mir aus der Rezeption mitteilte, ich würde erwartet. Mit neuen Befürchtungen ging ich hinunter ...

Nein, der von vorhin war das nicht. Der jetzige war größer, jünger, unrasierter, ohne Krawatte, ungenierter – einfach freier! Er nahm mich wortlos beim Arm, führte mich über die Straße – schon waren wir in der Paris Bar, und ich atmete paradiesisches Bier ein. Es war Natan Fedorowskij, und wie sich zeigte, war ich in Leningrad einst mit seinem Onkel befreundet gewesen.

Von den folgenden Jahren habe ich im großen und ganzen bestimmt drei Jahre in Berlin zugebracht. Habe gesehen, wie die Mauer fiel, vor meinen Augen wurde es zu einer *Stadt. Moskau und Petersburg ausgenommen, habe ich an keinem Ort der Welt so lange gelebt. Diese Städte umgeben mich wie Zwiebelschichten, je tiefer die Schicht, desto jünger ist sie. Die äußere ist golden, aber trocken, zerfällt, ist brüchig; die innere ist saftig, lebendig, jung.*

Ich wachse und altere wie eine Stadt, in Ringen und Schichten; auch eine Stadt gleicht einer Zwiebel. So ist Petersburg um die Peter-Pauls-Festung herum gewachsen und war eines Tages von Leningrad umgeben. So ist Moskau um den Kreml herum gewachsen, umgab sich erst mit dem Boulevard-, dann dem Gartenring, baute am Dritten Ring, ohne ihn je fertigzubauen, dafür umschloß es sich mit der Ring-

autobahn. So enthält Berlin für mich bis heute die Ringnarbe der Mauer.

Städte sind wie Menschen. Nur verjüngen sich die Städte außen und altern innen, die Menschen nicht. Die Städte überleben die Menschen, weil diese in ihnen leben.

Moskau und Berlin sind ebenso individuelle wie ungleiche Städte. Was vereint sie so merkwürdig? verbindet sie unsichtbar?

Beide sind Millionenstädte, aber davon kenn ich auch andere. Beide sind Hauptstädte – gibt's sonst etwa keine? In jedem Land. Beide sind von ihrem Land umgeben – auch das keine Seltenheit. Was aber merkwürdig und bezeichnend ist an ihrer Lage: Obwohl von Land umgeben, sind in unserem Bewußtsein beides Grenzstädte. *Im Westen von Moskau liegt Europa, im Osten Asien; durch Berlin hingegen geht die unsichtbare Grenze zwischen West- und Osteuropa. Beide Städte sind doppelköpfig wie ihre Adler, beide pulsieren zwischen West und Ost wie Herzen, dabei lösen sie diese Grenze in sich auf und gleichen sie aus.*

1.

Was für Goliaths haben mich gezeugt,
So groß und so unnütz, wie ich bin?
Wladimir Majakowski

Wie es nach Freud ist, weiß ich nicht, jedenfalls stellt der Vater für den Sohn ein dermaßen entnervendes Geheimnis dar, daß man es gar nicht enträtseln möchte.

Mein Vater war Architekt und baute mir das Große Geheimnis. Übriggebliebene Bauklötzchen von vor dem Krieg und sogar vor der Revolution, Holzreste von Brettern und Furnierholz, Pralinenschachteln auch aus der Vorkriegszeit ... Unbefriedigte LeCorbusiers und Wrights materialisierten sich in seinem Bau. Ich durfte nicht kiebitzen, ich wartete geduldig. Bis endlich ...

Es war ein Palast wie jene babylonische Torte, die 1945 bei Jelissejew als Sieg über den Faschismus ausgestellt war. Ich fing bei der Spitze an. Ziel des Spiels war, auseinanderzunehmen, aber nicht zu zerstören. Ich fing an. Das erste, das Turmzimmer, tat sich vor mir auf. Was wohl drin war? Da konnte ein beinloser Zinnsoldat in der Uniform der Arbeiter-und-Bauernarmee drin sein oder ein Stoffhäschen, das Mama während des Kriegs genäht hatte, oder etwas noch Wundersameres wie das Maschinchen, das aussieht wie ein Federmesser, aber kein Federmesser ist, mit einem Aufsatz wie am Fleischwolf, aber wenn man auf das untere Ringlein drückt, kommt ein blinkendes Metallding herausgesprungen, und dann sieht das Ganze fast so aus wie eine Heuschrecke ... Der Zigarrenabschneider! Ich mache vorsichtig, damit nichts runterfällt, die nächste Nische auf. Vater erzählt mir unterdessen etwas, das mich ziemlich wenig berührt – wie jemand mal in eine altägyptische Pyramide hineinkam und nur eine Sekunde lang vor seinen Augen alles so heil war wie seit Tausenden von Jahren, dann zerfiel alles, alle Mumien und Fresken. Vielleicht hat er mir auch von Schliemann erzählt und von Troja ... Ich bringe bis heute Schliemann und Gillette durcheinander, denn im nächsten Geheimzimmer, in das pfeifend die Luft eindrang wie in die Grabkammer des Pharao, zerfiel eben nicht der halbe Rasierapparat der Firma Gillette, eines Mannes, wie mir der Vater umgehend kundtat, der sogleich Millionär wurde, als er sich die Löcher in der Rasierklinge hatte patentieren lassen, keiner sonst durfte sie so bohren wie er. Beim Friseur denke ich über das Alte Ägypten nach. Da haben Leute gelebt, und gekämmt haben sie sich auch, drum sind so viele Kämme von ihnen übriggeblieben, die halbe Eremitage …

Mein armer Papa hat mir einen Palast gebaut. Aus dem, was er zur Hand hatte – was übriggeblieben war. Von der Revolution, von der Blockade … In unserer Familie wurde nichts gekauft und nichts weggeworfen. Alles war gegen Nahrungsmittel eingetauscht worden oder im Kanonenofen verbrannt. Hervorragende Sachen fand ich beim Auseinandernehmen von Vaters Mausoleum! Sorgfältig holte ich aus der nächsten Nische ein wundersames Scherchen raus, einen Ring, Siegelstäbchen, bunte Glasmurmeln, ein metallenes Tintenfaß mit chinesischem Schriftzeichen, eine Silbermünze und fünf Öre von 1864, einen Knopf mit Doppeladler, ein Schweinchen aus Koralle mit silberner Öse, einen japanischen Götzen, einen Kristallstöpsel von unbeschreiblicher Schönheit – alles von verschwundenen Zigarren, Servietten, Briefen ausländischer Verwandter, von Uniformen, Uhren, Parfüm und Karaffen.

Schon fällt es mir schwer, das, was ich erinnere, von dem zu trennen, was ich weiß … was ich vergessen habe, von dem, was ich erfahren habe. Ich stille meine Nostalgie auf dem Berliner Flohmarkt. Mein armer Vater wird mir immer einsagen, was es hier Schönes gibt. Habe ich, hat er etwa geahnt, was für einen haltbaren Palast er gebaut hat! Daß er mir beigebracht hat, durch Museen zu gehen und Romane zu lesen, wie man zeichnen und schreiben beigebracht bekommt?

Ich bin die Grabkammer meines Vaters.
Von meinem Vater ist nichts übriggeblieben.

2.

Gegen Ende des 19. Jahrhunderts war der Idealismus so weit gediehen, daß er sich im Kult des Namens niederschlug. Dieses – im Grunde provinzielle – Phänomen brachte den Begriff des Stars hervor. Heute ist das eine Industrie; um die Jahrhundertwende jedoch entstanden Stars noch von selbst, allerdings derart häufig, daß sogar Prosaisten so bekannt waren wie Tenöre. Es gab Postkarten mit ihren Porträts, und Gymnasiastinnen küßten diese Postkarten. Ein solcher Star war beispielsweise der bald nach der Revolution in Finnland erloschene Leonid Andrejew.

Zu anderem Ruhm gelangte sein großer Sohn Daniil Andrejew. Als Kind überlebte er die Revolution und kam dann für ein gutes Vierteljahrhundert in die stalinistischen Lager, wo er alle seine Bücher schrieb. Diese Bücher wurden ihm in der Regel weggenommen und entweder vernichtet oder im unmäßigen Archivmagen von Tscheka-GPU-NKWD-KGB verdaut, der Dichter aber besaß den heiligen Mut des Gläubigen und schrieb weiter. In seinem letzten Buch stehen am Ende die bemerkenswerten Jahreszahlen 1943–1958. Während also das Land und die ganze Welt den Krieg durchlebte, den heißen wie den kalten, während Stalin lebte und starb und während Chruschtschow ihn bloßstellte, schrieb der Häftling Daniil Andrejew seine »Rose der Welt«. Mit der Überzeugtheit eines Dante, aber auch der naiven Unmittelbarkeit des Beteiligten beschrieb er unser Universum, zog er eine ontologische Schicht nach der anderen wie Apfelsinenschalen davon ab. Seine persönliche Erfahrung und direkte Anschauung reichten, von unserer Realitätsschicht symmetrisch nach oben und unten gerechnet, für die Hälfte dieser Schichten. Dabei stieg er weiter in die Tiefe, als er sich in die Höhe aufschwingen konnte. Von entfernteren Schichten legte er eher indirekt Zeugnis ab, dank seinem Gespür, dank Gehörtem, suchte sich aber jedesmal nur an die unbestreitbaren Tatsachen zu halten. Und nur die tiefsten wie auch die höchsten Schichten waren, durch Finsternis oder gleißendes Licht, seinem Blick entzogen. Als Zeuge suchte er nichts auszulassen, auch keine Einzelheiten aus den parallelen, gleichzeitig mit uns existierenden Welten.

So unterließ er es auch nicht, jene Schicht (oder Teilschicht) zu beschreiben, wo die von der Einbildungskraft ihrer genialen Urheber geschaffenen literarischen Gestalten und das Kinderspielzeug leben. Dort speist Sancho Pansa mit Maxim Maximytsch, und Jewgeni Onegin erklärt Werther die Vorzüge des Duells gegenüber dem Selbstmord; dort tollen auf der Wiese, ohne die Erwachsenen zu stören, die netten Häschen und Bären aus Plüsch, die Krokodile und Äffchen, von der Liebe und dem Spiel ihrer früheren kleinen Besitzer zum Leben erweckt. Ja, »niemand und nichts ist vergessen« – für die »Rose der Welt« gilt das tatsächlich.

3.

Wie leicht hätten wir jedoch dieses Buch verlieren können.

Von den Büchermengen auf der Frankfurter Messe, in der Library of Congress oder auf dem Buchflohmarkt an den Ufern der Seine verschreckt – wie leicht könnten wir einen solchen Verlust gar nicht bemerken. Was ist eigentlich aus den Gesammelten Werken von Lenin und Stalin geworden, die mit den höchsten Auflagen der Welt herauskamen und die Wälder von halb Sibirien verschlangen?

Angesichts solcher Einbußen wird das Buch zur Tat. Zu einer unzivilisierten, sinnlosen, noblen Tat. Einer irrationalen. Es konkurriert und kämpft nicht wie ein schweißgebadeter Ringkämpfer. Es verteidigt lediglich sein Recht, zur Welt zu kommen, wenigstens für einen Tag, wenigstens in einem – handgefertigten – Exemplar wie das Buch von Reso Gabriadse. Es ist wie ein Schmetterling, der nur einen Tag lebt. Und ebenso schön …

Ein Rübenbuch, ein Flachmannbuch, ein Schaufensterpuppenbuch, ein Steinbuch, ein Stahlbuch, ein Glasbuch … Ein Schirmbuch! Und das ist keine Metapher.

Das Schirmbuch war gemacht? geschaffen? geschrieben? herausgegeben? worden von Rebecca Horn, und zwar in noch weniger als einem, nämlich einem einmaligen Exemplar speziell für die Ausstellung »Künstlerbücher« in der Galerie Natan Fedorowskij, einer Ausstellung, die wie ein Schmetterling nur eine minimale Zahl von Tagen gelebt hat: vom 16. bis 26. Oktober 1992. Der Schirm lag ehrenvoll in der Mitte des Raums. Ein alter, abgenutzter Damenschirm, an dessen Griff ein Tschechowsches Pincenez mit nur einem Glas hing und an dessen Spitze ein neugieriger Käfer kroch; die Falten des Schirms waren leicht auseinandergebreitet und entblößten schamhaft das flammendrote Herzstück des Inhalts, einer anderen Spalte ähnlich … »Und wo sind die Buchseiten?« fragte ich. »Na, hier!« sagte stolz der Galerist und blätterte die Schirmfalten um. Tatsächlich, auf jeder stand etwas geschrieben. Daß der Text nicht sehr leserlich war, störte überhaupt nicht, denn Inhalt des Buchs war trotz allem der Schirm selbst, d. h., die Form war der Inhalt. Und die gesamte Ausstellung drehte sich um die Achse dieses Schirms.

Aber auch das Schaufensterpuppenbuch war aus einer Schaufensterpuppe, das Steinbuch aus Stein. Dagegen bestand das Flachmannbuch tatsächlich aus einem Buch, der »Stechfliege« von Ethel Lillian Voynich, eine Anspielung, bei der dem ehemaligen sowjetischen Leser besonders warm ums Herz wurde – wie vertraut! Tja, das ist eben kein ästhetisierter Schirm, der seine Funktion verloren hat, wie so typisch für bourgeoise Verfalls- und Dekadenzkunst! Bei diesem Werk ist der Inhalt nun wirklich Hülle und Form geworden: ein Buch, innen leer, per Schraubdeckel verschlossen. Sein romantischer Garibaldi-Inhalt ist verdrängt worden von unserem realen Lebensinhalt – vom Wodka. Ich schüttelte das Voynich-Buch: es war leer, ein weiteres Mal. Und wenn andere Ausstellungsbesucher es nicht so lasen, ist dies das einzige Versäumnis der Veranstalter.

Das Stahlbuch. Hier klafften Form und Inhalt gerade nicht auseinander, die Einheit war vollkommen: ein Buch aus der Zeit des totalen und endgültigen Siegs des Sozialismus in der UdSSR. Ein Buch aus Stahl, Stalin gewidmet; ein Rechenschaftsbericht über die Leistungen der Stahlindustrie; 1939 ... Molotow-Ribbentrop ... der 60. Geburtstag des Führers.

Einen traditionellen und objektiven, sozusagen bleibenden kunsthistorischen Wert stellte die Kollektion russischer Avantgarde-Bücher aus den 20er und beginnenden 30er Jahren dar, die Natan Fedorowskij sorgfältig gesammelt hatte. Hier fanden sich Arbeiten von Gontscharowa, Lebedew, einzigartige Bücher von Chlebnikow, Krutschonych, Guro, fanden sich RAPP und LEF, Rodtschenko und Majakowski.

Hat Rodtschenko Majakowski fotografiert? Oder hat Majakowski sich von Rodtschenko fotografieren lassen? Subjekt oder Objekt? Majakowski hypnotisiert die Kamera, sein Blick geht durch Rodtschenko und durchdringt uns: Wer seid ihr, zu wem gekommen?

Professor, nehmen Sie das Brillenfahrrad ab!
Ich werde selbst erzählen
von der Zeit
und von mir.

Ach woher, nicht er selbst.

Er selbst schaut und schweigt, sucht etwas zu ergründen. Ist verblüfft: Das ist alles? Das ist die Unsterblichkeit?

Die Unsterblichkeit, ja, das ist sie. Durch das Fenster seines Porträts betreten Sie eine andere Welt. Zunächst gleicht sich alles: dasselbe Berlin, dieselben Räume derselben Galerie, draußen derselbe Herbst. Doch nun erleben Sie nicht mehr die karnevaleske Fröhlichkeit brillanter Mißbildungen, die durch die Einmaligkeit ihrer Existenz die Unausrottbarkeit des Lebens demonstrieren, wie beim Panoptikum »Das Buch als Kunstobjekt«; nun ist es die tragische Existenz des besonderen Ausstellungsstücks Majakowski.

4.

Gleich anschließend, am 31. Oktober, fand am gleichen Ort die Eröffnung der nächsten Ausstellung statt: »Die Welt der Lilja Brik«. Der Schmetterling ist tot, nun beginnt das langwierige Leben der Raupe. Unsterblichkeit ist nur durch Metamorphose zu erreichen. Die Raupe stellt ihre Vergangenheit aus: die abbröckelnden Schmetterlingsflügel der Malerei, den Blütenstaub der Fotografien und Aufzeichnungen.

Nachdem Majakowski von Stalin zum »besten und begabtesten« ernannt worden war, nachdem man den unglücklichen Selbstmörder aus der Kanone des sowjetischen Ruhms erschossen hatte – nach diesem Doppelmord fand Majakowski persönliche Unsterblichkeit allein bei den Briks, wie er zu Lebzeiten allein dort Zuflucht gefunden hatte. Unter dem Schutzpanzer metallischer Stimmgewalt wieder nur ein unglückliches, zerrissenes, einsames Herz.

Die Liebe eines Dichters ... Haben wir ihn gewürdigt, Denkmäler errichtet, ihn noch und noch ediert, alles um und um gewühlt, dann beginnen wir uns in *ihre* Züge zu vertiefen. Wer ist diese Laura, diese Natalja Nikolajewna oder Ljubow Dmitrijewna, die ihren Geliebten um ein halbes Jahrhundert überlebt ... die alles gesammelt und bewahrt ... und die im übrigen auch ihr eigenes Leben gelebt hat?

Wie man sagt – der Fall ist erledigt.
Der Liebeskahn ist am Alltag zerschellt.

Das also ist der freundliche und sanfte Alltag, an dem er zerschellt ist. Was wüßten wir von ihm ohne Lilja Brik? Ein winziges Zimmer in einer staatlichen Gemeinschaftswohnung gegenüber der Tscheka, ein Lenin-Porträt, unter dem der Dichter sich gleichsam innerlich »reinigte, um weiterzuschwimmen in der Revolution«. Ein winziges Zimmer ohne Alltag, mit der in Gewahrsam genommenen letzten Nachricht …

»Die Welt der Lilja Brik« hat als Ausstellung – wiederum aus der Sicht des Kunsthistorikers, Galeristen, Sammlers – ihren eigenen künstlerischen und materiellen Wert. Doch beim Betrachten ertappt man sich ständig bei dem Gedanken an *jene* Lilja, an *sie* … Was war nur an ihr Besonderes? So ganz Besonderes? Betrachtet man ihre zahllosen Porträts aus der Optik von Rodtschenko und dem Pinsel von Tyschler und Burljuk, ist man enttäuscht von den Möglichkeiten der Kunst, nicht denen des Modells. Obwohl sie sich hergab und Modell saß, ließ sie sich von niemandem recht wiedergeben; sie überläßt es Ihrem persönlichen Gespür, sie zu enträtseln, wobei sie sich an jeden individuell richtet, als Versprechen und Ermunterung. Und Verzeihung. Verzeihung dafür, daß Sie, trotz aller Zurückhaltung, den unsichtbaren Vorhang des Anstands weggezogen haben. Denn ist das nicht ein weibliches Geheimnis, *ihr* Geheimnis?

Was war das bloß für ein Menschenschlag, diese schönen Russinnen um die Jahrhundertwende – Achmatowas und Zwetajewas, die nie eine Zeile geschrieben hatten, doch zu Freundinnen künftiger großer Dichter und Maler wurden, die Picasso wie Dalí beeinflußten? War das eine Mode damals, sie anzubeten, oder waren sie wirklich anbetungswürdig, auch wenn das in den ihnen gewidmeten Poemen und Bildern nur schwach zum Ausdruck kommt? Wer weiß, wie unbegabt uns die »Kameliendame« und »Traviata« erschienen, wenn wir auf Marie Duplessis einen Blick werfen könnten?

Sie überlegen, Sie schauen. Neben den eher etablierten Werken eines Picasso, Chagall oder Léger finden Sie in Liljas Kollektion auch lebendige Meisterwerke von Pirosmani, Gontscharowa oder Majakowski selbst. Sie entdecken eine Schaufensterpuppe mit einem Modellkleid von Yves Saint-Laurent, der in den Zügen der alten Frau die Unsterblichkeit des Schönen erblickt hat – »im Stile Lilja Brik«. Merkwürdig und überzeugend zugleich: dem Kleid der schönen Frau widerfährt die gleiche Ehre wie der Uniform Peters des Großen oder dem durchschossenen Tuchrock Puschkins.

Und wieder Fotos, Handschriften, Liebesbriefe. Alles durchaus der Aufbewahrung in Museumsvitrinen und -schränken wert. Auf einem Regal ein Petschaft, ein verwelkter Handschuh, das Telegramm: »Wolodja hat sich erschossen«. Sie können nicht mehr hinschauen, wenden den Blick ab, damit niemand ihn bemerkt ... Ein großes Heft, wie ein Notenheft. »Meine Schwester, das Leben« – Pasternaks kranichschwingende Handschrift. Sie schlagen es auf:

Februar: zum Tintenfaß greifen und weinen ...

Sie fallen hinein. Auf diesem Regal, hinter Glas, zwischen Handschuh und Petschaft, zwischen vertrockneten Voiles und Brille, tut sich die unermeßliche Welt eines einzelnen Exponats auf, und Sie verlassen die Welt der Lilja Brik.

5.

»Meine Schwester, das Leben«. Es hat etwas von Inzest.

Ich weiß nicht, ob Lilja einer Schwester gleicht, aber das Wort »Leben« gleicht dieser Mischung. Teils Orgasmus, teils Brechreiz. Keinerlei Moral. Keinerlei »post«. Sie sind froh, daß Sie endlich hinauskommen an die frische Luft. Sie sind begeistert vom Herbstsonnenschein am Ku'damm, und die deutschen Gesichter erscheinen freundlich und offen. So recht, um einen Glühwein zu kippen oder einen Luftballon zu kaufen. Die Füße führen Sie von allein ... Sie überragen die Kinder, mit herablassendem Lächeln, das Einsamkeit demonstriert. Hätten Sie geahnt, daß Sie sich auf einer anderen Ausstellung wiederfinden würden ...

Zehn Minuten nach Lilja Briks süßem Verhängnis und Vergängnis betrachtete ich ein Krokodil, das für immer und ewig seinen Rachen aufsperrte. Ich konnte nicht glauben, daß es lebendig war. Wäre doch seltsam, die Deutschen eines solchen Pfuschs zu verdächtigen, daß sie neben lebenden Wesen ausgestopfte oder nachgemachte Tiere ausstellen. Eine Mixtur aus Madame Tussaut und Zoo ... Pfusch war das natürlich nicht: Das Krokodil war lebendig. Es war dies seine Lebensweise, für immer und ewig den Mund aufzusperren.

Die Begeisterung des Schöpfers weicht allmählich der Depression der Evolution. Während der Schöpfer einen göttlichen Augenblick lang nachdenkt, hat die Evolution mit dem Eifer des Kopisten, dem eigenständiges Arbeiten gestattet wurde, eine solche Menge nirgendwohin führender Varianten und Formen geschaffen, daß wohl oder übel zu einem Kataklysmus gegriffen werden muß, um ihre Mechanik in die nächste Richtung zu lenken.

Ermüdet von Fischen und Krokodilen, mit nichts als dem Wunsch, erneut und möglichst rasch an die frische Luft zu kommen, stieg ich widerwillig, um die Kosten der Eintrittskarte auch wirklich abzuarbeiten, ins zweite Stockwerk hinauf, das mir Frösche und Insekten verhieß. Es war das schwülste, unpopulärste Stockwerk. Die Frösche hielten sich alle versteckt. Die Insekten waren, wie es aussah, sogar alle ausgestorben, wobei sie die Salate aus Bananen und Apfelsinen unberührt gelassen hatten. Grimmige Skorpione und Taranteln mümmelten daran wie Häschen.

Mantis spec. Ich erkannte die Gottesanbeterin. Ich war ihr seit der Kindheit nicht mehr begegnet. Damit ist sie für mich mit dem Krieg assoziiert. Tarnfarbe, bis zu den Zähnen bewaffnet. Vergrößerte man sie auf menschliche Dimensionen, was gäbe das für einen Zweikampf! Seinerzeit hatte ich gedacht: Was für ein Bajonett! jetzt dachte ich: Schwarzenegger ist nichts dagegen ... Ich kam nicht weit. Weit kam die Gottesanbeterin. Sie erreichte das Ende ihres Appartements und versuchte nun, die Wand hochzuklettern. Es gibt in der Natur keine Oberfläche, an der die Gottesanbeterin sich nicht festhaken könnte – die hier war aus Plastik. Die Gottesanbeterin versuchte, das Phänomen ihrer Uneinhakbarkeit zu verstehen: Sie versuchte, vom Zweig zur Wand hinüberzuklettern. Während sie sich mit dem letzten Füßchen an einem noch verständlichen Blättchen festhielt, kratzte sie mit allen anderen. Vergebens! Die Beharrlichkeit des Experiments verlieh ihrem Gesicht einen befremdeten Ausdruck. Wieviel lag ihr daran, auch das letzte Bein hinüberzubringen! Es kam ihr vor, als hätte sie sich nun festgehakt – aber wieder war es ihr nur so vorgekommen. Offenbar hatte sie schon lange, bevor ich kam, gegen die Gesetze der Natur gekämpft, jedenfalls ging ich, ohne ihre Verzweiflung abzuwarten. Kann langes Ausharren in unbequemer Stellung als Gebet gelten?

Wahrscheinlich war es die Zeit der Siesta – die nächsten Boxen waren wieder leer. Daß es dort Leben gab, wurde nur dadurch bezeugt, daß es dort Essen gab: die gleichen Salate, ignorierte Mohrrüben. Weder *Parasphendala agrinonina* aus Ostafrika noch *Acrophilla vulfingi* aus Australien, noch *Hiterapteryx dilatata* aus Malaysia ließen sich beobachten. Man hatte ihnen rosafarbene Sträucher zum Leben zur Verfügung gestellt, wie im Paradies. Ich vertiefte mich in das Bilderrätsel, Nabokovs eingedenk: Wo ist der Matrose, wo ist der Junge? Die Dornen waren wohl so etwas wie Treppenstufen; die Blätter waren angeknabbert und rosteten. Ein Thermostat garantierte die Unveränderlichkeit des Klimas. Kein Lufthauch. Da erbebte ein rosa Blatt.

Oh, diese Mischung aus Begeisterung, Abscheu und Gebet! dieses Erzittern des Gepacktwerdens … oh, dieser Schüttelfrost, in Sprachniederungen »Leben« genannt, »жизнь«! Wie kriechen die Zischlaute heran, wie haften die »ж« und »з« einem an! Das Rosenblatt erwies sich als riesiges Weibchen, als die Amerikanerin *Applopus ligia* mit kleinwüchsigem, dürrem Männchen, das auf dem Weibchen lag wie auf dem eigenen Bett. Das Weibchen reagierte durch Beben seines Daunenpfühls, zugleich knabberte es weiter an jenem Blatt, für das ich es gehalten hatte.

Man braucht bloß einmal die Anwesenheit von Leben festzustellen, schon nimmt es kein Ende mehr. Von wegen Siesta! Dazu gibt es ja Mimikry, um sich vor dem Leben nicht zu fürchten! Sie mußten sich alle weder verbergen noch ausruhen. Deshalb vielleicht, weil wir nur aus Angst ausruhen? Oder vielleicht gibt, wer sich nicht fürchtet, die Angst an andere weiter? Angstvoll beobachte ich, wie Zweige und Blätter lebendig werden, leichtes Knacken scheint mir ans Ohr zu dringen … Das Zweiglein an dem Stecken erweist sich als lebendig, auch das nächste, das dritte – sogar der Stecken! Wenn sogar Stamm und Blätter sich als lebendig erweisen! Wenn das Lebendige nicht nur das Lebendige nachahmt, sondern auch das Tote … Und wenn man dann im Gewirr abgefallener Blätter ein Geschöpf in Gestalt eines abgefallenen Blattes entdeckt, dann ein zweites, ein drittes – und auf einmal erweist sich der ganze Haufen als lebendig?

Nein, nein! Diesem Sinnenrausch darf man sich nicht hingeben. »Du sollst dir kein Bildnis machen, weder des, das oben im Himmel, noch des, das unten auf Erden, oder des, das im Wasser unter der Erde ist; bete sie nicht an und diene ihnen nicht.« Oh, wie wahr! Und zugleich: »Sehet die Lilie, wie sie gekleidet ist!« Doch von *diesen* auch hier kein Wort. Kein Wort von ihnen, die das Bildnis vermeiden, indem sie selbst dazu geworden sind. Kein Wort von dem Gedanken, der Gedanke geworden ist. O *Extatosoma tiaratum*! o *Extatosoma horridum*! Soweit ich Latein verstehe …

Ich nannte sie Kleopatra. »Ihr Antlitz verschleiert vom Geheimnis …« Gekleidet war sie als Herbstblatt. Dank dem Glanz der smaragdgrünen Augen hatte ich das Köpfchen des schönen Geschöpfs entdeckt, das so etwas wie einen Kokoschnik als Kopfputz aufhatte; dank dem Köpfchen hatte ich auf die mögliche Fortsetzung im Körper geschlußfolgert … Was war das für ein Kleid, genäht aus den Spitzenrändern abgefallener Blätter! Was waren das für Falten und Ärmel! Der glückliche Kavalier hatte sich irgendwo bei den Beinen verstrickt, im Rockzipfel … Geduldig trat der nächste vor Ungeduld von einem Beinchen aufs andere. Die Maske des Todes fiel mir nicht gleich an ihnen auf. Ist es denn leicht, Lebendes von Totem in einem Leben zu unterscheiden, das sich als Tod maskiert? Sie waren zum Ball ausstaffiert, und nur die Staffage war noch übrig von ihnen. Sie hingen in Girlanden herab, nun schon wie echte Blätter. Ein Maskenball ist einfach die tanzende Warteschlange vor Liebe und Tod. Sie ist fröhlich, weil sie vergessen hat, wer hinter wem an der Reihe ist. Denn mit dem Tod endet der Wunsch, jemand anderes zu sein.

Wie auch, *anderes* zu besitzen. Das ist Freiheit.

6.

Diese Ausstellungen sind mitsamt den weiteren, die sich hinter jedem Exponat als Perspektive auftun, die Idee und das Kunstwerk des Galeristen, der die Arbeit des Künstlers an den Rand drängt. Vergänglichkeit und Flüchtigkeit solchen Exponierens betonen die Unsterblichkeit des Exponats, das nur in derartiger Zufallsanordnung Leben gewinnt. Nur dank dem Mißverständnis der Kunst hat Leben existiert, existiert es und wird es existieren. Der Sieg des Unnotwendigen, Unsicheren und Unpraktischen über die etablierte soziale Wertehierarchie ist unausweichlich. Eine Laune, dachten Sie, dabei ist es – Freiheit.

Dieses Paradies in der Galerie, diese jenseitige, wiederbelebte Welt absolut unnützer Dinge, diese – neben der unsrigen – unnotwendig erscheinende Lebensform, die auf ihrer Notwendigkeit beharrt, fügt sich überzeugend den ontologischen Schichten unseres Daseins ein, die der äußerst merkwürdige, äußerst sanfte Philosoph Daniil Andrejew so liebevoll beschrieben hat.

Bei Daniil Andrejew sind die Welten nicht nur parallel, sondern auch analog. So gibt es unter Petersburg ein anderes

Petersburg mit entgegengesetztem Namen (so etwas wie Leningrad), wo unterm Ehernen Reiter ein bronzener Brontosaurus auf einem Ichthyosaurus reitet.

Ich hatte an ihn wie an meinen Vater denken müssen, als ich ein mehr als ungewöhnliches Wesen betrachtete, eine Art Wächter von Fedorowskijs Ausstellungen, Polyphem, Drache und Engel in einem, der vor dem ungeheizten Kamin unermüdlich wachte und sprudelte. Das unverständliche Geschöpf hatte weder zu den Büchern als Kunstobjekt noch zur Welt der Lilja Brik eine Beziehung. Wahrscheinlich sollte es in jeder themenbezogenen Ausstellung so etwas geben, bei dem man sich den Kopf zerbricht, wozu es dasteht. Ich würde ihm gerne noch einmal begegnen.

Er? sie? es? stand auf seinen dünnen Beinchen bescheiden vor dem Kamin und vereinte in sich schwer zu vereinbarende Dinge wie Empörung über das Geschehen rundum, das Gefühl der eigenen Würde und völliges Fürsichsein. Er war beschäftigt. Sie krächzte und kochte und schwang von Zeit zu Zeit die goldenen Flügel; in den durchsichtigen Adern sprudelte und schwappte grünes Tintenblut. Es war dies ein kinetisches Objekt des russischen, in Berlin lebenden Ingenieurs Alexander Welikanow. Ein sehr berlinerischer Gegenstand, denn er hatte genau die gleichen Flügel wie der Engel auf der Siegessäule.

Dieses Werk hatte keinen Namen, aber so humorvoll und ernsthaft, wie es arbeitete, war es gewiß die Muse der Prosa, denn sie illustrierte exakt den schöpferischen Prozeß.

Alles gefiel ihr nicht. Sie arbeitete als Sklavin der Arbeit und fluchte unflätig.

Es gibt eine spezifisch russische Anwendung der Freiheit. Das ist der »Mat«, der obszöne Wortschatz. Und obgleich es auf Berlins Straßen bald mehr Russen gibt als Türken, hat unsereiner noch den Vorteil, sich in kräftigen Worten auszudrücken und dabei höchstens als verrückt zu gelten, nicht als Rüpel. Von allen hypothetischen Etymologien des russischen Mat, einschließlich der sakralen und biologischen, ziehe ich die philosophisch-buddhistische vor: Aneignung der Realität. Sobald Sie sich an ihr stoßen (ich meine buchstäblich stoßen: an einem Stein, einer Ecke), sobald Sie sich an der Realität verbrennen (wieder ganz real: an einer Pfanne, einem Bügeleisen), drücken Sie sich auf diese spezifische Weise aus. Aneignung seiner selbst in der Realität, sei es auch nur im Sinn von Zeit und Raum, ist schon eine Annäherung an das Gebet. Deshalb, und nicht aus irgendwelchen anderen Gründen, läßt sich unmittelbar nach Mat so leicht aussprechen: Herr, erbarme dich!

»Verweile doch …« Der Verlust der Realität hat mit dem Wunsch des Benennens zu tun. Der Wunsch des Benennens ist der Wunsch festzuhalten. Prosa ist der über dem Manuskript schwebende Mat anläßlich des aus der Feder geflossenen – und damit entschwundenen – Textes. Sich im Mat auszudrücken heißt auch, das zu markieren, was entschwunden ist. Die Unmöglichkeit des Benennens sollte man nicht mit der Unfähigkeit zu diesem Tun verwechseln. Die geduldige und konsequente deutsche Sprache hat die entnervte Anstrengung des Benennens in der Grammatik fixiert und damit den Bedarf an Mat aufgehoben. *Gespenstheuschrecke*! *Riesengespenstschrecke*! Wozu da noch fluchen. Wie gleicht das Wort, sogar graphisch, dem, was es bezeichnet! Es zirpt und droht, es ist gliederfüßig. Auf russisch ist das etwas ganz anderes. Bei uns sind Lyrik und Singen im Vordergrund. »Mein liebes Heuschrecklein, wie selig bist du doch ...« Nicht einmal Michail Lomonossow, unser größter russischer Gelehrter, welcher vorzüglich des Deutschen mächtig war, hat die Heuschrecke genau betrachtet. Hätte er sie betrachtet, so hätte auch er, auf der Suche nach einem passenden russischen Ersatz, ein kräftiges Wort ... Wir hören besser, als wir sehen. Deshalb verstärken wir, wenn wir uns kein Bild aneignen können, die klangliche Seite. Das heißt, wir drücken uns kräftig aus.

Wir schreiben diese Wörter nicht. Ich hatte zunächst einen Computer ohne kyrillische Buchstaben. Daß ich aus diesem Anlaß wie auch über meine Unfähigkeit, mit dem transatlantischen Apparat umzugehen, entnervt war, fand mündlich Ausdruck. Ich versuchte, die Wörter mit lateinischen Buchstaben zu schreiben – »chui«, »shopa«. Wie platt! Was läßt sich schon aufzeichnen ohne »ж«, ohne »з«, ohne »x«?

Postskriptum der Trauer

Zwar Paradies, aber Tod. Irgendwoher habe ich, irgendwer hat irgendwo gelesen – als sei so was wie ein ganz sensibler Apparat konstruiert worden, als könne der von Wänden und Steinen Stimmen abzeichnen, als verfüge jeglicher Stoff über die Fähigkeit der Tonaufzeichnung und bewahre diese ewig. Erprobt worden sei der Apparat an ägyptischen Grabkammern, allerlei historische Pharaonengeheimnisse hätte man erwartet ... Der Apparat habe die Erprobung erfolgreich bestanden, die Stimmen der antiken Baumeister wurden wiedergegeben, aber hauptsächlich, aus irgendwelchen Gründen, die Schimpfereien der Priester und Brigadiere mit den Sklaven: Wo willstn hin! Bring her! Dorthin doch nicht! Alle anfassen! Hauruck! – usw. usf., wie auf einer normalen russischen Baustelle. Bloß daß der altägyptische Mat anders sei als unserer.

Hundertprozentig trauen mag ich dieser wissenschaftlichen Information nicht, aber im wesentlichen glaube ich ihr. Da geh ich so durch Petersburg, gerate an eine Straße, wo ich lange nicht gewesen bin, such mich an was zu erinnern und komm nicht drauf – und plötzlich hör ich deutlich die Stimme, die mir hier vor, na ja, einem halben Jahrhundert einen Witz erzählt hat – was war noch mal die Pointe? Und auf einen Schlag alles andere, das Wetter, die Jahreszeit, meine Jugend mit jemandem – alles ist auf diesem Stein aufgezeichnet! Immer häufiger passiert mir so etwas jetzt auch in Moskau. Und seit Natan Fedorowskij nicht mehr lebt, auch in Berlin.

Er nämlich hatte mich an der Hand genommen und wie einen Blinden überall geführt. Er hatte mir Europa, den Westen beigebracht, die Restaurants und die Banken, die Galerien und die Büros. Er hatte gewußt, was in mir vorgeht, hatte geholfen, den süßen Schmerz der Freiheit zu bewältigen. In der Ethologie heißt so etwas Imprinting: Das erste, was ein Küken sieht, wenn es aus dem Ei schlüpft, wird zu seiner Mutter. Es kann auch eine Kuh sein – oder ein unrasierter Kerl, der dein Sohn sein könnte. Gott schenke deiner geplagten Seele Ruhe, Natan!

Deutsch von Rosemarie Tietze

MOSKAU

Elke Schmitter

ZU GAST IN MOSKAU

Es war beinahe dunkel in der Bar. Auf jedem der niedrigen Tische stand ein rotes Windlicht – es war Advent –, und in der Decke versenkte Leuchter gaben einen schwachen, unspezifischen Schein. Auf dem schwarzen Flügel des Pianisten, neben einem Bukett aus weißen und rosa Rosen, schimmerte ein fünfarmiger Leuchter. Die Bilder an den Wänden waren fröhliche und unverbindliche Erinnerungen an den Konstruktivismus der 20er Jahre, wobei sie sich gerade fragte, ob eine fröhliche Erinnerung überhaupt angemessen war: Hatte man sie nicht umgebracht oder doch ins Exil getrieben, Malewitsch und Lissitzky und so fort? (Aber selbst wenn: warum sollte in der Bar des Moskauer Kempinski nicht ein Bild aus dieser Zeit hängen, oder eben eine Erinnerung daran? Im Berliner Kempinski hatte man, nach dem Wiederaufbau – oder war es gar nicht zerstört worden? –, ja auch keine Nazikunst mehr präsentiert.) Die Wände waren in jenem zurückhaltenden Fraise tapeziert, das alles war und nichts – am Tag eine ganz unbestimmte Zartheit, für einen Damentee geeignet, und abends eine fast erloschene Glut. Allerdings war der Rest eher für Herren gedacht: Dunkler Teppichboden und massiver Kunststein, der die Wände einfaßte, und schwere Ledersessel mit breiten Lehnen. Allein die Kassettentäfelung der Decke ließ, von ferne, ahnen, daß man in Rußland war, im Land der profanen Viereckskultur. Am Tag zuvor war der Kulturminister und stellvertretende Vizepremier oder Vizepremier und zweiter Kulturminister – jeder sagte da etwas anderes – auf der Straße angeschossen worden, der Wagen durchlöchert von Kugeln. Der Fahrer war sofort tot; er selbst lag noch im Krankenhaus.

Männer saßen im Raum verteilt, in angelegentlicher Unterhaltung; dunkel gekleidet, unentwegt rauchend. Eine Gruppe Deutscher war neben ihr beim Bier versammelt und knackte Nüsse; die weißen Hemden und die Brillengestelle aus Metall leuchteten, und hier rauchte kein einziger. In der Ecke am Fenster, ihr schräg gegenüber, saß ein Mann in mittleren Jahren bei einem Mineralwasser, mit wachen Augen und einem Ausdruck zwischen Ironie und interesselosem Wohlgefallen; er sah aus wie Michel Piccoli in einem Film, dessen Titel ihr entfallen war, ein Familientreffen in Frankreich, und eine Gruppe junger Linker störte das irgendwie; am deutlichsten erinnerte sie sich an eine Einstellung, die wie das »Frühstück im Freien« aussah, und immer noch hätte sie gern gewußt, ob das beabsichtigt war. Wolfgang war davon überzeugt gewesen, mit dem Argument, daß Spezialisten eben wissen, was sie tun, aber Wolfgang fand Zufälle grundsätzlich störend. Auf der anderen Seite des Raums zwei junge Frauen, gleich unter dem Weihnachtsbaum. Die eine hatte den schmalen Oberkörper in ein schulterfreies, stark gesmogtes Oberteil in kobaltleuchtendem Blau gezwängt und drehte ihre braunen Locken in den Fingern; die andere trug ihr kostbar wirkendes Blond zu einem Helm geschnitten, akkurat und still. In der Mitte der Bar versanken fünf, sechs Männer zwischen dreißig und vierzig in den Sesseln, energiegeladen und überdrüssig, mit ihren Handys spielend und Zigaretten rauchend, eine Atmosphäre von müßigem und zugleich angespanntem Warten verbreitend. Zum Pianisten trat ein junges Paar; ein Synthesizer wurde ausgepackt.

Nun wurden ihre Füße warm. Es war französischer Rotwein; der Preis in »Units« angegeben, einer hoteleigenen Währung, deren Umrechnung – in Dollars, zurück in D-Mark, plus Service und eine Art Mehrwertsteuer – sie sofort aufgegeben hatte. Eine Tasse Kaffee in der Halle kostete jedenfalls über dreißig Mark, während das Schaschlik, auf dem Flohmarkt, weniger ausmachte als eine halbe Schachtel Marlboro. Die waren übrigens die einzigen, die ihre Werbung auf den Markt hier abzustimmen schienen, denn alles andere erkannte sie wieder: die goldene Nixe für ein Parfüm, oder war es ein Badeschaum, das Denkmalgesicht von Paloma Picasso und Cindy Crawfords Handgelenk für irgendeine Uhr. Nur die Marlboro-Männer ritten durch eine andere Landschaft; offensichtlich mußte da etwas amalgamiert werden, in diesem riesigen Markt des Ostens, dessen Männer ihren Frauen Dior-Düfte schenken sollten, deren Rauchergemüt aber noch autochthonen Eigensinn bewahrte. Die Fotos, die sie auf dem Flohmarkt gekauft hatten, waren im Verhältnis relativ teuer gewesen; die Willkür, die eben beim Nutzlosen herrscht, aber sie konnte nicht widerstehen. Die Gruppe von Erwachsenen, die auf diesem Bild versammelt war wie eine Schulklasse – und es war ja auch ein Fotolehrgang, wie ihr die Beschriftung dann übersetzt worden war –, sah eigentümlich rührend aus, vor einer Fototapete, die nicht ganz ausreichte: die beiden links standen vor einem Vorhang, und erst daneben begann das ärmliche Arkadien, ein von Ranken umschlungenes Säulchen und ein paar Zweige, vor einem unbestimmten Hintergrund verteilt. Stirnlocken waren damals offenbar schwer in Mode bei denen, die sich Mode leisten wollten, so daß von einigen der Männer eine Art Schlagersängercharme ausging; zumal von jenen, die, auf dem Teppich vor der Gruppe lagernd, die jüngste Frau der Gruppe umrahmten: ein düsteres Lolitagesicht unter dem strengen Pagenkopf, der runde weiße Kragen, hochgeschlossen, ein wenig zur Seite verrutscht, die Knie in der dunklen Strumpfhose unter dem Rock zu sehen. Über ihr saßen die anderen Frauen der Gruppe, auf Stühlen, eng aneinandergelehnt; eine andere Generation, eher wie von Käthe Kollwitz gezeichnet.

»Das ist schon die halbe Miete!«, klang es vom Tisch der Deutschen, dann wurde herzlich gelacht. Zwei junge Männer in Lederjacken schritten langsam den offenen Flur entlang, der die Bar zu den Konferenzräumen hin begrenzte, auf und ab, auf und ab. Ein einzelner betrat die Bar, in einem losen, ein wenig federnden Gang, ein kleiner Mann mit wenig Haaren auf dem Kopf und tiefliegenden hellen Augen. Er trat auf die Gruppe Wartender zu, die sofort in Bewegung geriet. Alle standen auf, Schulterklopfen, halbe Umarmungen, ein enthusiastisches, doch nicht überraschtes Begrüßen, Wodka für alle usw. »Würstchen und Sauerkraut, so etwas Herrliches!«, hörte sie nebenan. Eine Schlagerversion erklang; der Pianist bewegte die Schultern. Die junge Sängerin in Schwarz ergriff das Mikro und sang international.

Der zweite Rotwein war etwas zu kalt. Zwei der jungen, breit gebauten Männer aus der Gruppe steckten die Handys ein und gingen zu den Frauen unterm Weihnachtsbaum, schwenkten mit ihnen unbeholfen durch einen freigeschobenen Platz. Der zuletzt gekommene kleine Mann ging zu den

Musikern und ordnete dort etwas an; dann ergriff er das Mikrophon und sang, nicht laut, aber sehr sicher. Er ging auf die Deutschen zu, das endlose Kabel achtlos hinter sich wie ein geübter Showmaster, und teilte ihnen etwas mit. Zwei Frauen waren dazugekommen, mit einem weiteren Mann, der ihnen übersetzte: »Das ist seine Hymne, hat er gesagt. Er ist aus Armenien.«

Die Deutschen nickten verbindlich. Ihre Frauen, die Beine übereinandergeschlagen, tranken Weißwein und lächelten vage. Sie waren in ihrer Erzählung unterbrochen worden, in der von der Tretjakow-Galerie die Rede war, »der irre Zar, der seinen Sohn erschlagen hat, sie beide vom Blut besudelt, ihr macht euch keine Vorstellung!«.

Sie wollte am nächsten Morgen dorthin, es war kein weiter Weg; nur um die Baustelle herum, direkt vor dem Hotel, auf der sie nachts die Arbeiter sah, in Handschuhen und Mützen, zwischen den rasselnden großen Maschinen. Sie vollendeten einen Brückenarm – oder sagte man -fuß? – aus Beton; das Ding hatte wie alles Technische, das noch nicht (oder nicht mehr) in Benutzung war, etwas auch lächerlich Monströses; es ragte in das Dunkelblau wie das versehrte Glied eines hilflosen, riesigen Körpers. Darauf und darunter liefen die Männer herum, die ihr so ungemein sympathisch waren, wie auf einem Bild von Léger; sie machten einen einsamen und brüderlichen Eindruck, es gab nur sie auf der Welt – und eine nicht mehr junge Frau im Schlafanzug, die ihnen zusah, durch eine dicke und blitzsaubere Verglasung und ein Unendliches von ihnen getrennt. Es war viel Platz in Moskau, der Himmel hoch und dominant, wie oft bei Städten am Fluß, oder man achtete den Himmel mehr, weil es ein

Panorama gab. Im Schneetreiben, wie heute seit dem Nachmittag, verlor er seine Höhe und nahm an Dichte zu, ein zwischen allem schwebender Körper, sogar dem Kreml überlegen. Es war viel Platz, obwohl es wenig Lücken gab; obwohl zwischen den breiten Boulevards, wie Kapillaren, sehr schmale Straßen führten, niedrige Häuser entlang, die Straßen verstopft von parkenden und beinahe parkenden Autos. Der Fußgänger zählte hier nicht viel. Er war ein einzelner, der nicht einmal störte; seine untergeordnete Stellung zeigte sich auch in den absurden Wartezeiten an den Ampeln, wo eine Rotphase leicht zehn Minuten dauerte. Entwickelte sich aber eine Menge von vielleicht mehr als hundert Menschen, dann strömte sie beim Grünzeichen derart entschlossen über die Kreuzung, daß die Autos dazwischen steckenblieben, ihrerseits eingekeilt, die Fahrer energisch und folgenlos hupend.

Noch einmal ging der kleine Mann zum Pianisten, bestellte eine Musik. Er sang nun lauter, tanzte dazu; es war ein Walzertakt. Die beiden jungen Frauen hatten sich zu seiner Gruppe gesellt; sie saßen bei ihren vormaligen Tänzern auf dem Schoß. Die Deutschen waren still geworden; ihr Dolmetscher sprach auf sie ein. Es gab in der Tretjakow noch ein weiteres Bild, das von Vater und Sohn erzählte: Peter der Große, seinen Sohn zum Tode verurteilend. Ein trübes und verhärtetes Gesicht, und das des Sohnes, indolent und trotzig; eine eingefrorene Feindschaft, die so entschieden wurde, daß man das Blut nicht sah.

Der kleine Mann kam wieder; der Dolmetscher stand auf. Es fielen Entscheidungen, offenbar schnell, und die Deutschen wirkten überrascht, als der Champagner kam, in

Silberkübeln, den drei Kellner flugs in die Gläser gossen. Nun waren alle aufgestanden, der kleine Mann hielt eine Rede. »Er freut sich, daß sie seine Gäste sind … er ist Armenier, ein gastfreundliches stolzes Volk, und er bewundert die Deutschen, schon immer … er wünscht Ihnen gute Geschäfte …« Zwischen den einzelnen Sätzen war es sehr ruhig geworden; der Pianist markierte ein wenig Mozart. Nachdem sie angestoßen hatten, verschob der kleine Mann den freien Sessel an Bettinas Tisch und winkte dem Dolmetscher zu, der sich neben ihm niederließ. Er hat mich gar nicht gesehen, dachte Bettina mit wütender Erleichterung, für ihn bin ich gar nicht da. Der Mann holte einen kleinen Stapel Visitenkarten aus seiner Jackettasche und legte sie auf den Tisch, dann gab er jedem einzelnen die Hand, wozu er sich noch einmal aufrichtete. Er sprach in einem fort, während der Dolmetscher achtungsvoll wartete; er nutzte die erste Pause, um in die Gruppe hineinzurufen: »Ein großer Bauunternehmer … er hat das neue Stadion gebaut … Aufträge auch in Weißrußland … womit Sie handeln, möchte er wissen.«

Kupfer, hatte die Dame neben ihr im Flugzeug freundlich gesagt. Sie war noch jung und radikal blondiert; das kleine Mädchen neben ihr, ganz offensichtlich die Tochter, trug eine Schleife im Haar wie Shirley Temple. Mein Mann und ich handeln mit Kupfer. Sie gab dem Kellner das Tablett zurück; sie hatte nur Salat genommen und ihre Tochter die Mousse. Bettina rang mit sich, um eine möglichst taktvolle Formulierung ihrer Frage zu finden, doch es war alles ganz einfach: Ihr Vater war ein Funktionär, »high in the Moscow burocracy, in former times, you know«. Sie lebten nun in Cannes, schon seit drei Jahren, »we like it there, a lot of russian friends«. Die Truppe des kleinen Mannes verhielt sich ziemlich entspannt. Zu der sehr leisen Musik, die wieder nach Jazzpop klang, tanzten die beiden Paare nun eng umschlungen, ein wenig schwankend, die Gläser in der rechten Hand. Der einzelne Gast am Fenster hatte sein Mineralwasser bezahlt und ging an ihr vorbei; er nickte ihr leise zu. Sie kam sich nun allein gelassen vor; ein Mensch, der das Spiel nicht verstand. Wo kommen Sie eigentlich her, hatte der Hoteldirektor gefragt, aus Tirol?

Natürlich konnte man so gar nichts erkennen. Die tragen alle Waffen, hatte Wolfgang gestern gesagt, als er drei junge Männer dieser Art, breitschultrig und in Lederjacken, durch die Halle gehen sah, wo sie auf ihr Taxi warteten. Aber das waren Vermutungen, und vielleicht war immer noch der fundamentale Unterschied zwischen Männern und Frauen, daß Männer ihre Vermutungen als Behauptungen äußerten, grundsätzlich, egal, wo sie waren. Sie hatte jedenfalls einen anderen Eindruck gehabt, als sie gestern mit der Metro fuhr; sie fühlte sich vollkommen sicher und wohl, sie konnte die Gesichter lesen und deren Regungen erkennen; sie konnte Sympathie und anderes empfinden. Wenn sie nach dem Weg fragte, den Stadtplan ausbreitete und auf ihr Ziel wies, war es nicht anders als in Paris, nur verstand man sie hier fast nie; jetzt hatte sie aber gelernt, daß man Tschechow wie Dschiichow aussprach, guttural und zärtlich, eine Art Engelsröcheln. Die Biederkeit seiner Räume, in diesem kleinen roten Haus im Schnee, viel zu klein für den großen Prospekt, auf dem zehnspurig Autos fuhren; seine erste eigene Wohnung und zugleich seine Praxis: eine ernste niedrige Stube von schönen Proportionen, daneben sein Schlafkabinett und das seines Bruders: ein Eisenbett und ein Stuhl. Jemand hatte eine Teetasse auf den Nachttisch gestellt.

»Er holt Sie mit dem Flugzeug ab, von wo immer Sie wollen«, sagte der Dolmetscher gerade. Sie waren näher zusammengerückt und sprachen über Software. »Er hat zwei Flugzeuge und einen Hubschrauber.« – »Und eine kleine Privatarmee«, sagte der bärtige Deutsche ihm gegenüber; er warf es hin, scheinbar ganz unbekümmert; der Dolmetscher reagierte nicht. »Er wird wohl«, fuhr der Deutsche fort, »von Tarifverträgen nicht viel halten; wahrscheinlich sind schon diverse Arbeiter einbetoniert, in dieses große neue Stadion …« Der kleine Mann sah ihn sehr ruhig an. Er hatte eine Veränderung in der Atmosphäre wahrgenommen, und er schien zu überlegen, wie er darauf reagieren sollte. »Wir würden ihn gerne auf einen Wodka einladen«, sagte der blonde, etwas ältere Deutsche zum Dolmetscher und hob sein Glas dem Mann entgegen. »Wodka«, sagte er und wies mit dem Glas auf seine Brust, »wir … Drushba!« Der kleine Mann nickte und stand auf. Er gab dem Pianisten ein Zeichen, wies auf die Sängerin und wartete. Die Musik wurde jetzt sehr laut; die Sängerin schluchzte, und der kleine Mann verbeugte sich vor der rundlichen deutschen Frau, die zögernd ihren Begleiter ansah, den älteren Blonden. Er nickte ihr zu und legte seine Hand unter ihren Ellenbogen, drückte ihn langsam hoch. Das Paar ging zu der improvisierten Tanzfläche, dem geringen freien Raum zwischen den Sesseln, wo auch die beiden Russen wieder tanzten; der eine hob die Dunkelhaarige empor, sie schlang die Beine um seine Hüften und ließ sich durch den Raum tragen, während sie rhythmisch die Taille bewegte. Der kleine Mann zog die Deutsche an sich und drehte ein bißchen mit ihr herum; er sprach auf sie ein, die Hand auf ihrem Rücken.

»Das sind keine Russen«, rief der Dolmetscher gerade, gegen die Musik in die Gruppe hinein, »das sind Armenier; ja, das ist seine Privatarmee, wenn Sie so wollen, oder ein kleiner Teil davon.« – »Und wenn ich nicht mit ihm tanze«, rief die magere Deutsche fröhlich zurück, »dann läßt er uns alle erschießen?«

Wer soll es denn gewesen sein, hatte sie den Manager gefragt, die Nachrichten sprechen von Mafia? Die Mafia, ach ja, sagte er langsam und lächelte an ihr vorbei, das ist immer das einfachste. Vielleicht war es die Mafia, vielleicht seine Partei; vielleicht war es der Kreml, vielleicht war er es selbst. Wieso er selbst, wollte sie wissen, was wollen Sie damit sagen? Es stand nicht mehr gut um ihn, sagte der Manager, die Umfragen liefen schlecht, und so ein Attentat ist gut für die Popularität. Sie sah ihn verwirrt an, verwirrt vor allem von der Ungerührtheit, mit der er ihr all das sagte, der offensichtlichen Langeweile, die er dabei zeigte; eine ostentative Langeweile, eine selbstgefällige Ruhe. Aber wer läßt sich denn beinahe erschießen? fragte sie doch, er hat doch nur knapp überlebt!

Jetzt kam das Paar zurück; die Sängerin säuselte wieder. »Wir sind ein kleines stolzes Volk«, übersetzte der Dolmetscher nun, »aus einem schönen, weiten Land. Er möchte Sie alle einladen, mit ihm auf sein Land zu trinken.« – »Aber wir waren eigentlich dran«, sagte der blonde Deutsche, »wir wollen nun Wodka trinken.« Er winkte dem Kellner und sagte: »Wodka for all of us; bring us a bottle.« Sie nahm ihren letzten Schluck Rotwein.

BERLIN

Lew Rubinstein
PLUS MINUS BERLIN

Das schwierigste ist der Anfang. Deshalb fängt man am besten damit an, was am Ende stehen sollte. Am Ende sollte stehen, daß Berlin dazu verdammt ist, die Stadt der Zukunft zu werden. Im übrigen ist sie das schon, denn sie hat keine Gegenwart. Hier wird Gegenwart, ohne als Gegenwart recht bewußt zu werden, umgehend zur Vergangenheit. Die Geschichte Berlins, einmalig in ihrer Tragik und Zweideutigkeit, hat die Stadt zum Symbol werden lassen. In diesem Symbol leben und sterben jedoch Menschen. Nur wenn man sich selbst darin aufhält, versteht man, daß das eine Stadt ist, ein Platz zum Wohnen, und nicht bloß ein Wort, das in verschiedenen Lebensabschnitten mit völlig unterschiedlichen, manchmal einander widersprechenden Bedeutungen befrachtet wird.

Am Ende könnte außerdem stehen, daß ich diese Stadt einfach lieben muß, tiefinnerlich und nicht touristisch. Denn Berlin ist nach Moskau zur zweiten Stadt in meinem Leben geworden, in der ich gewohnt, die ich nicht nur besucht habe. Wie soll man auch eine Stadt nicht lieben, wenn man sich an ihre Gerüche zu allen Jahreszeiten erinnert. Jede neue Ankunft in Berlin fängt mit dem Geruch an. Der Geruch ist der universale Schlüssel der Nostalgie. Er funktioniert zuverlässiger als die bekannte Tür, die bekannte Kreuzung oder die bekannte Kellnerin im bekannten Restaurant. Kompakt umschließt er das eine wie das andere wie das dritte.

Man könnte abschweifen und sich eine ganz andere Stadt ins Gedächtnis rufen, nicht Berlin und auch nicht Moskau. Diese andere Stadt zwängt sich als ungebetene Dritte in meine Liebesgeschichte mit Berlin. Es ist Leningrad …

In Leningrad, so erzählte Mama oft, lebte ein Verwandter von uns. Ein weit entfernter Verwandter. Sie hatte ihn nie gesehen. Von ihm wußte man nur zwei Dinge, nämlich daß er ein alleinstehender alter Mann war und Hitler hieß. Was ja nicht wenig ist.

Unser Hitler lebte also in Leningrad, lebte still vor sich hin. Es herrschte Krieg, die Blockade. Hitler blieb in der Stadt. Hungerte wie alle andern. Eines Tages wurde er von zwei höflichen Armeeoffizieren abgeholt, die brachten ihn wohin, führten ihn in ein lichtes Büro. Dort ließen sie ihn auf einem Stuhl Platz nehmen und fragten: »Stimmt es, daß Sie den Namen Hitler tragen?«

»Ja, das stimmt.«

»Soso … Interessant.«

»Sie wollen wissen, ob ich nicht mit dem anderen verwandt bin?« erkundigte sich Hitler.

Die beiden warfen ihm einen prüfenden Blick zu. »Nein, das wohl kaum«, meinten sie. »Es geht um folgendes: Sollten Sie nicht vielleicht Ihren Namen ändern? Irgendwie ist das – Sie verstehen …«

Wie er losbrüllte! Das ist der Name meines Vaters, Großvaters und Urgroßvaters! brüllte Hitler. Mein Großvater war Rabbi in Lwow, ihn kannte die ganze Stadt. Soll der andere doch seinen Namen ändern, wenn ihn das stört, um so mehr als das gar nicht sein eigener Name ist, wie ich in der Zeitung gelesen habe. Besser noch, Sie schreiben ihm einen Brief, daß in Leningrad ein Namensvetter von ihm wohnt, dann ändert er seinen Namen doch in null Komma nix! Aber ich doch nicht!

Sie ließen den Alten dann in Frieden ziehen, so still und unauffällig, wie er sonst war. Auch würde er es wohl nicht mehr lang machen.

Er starb wie viele während der Blockade. Wo er beerdigt ist, weiß niemand.

Die Leiche des anderen, viel berühmteren, aber unechten Hitler wurde in Berlin verbrannt.

Es geht jedoch gar nicht um den Leningrader Hitler, sondern darum, daß mein Vater an der Leningrader Front Soldat war. Und darum geht es, daß der Vater einer Berliner Bekannten, einer Slawistin, an der gleichen Front Soldat war. Mein Vater kam im Sommer fünfundvierzig zum ersten und letzten Mal in die epische Berliner Ruinenlandschaft. Der Vater meiner Berliner Bekannten kam sehr viel später nach Berlin, nach soundsoviel Jahren sowjetischer Gefangenschaft. Wir hatten Glück, sie und ich, unsere Väter haben sich nicht gegenseitig umgebracht. Sie wußten offenbar, daß ihre noch ungeborenen Kinder sich eines Tages unbedingt begegnen und anfreunden müßten. In Berlin.

Man könnte vieles erzählen. Zum Beispiel, wie mit den Jahren das Bild dieser merkwürdigen Stadt mutiert hat, vielmehr, das Bild dieser merkwürdigen Städte, denn in der zweiten Jahrhunderthälfte hat es das Wort Berlin gleichsam nicht gegeben, das war ein Wort aus der Geschichte, ein Wort aus der Literatur. Im aktuellen Zeitgeschehen gab es zwei Städte, Antipoden, die zur zeit- und raumaufwendigsten Metapher für schizophrene Spaltung wurden.

Ich fragte einmal eine Philologin, die zu DDR-Zeiten in Ostberlin gelebt hat, wie sie und ihre Freunde mit dem psychologischen Problem fertig geworden seien, daß direkt vor ihrer Nase eine vollkommen andere und zudem absolut unzugängliche Welt existierte. Sie antwortete: »Wissen Sie, irgendwann kam der Moment, daß wir beschlossen, es gebe überhaupt kein Westberlin, jenseits der Mauer sei alles zu Ende.«

»Wie – alles?«

»Na, alles eben. Dort sei überhaupt nichts. So haben wir es ausgehalten. Dann kam die Vereinigung, und wir sahen – eigentlich eine Stadt wie jede andere. Ich lebe übrigens lieber im östlichen Teil.«

Man könnte auch vom dritten Berlin erzählen, das nach dem Fall der Mauer entstanden ist. Wie aus diesem jahrelang brachgelegenen Boden im Handumdrehen das eindrucksvollste Archtitekturbacchanal Europas emporwuchs.

Man könnte auch erzählen, daß Berlin von allen Großstädten am wenigsten selbstzufrieden ist. Mehr noch, es ist entschieden mit sich unzufrieden. Es ist imstande, sich kritisch und penibel aus der Distanz zu betrachten.

Erzählen könnte man auch, wie ich diese Stadt mit Hilfe des Fahrrads erkundet habe. Als ich für einen einjährigen Aufenthalt nach Berlin kam, wurde mir sehr schnell klar – ohne Fahrrad ist das kein Leben für mich. Wohl kaum spielten literarhistorische Umstände dabei eine Rolle. Wohl kaum hatte ich den hageren jungen Nabokov vor Augen, der durch die gleichen Straßen der gleichen, in seinem Fall ungeliebten Stadt geflitzt war. Weder auf den Sandwegen des Tiergartens noch am Abhang zum Grunewaldsee bin ich ihm je begegnet.

Ich fuhr durch Berlin und verwandelte auf diese Weise nicht nur die unverständliche Stadt in eine verständliche, sondern machte nebenbei auch eine Reihe von Entdeckungen. Zum Beispiel lernte ich die Autofahrer aus dem ehemaligen Westberlin von den Autofahrern aus dem ehemaligen Ostberlin unterscheiden. Erstere lassen dem Radfahrer die Vorfahrt, letztere nicht. Begriffen habe ich auch das Allerwichtigste. Radfahren bringt einem bei, eine wichtige Regel zu beachten: Man bleibt aufrecht, solang man sich bewegt. Es bringt einem außerdem bei, daß es Mühe kostet, das Gleichgewicht zu wahren.

Radfahren komprimiert den städtischen Raum nicht, deformiert ihn nicht, wie Autofahren oder U-Bahn-Fahren das tun, sondern bringt ihn angenehm näher. Der Fußgänger bewegt sich eigentlich zu langsam voran. Das Auto zu schnell. Im richtigen Tempo bewegt sich das Fahrrad.

Als ich aus Berlin abreiste, ließ ich es bei meinen Freunden als Geisel zurück, als Garantie für meine Rückkehr. Und dort steht es noch. Wenn ich meine Berliner Freunde anrufe, trage ich ihnen jedesmal einen Gruß an mein Fahrrad auf. Wie auch nicht? Ich war nicht einmal dazu gekommen, ihm einen Namen zu geben.

Man könnte auch von den Berliner Flohmärkten erzählen, deren allwöchentlicher Besuch für mich zum obligatorischen Ritual wurde. Flohmärkte sind sowieso etwas Faszinierendes, und die in Berlin haben noch ihre besondere Spezifik. Aufgrund historischer und geographischer Umstände sind die Berliner Flohmärkte ein Ort besonders intensiver Begegnung und Überschneidung von Kulturen und Epochen. Mit episch-musealer Gelassenheit koexistiert dort

Westeuropa mit Osteuropa, und die letzten drei Epochen der deutschen Geschichte vertragen sich miteinander ohne jede Dramatik.

Es war eine überraschende Wiederbegegnung mit der Kindheit. Denn mit einemmal begriff ich, woran mich das alles schmerzhaft erinnerte. Ich fand mich umgeben von Sachen und Sächelchen aus meiner Nachkriegskindheit. Trophäen. Buchstäblich die gleichen Bildchen, Täßchen, Koffer und Ziehharmonikas hatte es damals in fast allen Familien gegeben. Mein Vater hatte auch zwei Porzellanzwerge aus dem Krieg mitgebracht. Sie stehen bei mir bis heute. Der eine muß im übrigen ohne Kopf auskommen. Den verlor er vor sehr langer Zeit und nicht ohne meine Mithilfe.

Man könnte auch vom russischen Berlin erzählen, das ungewöhnlich bevölkerungsreich ist, geht man von der Häufigkeit aus, mit der Russisch einem ans Ohr trifft. Wie zu Nabokovs und Schklowskis Zeiten schimpfen die Emigranten auf Deutschland, schimpfen auf Rußland, schimpfen auf alles. Die Männer sind unzufrieden mit den Frauen, die Frauen mit den Männern. Eine russo-berlinerische Dame beteuerte, die deutschen Männer verweiblichten zusehends, sie hörten auf, Männer zu sein. Sie pissen wie die Frauen, auf der Kloschüssel hockend, sagte sie empört, sind das etwa Männer? Ich konnte mich nicht zu der Frage durchringen, wo sie denn sitzend pissende deutsche Männer gesehen habe. Ich zum Beispiel habe nie welche gesehen. Dafür sah ich einmal, wie mitten auf dem Bahnsteig im U-Bahnhof Güntzelstraße und mitten am hellichten Tag ein Mann mittleren Alters stand – Anzug, Schlips und Hut, selbstbewußt, die Beine breit gespreizt – und ungerührt den deutschen Kachelboden begoß. Interessant war, daß ihm niemand was sagte. Die Fahrgäste machten einfach einen Bogen um ihn, wichen phlegmatisch den nach allen Seiten fliegenden Spritzern aus. Der stürmische Harnentleerungsprozeß dauerte überdies so unwahrscheinlich lange, daß mir die Geduld nicht reichte, um das Finale dieser faszinierenden Szene abzuwarten, d. h. das unvermeidliche Auftauchen der Polizei. Offenbar hat dieser Mensch auf so radikale Weise die Ehre der Berliner Männer verteidigt.

Man könnte auch davon sprechen, daß das Problem des Männlichen und Weiblichen in seiner Tiefendimension besonders anschaulich wird am Beispiel städtischer Denkmäler. Ein Denkmal, ein Monument, ist schon von seiner Architektur her ein Manifest der Männlichkeit. Das radikalste, minimalistischste und, meiner Ansicht nach, beste Berliner Denkmal zielt nicht in die Höhe, sondern in die Tiefe. Ich meine das brunnenschachtartige Mahnmal mit den leeren Bücherregalen am Rand entlang, das am Bebelplatz errichtet (genauer gesagt: gegraben) wurde, an ebender Stelle, wo 1933 die Bücherverbrennung stattfand. Ganz recht: Was bewegt und Scham bewirkt, sollte man nicht herausstellen, man sollte es aber auch nicht vergessen. Es ist ein Mahnmal für das unruhige Unterbewußtsein. Ein Loch, eine Grube, ein Schlund, ein versiegter Brunnen. Aber zugleich ist es auch ein Schoß, befruchtet von der Zukunft. Was aus dem Kind später mal wird, hängt leider nicht mehr von uns ab. So wird Berlin zur androgynen Stadt.

Erzählen könnte man auch etwas ganz anderes, zum Beispiel, daß das Fragmentarische, die horizontale Komposition und der Polyzentrismus dieses Textes dem Fragmentarischen, der horizontalen Komposition und dem Polyzentrismus dieser Stadt zu entsprechen sucht.

Man könnte auch erzählen, daß man alles erzählen, aber überhaupt nichts begreifen kann.

Man könnte das ans Ende stellen oder ein anderes Kapitulationsgeständnis, aber das Finale ist bereits geschrieben. Siehe den Anfang.

Deutsch von Rosemarie Tietze

MOSKAU

Haralampi G. Oroschakoff

MOSKAU ODER DIE EIGENEN LEIDENSCHAFTEN SIND NICHT VERHANDELBAR

Die Grundstimmung war gut gewesen zu Anfang der 90er Jahre.[1] Das Wunder der gewaltlosen Auflösung des sowjetischen Imperiums in eine pseudodemokratische Gesellschaft hatte zu euphorischen Stimmungen Anlaß gegeben. Solcherart Stimmungen sind nicht von langer Dauer. Die amerikanische Glücksbesessenheit, die Hoffnung auf gesellschaftlichen Aufstieg, hat in kürzester Zeit in Rußland zu einem »oligarchen Wesen« geführt, dessen Gewinnzuwachs in diesem »Jahrhundert der Extreme« als einzigartig anzusehen ist, Tempo und Ausmaß betreffend.

Moskau ist im Gegensatz zu Berlin eine alte Stadt.[2] Als Hauptstadt und Namensgeber des russischen Reiches brauchte sie weder Wiedervereinigung noch neubekennende Prominenz, um zu einer multikulturellen Metropole stilisiert zu werden. Moskau ist ein Kontinent, und in seinem Selbstverständnis Erbe und Vollender des tausendjährigen oströmischen Reiches, d. h. Hüter der rechtgläubigen Lehre (Orthodoxie). Als verschlingender Moloch, als Schmelztiegel von über 300 Völkern, ist Moskau das lichtdurchflutete Zentrum des anderen Europa geblieben, mittlerweile verhübscht.

Das geheimnisvolle Rußland ist kein Wert, der vom

Westen politisch auf den Moskowiter Staat projiziert wurde. Es ist vielmehr ein spezifisch russisches Produkt mit einer literarisch-philosophischen Grundlage: die Emigration. Für die Entwicklung der russischen Geisteswelt hat diese ständige Institution Monster der Selbstbehauptung geschaffen. Zurückgehend auf die russischen Geheimbünde, erscheint die Entwicklung der russischen Geistesgeschichte als eine permanente Wiederholungsmaschine von Ursache und Wirkung, gespalten in Westler oder Slawophile. Durch das Zusammentreffen des sehnend-fürchtenden Westmenschen mit dem ganzheitlich-missionierenden Ostmenschen gipfelt diese Auseinandersetzung in der Aussage, daß Rußland nicht mit dem Verstand begriffen werden könne, ein Hinweis darauf, daß es eben gerade verstandesmäßig instrumentalisiert werden muß.

Irgendwann hatte ich trotzdem begriffen, daß das 20. Jahrhundert einen permanenten Zustand der Emigration darstellt. Überall werden unablässig die Begriffe herumgeschoben wie die Möbel, und entleerte Räume zurückgelassen – Triumph der Moderne.

Als ich am 18. Juli 1992 in Moskau ankam, erstmalig in meinem Leben und nach Erfahrungen mit zwei Generationen Emigrantendasein, da hatte ich gar keine Empfindungen. Meine ganze Jugend hindurch wurde ich bombardiert mit dieser Stadt, die so eng mit der Geschichte meiner Vorfahren verbunden ist, vor allem mit deren Rolle innerhalb der sogenannten Orientalischen Frage. Alles erinnerte mich fatal an mein erstes Zusammentreffen mit Leonardos »Mona Lisa« Ende der 60er Jahre während einer Besichtigungstour durch die europäischen Museen mit meinen Eltern. Meine

Mutter hatte mir ununterbrochen die Großartigkeit dieses berühmten Bildes mit mehr Lippen denn Gefühl vor Augen geführt, um dann, im Louvre angekommen, durch das Museum zu rasen auf der Suche nach ihrem Lieblingsbild. So stand ich nun etwas verlegen vor einem dicken Mädchen mit dümmlichem Grinsen, das mir absolut geheimnislos erschien. Ich spürte nichts. Moskau war grandios, schmutzig, heruntergekommen und menschenleer. Inmitten der monströsen Straßen und Plätze hatte ich das Gefühl, als ob keine Menschen da seien. Die gigantische Größe der Stadt, träge und verwahrlost, die mehrspurigen Fahrbahnen, kilometerlang und kerzengerade, verschluckten förmlich alles Lebendige – wir schrumpften zur Bedeutungslosigkeit. Das Meterband war verschwunden – Augenmaß.

Tage später, nach endlosen Metro-Fahrten, warmen Wodkas und überfüllten Räumen, pausenlos redend, zwei Wohnungen später sozusagen, da ließ ich mich endlich fallen in dieses sprunghaft Vermischte. Mein langjähriger Wunsch, die Verschränkung des Archaischen mit der Moderne als Wirklichkeitsmoment zu installieren, erschien mir zum ersten Mal möglich in der noch lichterlosen Metropole. Danach, in der düsteren »Masterskaja« am Tschistoprudny Boulevard, war das Leben, so banal wie austauschbar, das alles beherrschende Thema gewesen, innerhalb gelebter Geschichte(n). Auch wenn geschwindelt, manipuliert und intrigiert wurde, um so mehr wenn das Ergebnis oft schlampig und ungenau ausfiel, so spielte das absolut keine Rolle. Die westlichen »Sieger« galten als »genau« katalogisierend, als Beschützer einer reinen Form um ihrer selbst willen und Propagandisten von deren Verwertbarkeit. In diesen Tagen der Überproduktion von Individualisten[3] war die andere Seite besetzt von Weltbeglückern und gleichzeitig Vernichtern des Individuums, zumindest darüber war man sich einig.

Als ich im Mai 1994 zu Vorträgen wiederkam, da saßen Kostja Swesdochetow, Andrei Filippow, Nikita Alexejew[4] und all die anderen Freunde um den Tisch, als ob ich nie weggewesen wäre. Moskau war häßlicher geworden und die Galerien zahlreicher – Weststandard. Die russische Variante, Westformen zu adaptieren, um sie dann zu »russifizieren«, war in den Genuß der professionellen Akzeptanz des internationalen Kunstmarktes gekommen. Die »Türken« bauten mittlerweile überall, und in der Nacht zeugten zuweilen Schußwechsel von den ausgebrochenen Revierkämpfen der Gängstersyndikate, die nach und nach sämtliche Bereiche des städtischen Lebens übernahmen. Trotz dieser banalen Atmosphäre war eine Änderung spürbar. Die Kränkung über die mißglückte Sozialisation im Weltgebäude hatte die bis dahin allumfassende Bewegungslosigkeit innerhalb permanenter Bewegungen in Fraktionen gespalten, gepaart mit einer erschreckenden Gleichgültigkeit den eigenen Lebensumständen gegenüber. Der Glaube an die eigene Persönlichkeit und deren Möglichkeiten, vom Kommunismus auf eine permanente Zukunft hin projiziert, wurde damit erstmals in die Gegenwart hinein manifestiert.

Ähnlich einer zerrissenen Fläche, mühsam und unzivilisiert, war ein nationaler Körper im Entstehen begriffen. Auch vor dem Hintergrund dessen, daß Rußland vielleicht zu schnell expandierend ein Imperium geworden war, um so etwas wie eine nationale Identität herausbilden zu können, war dieser Vorgang bemerkenswert.[5] Das Kollektiv hatte dem Individuum Platz machen müssen. Die verbindlich scheinende Handschrift des künstlerischen Gedankenguts, welche die Moskauer Konzeptualisten, sie in der Zeit der »Perestroika« als »Botschafter von Glasnost« mißbrauchend, durch die westlichen Museen gejagt hatte (die andere Frage bleibt, wer jagt hier wen oder was?), war nun in eine natürliche Vielfalt der Fähigkeiten und Interessen übergegangen. Im selben Jahr wurde die Masterskaja, die Heimstätte des Moskauer Konzeptualismus, von einer Finanzgruppe gekauft. Kostja erzählte mir, daß sie innerhalb einer Woche ihre Werkstätten räumen mußten. Nach der legendären »Furmani lane« starb damit die zweite Heimstätte der Moskauer Avantgarde. »Gut so«, hatte Wadim Sacharow hinzugefügt, »jetzt muß jeder sehen, wo er bleibt.«

An einem heißen Frühlingsabend erschienen bei Sonnenuntergang auf dem Patriarchenteich-Boulevard zwei Männer. Der eine, annähernd 40 Jahre alt, trug einen mausgrauen Sommeranzug mit Weste, war mittelgroß, wohlgenährt, dunkelhaarig und hatte einen kohlschwarzen gesträubten Bakkenbart mit gewichstem Schnurrbart. Seinen seidenen Zylinder, der wie ein erblühter Pilz aussah, hielt er nachlässig in der Hand. Der Blick war kalt, die Züge unbeweglich, das Benehmen kühl und gemessen wie die Schritte. Der andere, ein breitschultriger junger Mann mit wirbligem schwarzem Haar und blauen lebhaften Augen asiatischen Zuschnitts, trug die Studentenuniform der Moskauer Universität und schwere schwarze Schuhe. Der erste war niemand anders als Konstantin Dmitrijewitsch Petkewitsch[6], Diplomat und Doktor der slawischen Philologie, sein junger Begleiter war der angehende Doktor der Rechte und nachmalige Staatsmann Gawriil Haralampowitsch Troschakow[7]. Dieser junge Mann war als Agent unter dem Pseudonym »Mr. Gabriel« in den Dienst des asiatischen Departements getreten, um voller Begeisterung seine Tatkraft der »Vereinigung aller Slawen«[8] zu widmen – zum Wohle der russischen Mission.

Es ist nun an der Zeit, die erste Merkwürdigkeit dieses lieblichen Maiabends zu erwähnen. Nicht nur bei dem kleinen Getränkestand, den sie ansteuerten, nein, in der ganzen Allee, die parallel zur Malaja-Bronnaja-Straße verläuft, war keine Menschenseele zu sehen.

»Sie wissen gar nichts von uns, nichts ...«, sagte Kostja, während wir an einer Bauruine abbogen. »Nein«, schüttelte ich den Kopf, »warum auch.« Wir fuhren in die Petljura. An einer breiten menschenleeren Straße sah ich ein Holzgatter mit einer schiefen Tür. Irgendwer stürzte angetrunken heraus, und wir betraten einen großen Innenhof. Hinten, im gleißenden Scheinwerferlicht, tobte eine ausgelassene Schar zur Musik der 60er Jahre. Ein heller Lichtkegel inmitten der Dunkelheit – ich trat in ein Wasserloch. Kostja und Boris Matrosow waren schon vorausgegangen und vermischten sich mit den gehenden, tanzenden oder sitzenden Figuren, riesige Schatten auf die Häuserwände projizierend, Adebar, aus einem Kubelka-Film. Alle sprangen herum, stießen und drängten sich aneinander als unaufhörliches Gewühl. Die Musik dröhnte laut und scheppernd aus einem Lautsprecher. Schönheiten stolzierten auf hochhackigen Pfeilabsätzen herum, provozierend. Ein Vorgang, der zu stimulierenden Bewegungsabläufen Anlaß gab, von mir keine Notiz nehmend.

Gutgelaunt drängte mich Sergej Woronzow weiter eine schmale Treppe hinunter. Ich betrat die »Bar«. Der Raum war eng, niedrig und hatte eine improvisierte Theke aus Holzlatten als beherrschendes Seitenstück. Dahinter stand ein älterer Mann mit dem Gesicht des Alkoholkenners. Er trug Cowboykleidung mit Fransenjacke in schwarzem Velourleder, schwarze Handschuhe und einen Pistolenhalfter. Kalte Augen, die zuviel gesehen und zuwenig vergessen hatten, glitten ohne erkennbares Interesse an meiner Erscheinung vorbei. Ich bestellte 1000 Gramm Wodka. Wir tranken auf die Wiedergeburt der russischen Seele, auf die Wiedererstarkung des russischen Reiches, auf Glück und Gesundheit und daß alles zum Teufel gehen möge. Ich rauchte wie ein Schornstein, und meine Reaktion war zu Bahnschranken mutiert.

In diesem Moment ereignete sich die zweite Merkwürdigkeit; sie betraf jedoch nur Gawriil. Er hörte plötzlich auf zu schlucken, sein Herz hämmerte und verschwand für einen Moment, dann kehrte es zurück, doch steckte jetzt eine stumpfe Nadel darin. Überdies wurde er von einer grundlosen, aber so heftigen Angst gepackt, daß er am liebsten Hals über Kopf davongelaufen wäre.

Ich stolperte wieder zum Tanzplatz hinauf, suchte mir eine Holzkiste und ließ mich auf einer frischen Weinpfütze nieder. Der riesige Innenhof war von allen Seiten von Häuserkomplexen eingeschlossen. Überall brannte Licht, standen rostige Geräte herum oder türmten sich Abfallberge. Ein junges Mädchen beugte sich von hinten über mich und sagte leise: »Ich heiße Margarita[9] … Du bist müde, wir haben dir ein Bett gemacht«, und deutete auf ein gegenüberliegendes Gebäude. Ich sah mich um. Kostja war unauffindbar, Borja unansprechbar, irgendwer rief laut nach einem Super-8-Projektor. Das Mädchen ging voran, betrat das große Haus und stieg über zum Teil abgebrochene Treppen in den letzten Stock hinauf. Wir hörten Stimmen, gingen daran vorbei und betraten ein Zimmer. Sie deutete auf eine Ecke, lächelte freundlich und verschwand. Ich war allein. Es war stockdunkel. Furchteinflößend. Ich riß ein Streichholz an und hielt es vor meine Augen. Im flackernden Schein der Flamme sah ich, daß dieses Zimmer rundherum mit schwarzem Plastik ausgeschlagen war. In der Mitte des Raumes hing eine Glühbirne von der Decke. Sie baumelte bis knapp über den Boden. Fatale Schönheit, dachte ich, unzählige Geschichten für dich und für mich, ohne Vorstellung von Geschichte. Darunter lag ein Papier. »Moskwa«[10] war mit weißer Farbe darauf geschrieben – ich verbrannte mir den Daumen.

Es sei eingeflochten, daß der Diplomat ein belesener Mann war und in seinen Ausführungen sehr geschickt auf antike Chronisten verwies, welche die Existenz einer westlichen Vorherrschaft mit keinem Wort erwähnt hätten. Er erzählte von der Großfürstin Sofja (Zoe Palaiologos), der Nichte des letzten byzantinischen Kaisers Konstantin XI., über Kitai-Gorod, »Chinesenstadt«, rund um den Moskauer Kreml gelegen, ein Symbol für die fast 300jährige Anwesenheit der Tataren im Zentrum des moskowitischen Staates, und dann, er hielt inne, über die Eroberung Konstantinopels, des goldenen Zarigrad, durch die osmanischen Türken. Er sah dem jungen Studenten in die Augen und sagte: »Der hochwürdige Mönch Philotheos, im Kloster des heiligen Eleasar zu Pskow unter dem Erzabt Charlampi, deinem Vorfahren, hat im Jahre 1510 die Theorie vom Dritten Rom verfaßt. Der russische Herrscher ist auf der ganzen Erde der Zar über die Christen … – in der von Gott geretteten Stadt Moskau, denn zwei Rome sind gefallen, aber das dritte steht, und ein viertes wird es nicht geben …« Gawriil, dem all das neu war, hörte Konstantin Dmitrijewitsch aufmerksam zu; nur ab und zu, wenn ihn der Schluckauf beutelte, murmelte er flüsternd Schmähungen. Mitten im Satz erschien in der Allee auf einmal ein Mann. In der Folgezeit, als es längst zu spät war, legten verschiedene Behörden Berichte mit einer Beschreibung dieses Mannes vor, deren Vergleich Erstaunliches zutage brachte. So heißt es in dem einen Bericht, der Mann sei klein, habe Goldzähne und lahme auf dem rechten Fuß. Ein anderer besagt, der Mann sei riesengroß, habe Platinkronen und lahme auf dem linken Fuß. Kurzum – ein Ausländer. Er setzte sich auf die Nachbarbank. »Dieses grausame Volk, im Alkoholismus gefangen, unendliche Massaker, abgelöst von ewiger Unterwürfigkeit. Wir mußten sie zu etwas Tiefem stilisieren, zu reinen Kinderseelen, ausgenommen die Geschichte der Vollendung«, sagte er in erschreckender Deutlichkeit aus der Tiefe des Raumes.

Das zweite Streichholz erlosch augenblicklich, und wieder wurde ich vom unendlichen Schwarz aufgesogen. Die Suche nach der Streichholzschachtel mündete in einen satten dumpfen Ton, als ich schmerzhaft mit dem Kopf an die Wand donnerte. Einen endlosen Schwall wienerischer Flüche ausstoßend, kroch ich in meine Ecke. »Horch, die Stille«, sagte Margarita zu mir, und der Stoff knirschte unter ihren bloßen Füßen. Sie stand unbeweglich im Türrahmen, eine Giacometti-Figur, modelliert im fahlen Seitenlicht, »Horch und genieße das, was dir nie im Leben gegeben war – Frieden«. Ich erhob mich lachend, dabei schwappte die Wodkaflasche bei jeder Bewegung über, glänzende Inseln im Schwarz hinterlassend. »Gepränge müssen mit Inhalten gefüllt werden«, sagte ich, »wollen Sie nicht austauschbare Staffage bleiben!« – »Ach du, …«, flüsterte Margarita und schüttelte ihre kurzen Haare, »du Unglücklicher … Ich habe meine Natur verloren und eine andere angenommen und nur an eins gedacht, an das Gewitter über Jerusalem. Ich habe mir die Augen ausgeweint, und jetzt willst du mich davonjagen. Gut, ich gehe, aber wisse, die Welt verändern ist sehr einfach, wenn sie erreichbar geworden ist.« Sie drehte sich langsam um und ging rechter Hand den Gang entlang. »Ich habe Hunger«, hörte ich sie leiser werdend sagen, »Rußland ist der geheimnisloseste Ort der Welt.«

Am nächsten Morgen erschien Kostja, und wir machten uns auf den Weg zum ICA. Im Tschistoprudny Boulevard 11 angekommen, warteten Fahrid Bogdalow und Georgi Lititschewski bereits, um mich in den Ausstellungsraum zu führen. Ein älterer Mann in Unterwäsche öffnete die Tür und ließ uns eintreten. Der Gang war dunkel und schmuddelig, ein Wasserhahn keuchte tröpfelnd in der Ecke. Fahrid, ein stämmiger Tatare, ging voraus, holte einen Schlüssel und hantierte damit herum, mit spürbar wachsender Ungeduld. Die Tür ließ sich nicht öffnen. Er sah mich aufmunternd an, machte eine beschwichtigende Geste und trat einfach die Tür auf. »Wsjo w porjadke« (alles in Ordnung), murmelte er zufrieden, die Holzsplitter von der Hose wischend. Es waren zwei Räume, ineinander übergehend. Kein Platz für erweiterte Kunstbegriffe oder Gerechtigkeitsutopien.

Als der Autor dieser wahren Zeilen wieder nach Berlin zurückkehrte, Wochen später, hörte er selbst im Flugzeug jemanden erzählen, in Moskau seien 2000 Menschen im wahrsten Sinne des Wortes splitternackt aus dem Theater gekommen und in dieser Verfassung mit Taxis nach Hause gefahren. Weder die eisige Kälte noch willkürliche Zahlungsforderungen hätten sie ernsthaft gestört.

ANMERKUNGEN

1 Die Frage nach den Werten, die im Zentrum der europäischen Geschichte steht, ihre Institutionen verändert hat und formt, vor allem als Leitfaden der Politik diente, ist eine permanente Konfliktgeschichte der großen Ordnungssysteme: Demokratie und Kapitalismus, Demokratie gegen Faschismus und Kommunismus, Kommunismus gegen plurale Marktgesellschaft. Wir müssen uns daran gewöhnen, unser Verlangen nach tragfähigen Definitionen unserer Identität abzuschütteln.
S.: S. P. Huntington: Kampf der Kulturen, Europa Verlag, München/Wien 1996.
2 Eine Gründung des Juri Dolgoruki im Jahr 1147, war die befestigte Anlage schon damals sowohl mit Byzanz als auch später mit den mongolischen Khanen dynastisch und politisch verbunden. Trotz wiederholter Belagerung und Zerstörung wurde Moskau zum Handels- und Handwerkszentrum und bald darauf zur Hauptstadt

des Moskowiter Staates. Mit der Vergabe des Großfürstentitels an Iwan I. Kalita (der Geldbeutel, † 1341), feierlich vorgenommen vom Khan Ozbeg im Jahre 1328 in Serail, wurde Iwan damit auch zum Tributeintreiber für all die anderen Teilfürstentümer bestellt. In einer Mischung aus Rücksichtslosigkeit und staatspolitischer Umsicht wurde Moskau zum Zentrum der sogenannten »Sammlung aller Länder der heiligen Rus«.

S.: H. J. Torke: Lexikon der Geschichte Rußlands, Verlag C. H. Beck, München 1985.

3 S.: Haralampi G. Oroschakoff (Hrsg.): Kräftemessen, Verlag Cantz, Ostfildern 1995.

4 N. Alexejew, geb. 1953, Künstler und Schriftsteller, Mitbegründer der Gruppe »Kollektive Aktion«, 1982 1. Apt-Art-Galerie in seiner Wohnung; A. Filippow, geb. 1950, Künstler/Kurator, Mitglied von »Klawa«, seit den 80er Jahren Beschäftigung mit dem Thema »Moskau, das Dritte Rom« und dem »Himmlischen Jerusalem«; K. Swesdochetow, geb. 1958, Künstler/Poet, Mitbegründer der Gruppe »Fliegenpilz« (1978–1984) und der Gruppe »Weltmeister« 1986; W. Sacharow, geb. 1959, Künstler/Publizist, Mitbegründer der Gruppe »SZ«, seit 1992 Herausgeber der Zeitschrift »Pastor«. Alle Künstler gehören zu den führenden Mitgliedern des Moskauer Konzeptualismus.

5 S.: G. Hosking: Rußland, Nation und Imperium, Siedler Verlag, Berlin 2000.

6 Konstantin Dmitrijewitsch Petkewitsch, Diplomat und Publizist, 1831 Baschino Sello – 1898 Odessa; Lycée Richelieu d'Odessa 1847–1852; Dr. d. Slaw. Philolog. der Kais.-Russ. Univers. St. Petersburg 1852; Eintritt in das Kais.-Russ. Ministerium d. Äußeren im Krimkrieg. Kais.-Russ. Gen. Konsul v. Dubrovnik 1857–1869 (Montenegrinisch-türkischer Krieg). Danach in Palästina und Bei-

rut 1869–1876 (Die Affäre S. H. Kyrill, Patriarch von Jerusalem: der Kais.-Russ. Botschafter von Konstantinopel, Graf Ignatjew, versuchte starken Druck auf den Ökumenischen Patriarchen auszuüben, um »russische« Kandidaten auf die Patriarchenthrone von Antiochia und Jerusalem durchzusetzen.) S.: Schriftverkehr Petkewitsch, Giers, Ignatjew, Koshewnikow, u. a. Archiv Außenamt Moskau. Freundschaft mit den Panslawisten N. Tschernyschewski, W. Hanka und P. Schafarik. Zahlreiche Schriften zu den altslawischen Handschriften der Athosklöster. Seine Brüder Andrej, Dimitri und Afanassi waren auch im diplomatischen Dienst.
S.: Akademie d. Wissenschaften, St. Petersburg; D. Hopwood: The Russian Presence in Syria and Palestine, 1843–1914, Oxford 1969; B. Pavicevic: Montenegro at the End of 1862; Revue historique, Belgrad, 1960; M. Jovicevic, The Montenegrin Royal Marriages, Cetinje 1988.
Kontantin Petkewitsch ist der Ururgroßvater des Autors.

7 Gawriil Haralampowitsch Oroschakoff, 1849 Oroschanka/Cherson – 1907 Sofia, unter unaufgeklärten Umständen. Sohn des Grafen Haralampi G. und der Maria Borissowna, geb. Baronin Fitingow (Vietinghoff); Lycée Richelieu d'Odessa 1856–1860, Prof. Dr. jur. der Kais.-Russ. Universität Moskau 1860–1877; Mitglied d. slaw. Wohltätigkeitsgesellschaft Moskau (Sektion Balkan); 1882 von General Sobolew, Fürstl. Bulg. Premierminister, zum Oberstaatsanwalt nach Sofia berufen; Minister f. Justiz und Staatssiegelbewahrer in den Kabinetten Karawelow IX u. XI, 1886. Nach der Dethronation russischer Offiziere des Fürsten Alexander I. v. Bulgarien, Prinzen Battenberg, wird G. H. O. unter Anklage gestellt, inhaftiert und mißhandelt; verdeckte Tätigkeit als »Mr. Gabriel« (die Silistra-Russe-Unruhen, 1887; die Beltschew-Stambolow-Affäre, 1894). Im Vorstand der Liberalen Partei; zahlreiche Schriften zu

Rechtswissenschaft und Handelsrecht, u. a. Herausgeber und Übersetzer von Théophile Piat: Le Code de Commerce Ottoman, 1894; Jeremia Bentham: Practice of the High Court, 1893; M. Beli, Le Code Civil de l'Empire Ottoman, 1893. Alle Kyrill-und-Methodios-Universität Sofia.
Gawriil Haralampowitsch ist der Urgroßvater des Autors.
S.: S. Radew: Stroitelite na sowrem. Bulgaria (Baumeister des heutigen Bulgariens), II. Bd., Sofia 1973; R. v. Mach: Aus bewegter Balkanzeit, 1879–1918, Berlin 1928; M. Je. Saltykow-Schtschedrin: Catalogue des Sources documentaires ... La Russie et la Bulgarie, Staatsbibliothek Leningrad 1977; u. v. m.

8 Das sogenannte Griechische Projekt, das Programm der russischen Orientpolitik nach 1774, dessen spektakulärstes Ziel die Zerschlagung der osmanischen Balkanherrschaft und die Errichtung eines neuen griechischen Kaisertums als Sekundogenitur des Hauses Romanow war, rief die anderen Großmächte auf den Plan. Frankreich sah seine traditionell bevorzugte Position bei der Hohen Pforte gefährdet; Großbritannien begann in Rußland einen handelsimperialen Konkurrenten zu sehen; Österreich schließlich, das Expansionsabsichten auf dem Balkan hegte, betrachtete Rußland als Todfeind. Im Zeichen des Kompensationsprinzips entwickelte sich die »Orientalische Frage« von nun an zu einem grand thème der Großmachtdiplomatie. Rußlands Anspruch auf ein Protektorat über die orthodoxen Christen unter osmanischer Herrschaft, die »Palästina-Frage« und der Zugang zum Schwarzen Meer wurden zur Schwerpunktverlagerung durch die russische Diplomatie. Sie sehen ihren Ausdruck in den vielfachen Türkenkriegen, beginnend mit dem ausgehenden 17. Jahrhundert und endend 1876 mit der Gründung des Fürstentums Bulgarien. Nach der »Bulgarischen Krisis« 1894 (das Fürstentum wechselt in das österreichische Lager

über, Fürst Ferdinand I., Prinz von Sachsen-Coburg und Gotha wird von Rußland nicht anerkannt) wird Rußlands Einfluß auf dem Balkan sukzessive zurückgedrängt.
S.: S. H. J. Torke: Lexikon der Geschichte Rußlands, Verlag C. H. Beck, München 1985.

9 M. Bulgakow: Der Meister und Margarita, DTV, München 1968.

10 Haralampi G. Oroschakoff (Hrsg.): Zeichnungen der Moskauer Szene, Edition Hohenthal und Bergen, München 1995.

BERLIN

Michail Ryklin
DIE SPRACHE DER STUMMEN

Als ich im Februar 1995 zum ersten Mal nach Berlin kam, war die Gegend um den Potsdamer Platz eine Wüste mit ein paar rußigen Ruinen; im braunen Gras ragten hier und da die Fundamente neuer Häuser auf, vorherrschend aber waren frisch ausgehobene Baugruben. *So etwas* im Zentrum einer großen europäischen Stadt konnte ich mir gar nicht vorstellen. Während meiner zahlreichen Besuche beobachtete ich, wie ein weiteres, das dritte Zentrum Berlins emporwuchs, neben dem westlichen Zentrum am Kurfürstendamm und dem östlichen Unter den Linden. Es ist klar, daß nur in einer Stadt, die vor relativ kurzer Zeit Epizentrum einer Katastrophe im Weltmaßstab geworden war, so ungleichzeitige und unterschiedliche Architekturensembles parallel existieren konnten. (Außerdem fehlte in Berlin von Anfang an die Ringstruktur der aufeinanderfolgenden Befestigungen, aus denen Städte wie Moskau und Paris herauswuchsen.)

Sieht man von der superneuen Stadt auf dem Potsdamer Platz ab, ist Berlin schon insofern einmalig, als sich hier in einer Stadt in Wirklichkeit zwei verbinden. Die Grenze zwischen ihnen ist nicht genau zu lokalisieren, mit den Jahren dematerialisiert sie sich immer stärker. Wenn der Abriß der Berliner Mauer wenig Zeit in Anspruch nahm, sind die Produkte der ein halbes Jahrhundert währenden kulturellen Teilung wesentlich schwerer aus der Welt zu schaffen. Für mich ist diese Teilung Teil meines *eigenen* kulturellen Gedächtnisses – sie wäre undenkbar ohne das Land, in dem ich geboren wurde, ohne die Stadt, in der ich lebe, und ohne das so extrem mythologisierte Ereignis der sowjetischen Geschichte – die Eroberung Berlins.

Bei meinen ersten Dienstreisen nach Berlin (fast alle meine Reisen waren Dienstreisen) wohnte ich im Westteil, in Wilmersdorf, Schöneberg und Kreuzberg, und machte nur Ausflüge in den Osten. Doch Ende 1997 wohnte ich einen Monat in der Schwarnweberstraße, unweit vom Bahnhof Lichtenberg, östlich vom Alexanderplatz. Der Besitzer der Wohnung, in der eine der beachtlichsten Privatbibliotheken stand, die ich kenne, verlegte eine Zeitschrift mit kleiner Auflage, Ausstellungskataloge und Kunstbücher und beteiligte sich aktiv am Ostberliner kulturellen Leben. Er lud mich zu einer Ausstellung eines expressionistischen Künstlers ein, die in einer riesigen verfallenen Garage stattfand; auf der Vernissage spielte eine russische Rock-Gruppe, das Vergnügen dauerte bis lange nach Mitternacht.

Mein erster Spaziergang auf der Frankfurter Allee (der ehemaligen Stalinallee) war ein echter Kulturschock. Eine so breite Straße, beiderseits im Paradestil der Stalinschen Nachkriegszeit bebaut, habe ich selbst in Moskau nicht gesehen. Die Cafés und Geschäfte waren erstaunlich leer. Hier hatten die DDR-Architekten in gewisser Weise den Moskauer Prototyp noch überboten. »Lernen heißt siegen lernen«, mit diesem Satz reagierte der genannte Verleger auf mein Staunen.

Endgültig überzeugte ich mich von der Existenz zweier Kulturen in einer Stadt auf der Ausstellung »Im Parteiauftrag« im Historischen Museum Unter den Linden, die sich der Geschichte der DDR widmete. Das war eine Sammlung von Videoprojektionen, von Plakaten, Abzeichen, Urkunden, Orden und Bannern des untergegangenen Staates. Ich blätterte im Gästebuch. Dort schrieben vor allem Bürger der ehemaligen DDR, der Ton ihrer Einträge war aggressiv und nostalgisch zugleich. Sie warfen der Ausstellung Parteilichkeit vor, sie erfülle den Auftrag einer Partei, wenn auch einer anderen, die eigene Geschichte sei entstellt, in der DDR habe es keine Arbeitslosigkeit gegeben, dafür aber Sanatorien, Erholungsheime etc. Ein geradezu pathetischer Ausruf hat sich mir eingeprägt: »Honecker, du hättest die Mauer zehn Meter höher machen sollen!« Die westliche Seite war wesentlich spärlicher vertreten, nur gelegentlich hatte ein Japaner auf englisch seine höfliche Begeisterung geäußert.

Ich fühle mich in Berlin ziemlich wohl, nicht nur, weil ich es nach sechs Jahren recht gut kenne und nicht übel Deutsch spreche, sondern auch, weil der dieser Stadt innewohnende Widerspruch meinem eigenen Tun nicht nur nah ist, sondern vielleicht sogar sein Herzstück darstellt. Berlin ist die einzige Stadt, wo demokratische Kräfte, die im Krieg gegen den Nazismus gekämpft haben, jahrzehntelang Seite an Seite mit einem Totalitarismus anderen Typs existierten, in vielem einem Import aus der Sowjetunion, deren Logik ich zu verstehen versuche. Obwohl unter meinen Berliner Freunden Abkömmlinge beider Kulturen sind und ihre Sicht auf das Geschehen nicht identisch ist, kann ich mich keiner der beiden Seiten anschließen – weniger darum, weil ich Ausländer bin, als weil ein *analoger, wesentlich schrofferer* Widerspruch in mir selbst ungelöst besteht (wenn er auf der

Ebene der Reflexion überhaupt lösbar ist). Innerhalb Berlins existiert in sanfter, vermittelter Form ein Widerspruch, der in Moskau dramatische, nur minimal vermittelte Formen annimmt: der Widerspruch zwischen Postindustrialismus und einem Sozialismus, der für tot erklärt, jedoch in der Kultur noch lange nicht tot ist. Darum wird den Moskauern an Berlin wohl noch lange etwas vertraut vorkommen.

Berlin ist nicht einfach eine Stadt, die dem Osten Europas zugewandt ist, der Osten bildet einen wesentlichen Teil von ihm. Darum hat gerade Berlin alle Aussichten, mit der Zeit zum Zentrum eines Großen Europa zu werden, das Rußland mit einschließt; eines Europa, dessen Existenz vorläufig nur behauptet wird, doch dessen Fundamente in den letzten zwölf Jahren stetig gelegt werden. Ich hatte das Glück, in den Jahren der größten Rußland-Mode – das Land hatte sich plötzlich der Welt geöffnet und maßlose Erwartungen geweckt – zuerst in Frankreich und dann in den USA zu arbeiten. Die Mode verging, die Erwartungen wurden in vielem nicht erfüllt, die Kontakte wurden spärlicher. Es blieben angenehme Erinnerungen, zwei Dutzend Publikationen und vor allem eine veränderte Art zu schreiben.

In Paris kann man vieles lernen, doch dort interessiert sich fast niemand für die Welt, aus der wir kamen. Die Stars des intellektuellen Markts sind, wie es sich für Himmelskörper gehört, selbstgenügsam und leuchten der ganzen Welt mit demselben gleichmäßigen Licht. In Deutschland erlebte ich zum ersten Mal, daß das Interesse an der traumatischen sowjetischen Erfahrung nicht von einer Mode diktiert, sondern dauerhaft ist. Inzwischen schreibe ich schon etwa sechs Jahre für die Berliner Zeitschrift »Lettre International«, eines der wenigen Organe, das Westeuropa systematisch in einen umfassenderen, weltweiten intellektuellen Kontext stellt.

Das heutige Berlin ist eine Stadt nach einer großangelegten Transplantation. Ein Körper, der aus zwei Teilen besteht, dem westlichen und dem östlichen, erhielt ein zusätzliches Organ, das diese Teile organisch verbinden soll. Bei jedem Besuch in Berlin beobachtet man, wie sich das neue Organ, das »dritte Zentrum«, mit der einen Seite an den Osten der Stadt schmiegt, mit der anderen an den Westen. Der Abstoßungseffekt ist bislang noch nicht überwunden. Man ertappt sich dabei, daß man diesen Teil der Stadt so schnell wie möglich hinter sich lassen und in wohnlicheren Bezirken ankommen will.

2.

Die Geschichte der Beziehung der Russen zu den Deutschen läßt sich an der Geschichte des Wortes »Deutscher« ablesen. Das »Russisch-deutsche Wörterbuch« von 1900 gibt seine Bedeutungen in folgender Reihenfolge an: 1. Der Stumme, 2. Ein der russischen Sprache Unkundiger; der Ausländer vom Westen, der Westländer, 3. Der Deutsche. Also stand vor hundert Jahren in diesem Wort die prinzipielle Stummheit im Vordergrund, das Fehlen einer Sprache als solcher, dann erst kam die mangelnde Kenntnis des Russischen (das naiv mit Sprache als solcher gleichgesetzt wurde), die alle Westeuropäer betraf, unter denen man später ein einzelnes Volk herausgriff, die Deutschen im heutigen Wortsinn. Das heißt, die Stummheit der Deutschen repräsentierte in den Augen der Russen ursprünglich ganz Westeuropa, erst später hat man differenziert; nur für die Deutschen fand die russische Sprache ein eigenes, originelles Wort, das nicht der Eigenbezeichnung entspricht. So lebt in Frankreich der Franzose, in Amerika der Amerikaner und nur in Deutschland der »Stumme«.

Dostojewski verblüffte an Berlin, daß »die Berliner, einer wie der andere, so ungeheuer deutsch aussahen« (wie sie sonst »aussehen« sollten, blieb unklar), und überhaupt machte die Stadt auf ihn »den säuerlichsten Eindruck«: »Sogar die Linden mißfielen mir ...«[1] Außerdem fand der Schriftsteller, daß Berlin bis zur Unglaublichkeit Petersburg gleiche.

Übrigens verbrachte Dostojewski nur einen einzigen Tag in Berlin. Vladimir Nabokov dagegen wohnte hier fast 15 Jahre (1922–1937); in Berlin entstanden fast alle seine russischen Romane. Dostojewski konnte er nicht leiden und hielt ihn für einen mittelmäßigen Autor. Doch die Stummheit der Deutschen kultivierte er in sich mit beneidenswerter Beharrlichkeit. »... in den fünfzehn Jahren, die ich in Deutschland verbrachte«, schreibt er stolz in seinen Memoiren »Erinnerung, sprich«, »habe ich mit keinem einzigen Deutschen nähere Bekanntschaft gemacht, nicht eine einzige deutsche Zeitung gelesen und niemals die geringste Peinlichkeit empfunden, daß ich nicht Deutsch spreche.«[2] Von allen »Berliner Eingeborenen« erinnerte er sich nur an einen Studenten, dem er Englischunterricht gab, und auch nur, weil er ein Hobby hatte, das dem Schriftsteller typisch deutsch erschien: er sammelte Fotos von Hinrichtungen.

Nabokov lebte im russischen Berlin. 1923 gab es dort 6 Banken, 87 Verlage, 3 Tageszeitungen, 20 Buchläden. Rund um den Kurfürstendamm prangten Aufschriften: »Hier spricht man Russisch«. Die Zeitungen und Zeitschriften »Ruder«, »Am Vorabend«, »Nordlicht«, »Feuervogel«, das Café »Moskau«, das Restaurant »Bär«, die Buchhandlung »Heimat«, das berühmte Kabarett »Der Blaue Vogel« und vieles andere waren Teil des russischen Berlin. Hier lebte man lange Jahre, ohne ein Wort Deutsch zu können, und hatte eine sehr dunkle Vorstellung von den Berlinern. Lew Lunz wurde ganz im Ernst versichert, man könne viele russische Texte darum nicht ins Deutsche übersetzen, weil dieses nur ein Drittel der Wörter des Russischen habe. In »Charlottengrad«, wie man Charlottenburg damals nannte, war es üblich, auf die deutsche Küche und die deutschen Ärzte zu schimpfen, und in Potsdam konstatierten die russischen Berliner, an Zarskoje Selo reiche es noch lange nicht heran. Man kultivierte eine Vorstellung von den Deutschen als Philistern, engstirnigen Spießern und geizigen Disziplinfanatikern.

Dieses russische Berlin, von einer dünnen Staubschicht bedeckt, dachte ich mir irgendwo gleich nebenan. Tatsächlich entsprach es räumlich *ebendem* Berlin, in dem ich 1995 gelandet war. Vom Nollendorfplatz lief ich durch die Motzstraße und die Luitpoldstraße, ohne zu wissen, daß Nabokov jahrelang in diesen Straßen gewohnt hatte (in der Luitpoldstraße sogar zweimal). Gleich nebenan waren »Der Blaue Vogel« wie das »Café Leon«, für die der künftige Autor von »Lolita« Sketche schrieb. Ich fühlte mich wie ein unglücklicher Schliemann, der, ohne es zu ahnen, durch Troja lief …

Das Berlin der Zeit Nabokovs war unvergleichlich ärmer als das heutige. Eine Zimmerwirtin versteckte das Telefon vor dem jungen Ehepaar Nabokov in der Truhe, ein anderer

»konfiszierte« aus Angst vor Mietrückständen den Mantel des Autors. Vielleicht weil das Leben in Berlin damals schwer war, wandte sich der Schriftsteller instinktiv davon ab und konzentrierte sich auf die noch frischen Erinnerungen an Rußland und die Beschreibung von Alltagsdetails (die Kleidung eines Straßenbahnschaffners, die Gußeisengitter im U-Bahnhof Wittenbergplatz, die Lichtreklame etc.), die er für die Ewigkeit retten wollte. So, bekennt Nabokov in der »Gabe«, »hat dieses fremde Land inzwischen seine fremdländische Aura verloren, so wie mein eigenes aufgehört hat, eine geographische Gewohnheit zu sein«[3]. Das Berlin der »Gabe« ist extrem detailreich und visuell authentisch. Erklärungen sind das eine, das Schreiben das andere; jedes führt sein eigenes Leben. Einerseits kultivierte Nabokovs Literatur auf jede Weise die Stummheit des Deutschen und verwehrte ihm den Zutritt zu seinem, dem geheimen, russischen Berlin, andererseits aber fixierte der fremde Blick des Schriftstellers Seiten des Berliner Lebens, die den »Eingeborenen« entgingen und nur dank seiner erhalten blieben. Auf seine Unkenntnis des Deutschen war der Schriftsteller ebenso stolz wie auf seine perfekte Kenntnis des Englischen und Französischen: die Stummheit der Deutschen war Bedingung der Reinheit der von ihm in Berlin produzierten Zeichen des Russischen, doch zugleich bildet sie die Grundlage der extremen visuellen Durcharbeitung Deutschlands in seinen Romanen von »Maschenka« bis zur »Gabe«. Ohne das erzwungene Schweigen wäre der Triumph des Blicks unmöglich gewesen: der Schriftsteller fürchtete, wenn die Deutschen zu sprechen begännen, verlören seine Romane die Qualität des Russischen. Diese Befürchtungen bezogen sich nicht auf

Franzosen, Amerikaner, Engländer – sie betrafen nur die Deutschen. Nur durch Deutschland schimmerte Rußland unmittelbar hindurch, und die Fremdheit gegenüber der deutschen Sprache war Bedingung dieses Schimmerns. Der Nabokov-Biograph Brian Boyd hat recht: »Joyce schmeichelte sich, daß im Fall der völligen Zerstörung Dublins die Stadt am Leitfaden des *Ulysses* rekonstruiert werden könnte. Der Mikrokosmos der russischen literarischen Emigration in Berlin wurde von Hitler zerstört, aber *Die Gabe* ermöglicht uns Nachgeborenen die Begegnung mit dieser untergegangenen Welt.«[4] Mehr noch, keine andere Stadt hat der Schriftsteller in solcher Detailtreue nachgebildet wie Berlin. Die Deutschen sind in Nabokovs Romanen einfach so sehr mit der urbanistischen Landschaft verwachsen, daß sie von ihr untrennbar wurden. Sie sind in diesen Texten als Abwesende anwesend.

Topographisch ist Nabokovs Berlin nicht weniger authentisch als Walter Benjamins Moskau. Benjamin wollte unbedingt Russisch lernen, doch das überstieg einfach seine Kräfte. Die Unkenntnis der Sprache empfand er, anders als der russische Schriftsteller, nicht als Vorteil, sondern als wesentliche Einschränkung. Er kam nach Moskau, um Berührung mit einem Ereignis zu haben, das von vielen linken Intellektuellen als wichtigstes verstanden wurde – dem Ereignis der Revolution. Durch dieses Ereignis schimmerte nichts hindurch – es beanspruchte selbst, alles übrige zu beleuchten (hierin war die Revolution eine Kopie von Nabokovs Rußland, das sie ausgelöscht hatte). Von 1932 bis 1937 wohnten die Nabokovs in der Nestorstraße, gar nicht weit von der Delbrückstraße im Grunewald, wo Benjamin wohnte. Sie hätten sich durchaus in einem Café treffen und auf französisch unterhalten können, das beide sehr gut sprachen. Ich male mir ihre nicht zustande gekommene Begegnung zum Beispiel am 30. Januar 1933 aus. An diesem Tag ernannte Hindenburg Hitler zum Reichskanzler. Doch sie hätten wohl kaum über Politik gesprochen. Denn für Nabokov waren alle Diktatoren gleich, Benjamin dagegen setzte den Faschismus dem Kommunismus in allen Punkten radikal entgegen. Ausgeschlossen gewesen wäre auch eine Diskussion über die russische Revolution: hier waren sie ebenfalls entgegengesetzter Auffassung. Für Benjamin wäre es ärgerlich gewesen zu hören, was Nabokov über die russische Revolution dachte, und um so unannehmbarer wären Nabokov Benjamins Ansichten zu diesem Ereignis gewesen. Bürgerlichkeit verstanden sie vollkommen unterschiedlich. Nabokov war das Sammeln verhaßt; Benjamin brachte aus Moskau eine ganze Kollektion von Kästchen, chinesischen Papierfischen und Holzspielzeugen mit, Nabokov dagegen war stolz darauf, daß er in Berlin kein einziges Buch gekauft habe. Er erweiterte seine Kenntnisse, indem er die Bücher portionsweise gleich im Buchladen las.

Vielleicht hätten sie über Literatur gesprochen – beide schätzten Proust und Kafka, beide waren professionelle Leser. Doch Nabokovs »ästhetisches Ergötzen« wäre für Benjamin bald ebenso unannehmbar gewesen wie Benjamins Soziologismus für Nabokov. Das Gespräch hätte sicher nicht lange gedauert.

Die Welten dieser ganz nah beieinander wohnenden Menschen überschnitten sich fast nicht, obwohl beide über einen hervorragend entwickelten fotografischen Blick verfügten. Benjamin hatte die Berliner Kindheit, Nabokov das Berliner Exil. Benjamin brauchte etwas der bürgerlichen Welt, die er hervorragend kannte, Äußerliches, und dieses Äußerliche, diese Utopie war für ihn die Sowjetunion (bei allen Vorbehalten, von denen das »Moskauer Tagebuch« wimmelt). Besonders akut war dieses Gefühl wohl am 30. Januar 1933. Nabokov dagegen sah im Kommunismus ein nicht geringeres Übel als im Faschismus: jede Revolution war für ihn vor allem ein Blutbad, und seine Utopie realisierte er am Schreibtisch oder mit dem Kescher auf Schmetterlingsjagd. Er beanspruchte für sich das Recht auf die rein individuelle Utopie, an die Benjamin wegen ihrer unüberwindlichen Bürgerlichkeit nicht glaubte.

Der Faschismus war beiden gleichermaßen verhaßt, wenn auch aus unterschiedlichen Gründen. Während des Boykotts der jüdischen Geschäfte ging Nabokov demonstrativ in jedes hinein. Er rief seinen Freund Georgi Hessen an und fragte ihn scherzhaft: »Wann trifft sich unsere kommunistische Zelle?« So ein Scherz konnte damals das Leben kosten.

Nabokov und seine Frau verließen Berlin, als der Mörder seines Vaters, Sergej Taborizki[5], unter Hitler aus dem Gefängnis entlassen und zum stellvertretenden Sekretär der Russischen Vertrauensstelle ernannt worden war.

Die Abreise fiel auf den 18. Januar 1937. Danach betrat Nabokov niemals wieder deutschen Boden.

3.

Zusammen mit dem russischen Berlin geriet auch vieles andere in Vergessenheit. Das Wort »Deutscher« hatte seine beiden ersten Bedeutungen verloren: 1) der Deutsche hatte angefangen, deutlich im Russischen zu sprechen; 2) er hatte endgültig aufgehört, Synonym für alle Westeuropäer zu sein. Als Philosoph beteilige ich mich an dem Prozeß der Überwindung der Stummheit, darum ist es mir wichtig, *kein dezidiert russischer Schriftsteller zu sein*, obwohl mir andere Formen des schriftstellerischen Arbeitens natürlich nicht fremd sind. Ich bemühe mich, Deutsch zu sprechen, und strebe vor allem danach, meine Denkerfahrung übersetzbar zu machen, den Anteil und die Teilhaberschaft des Anderen an dieser Erfahrung zu zeigen. Meine bescheidene Aufgabe ist es, die deutsche (oder jede andere) Kultur nicht zu veräußerlichen, sondern mich in ihren Kontext einzuschreiben und in ihr ein anderer zu sein. Die zeitgenössische Philosophie macht die Annahme des Andersseins zum Privileg des Anderen. Die Grenze existiert, doch jemand anders muß sie ziehen, nicht ich. Die direkte Veräußerlichung ist eine altgewohnte, wirkungsvolle und vorhersehbare Geste, der Verzicht darauf verurteilt das Schreiben zur Unsichtbarkeit und Unbemerktheit. Doch der Andere ist ein höchst wesentlicher Teil unserer selbst: wenn wir ihn einfach hinauskomplimentieren, erliegen wir einer Illusion – in Wirklichkeit geht er gar nicht fort.

Berlin kompensiert in meinem Leben in vielem den Mangel an »Realität«, der in Moskau so akut zu spüren ist. Die kulturellen Institutionen des heutigen Rußlands liegen darnieder wie nach einem wirklichen Krieg. Berlin mit seinen real funktionierenden Institutionen – Universitäten, Wissenschaftszentren, Zeitschriften, Stiftungen – bietet mehr Möglichkeiten für professionelles Arbeiten als Moskau. Nach seiner Rückkehr aus Moskau bemerkte Benjamin die Ausgestorbenheit der Berliner Straßen, die Vereinzelung und

Einsamkeit der Menschen. Wenn ich heute aus Berlin zurückkomme, bemerke ich dasselbe auf den Straßen Moskaus: es gibt mehr Autos als Menschen, es riecht nach schlechtem Benzin, die Passanten sind einander entfremdet; in der Metro dominieren finstere Gesichter ohne Lächeln. Die heutige russische Hauptstadt ist die sich selbst am stärksten entfremdete Stadt, in der ich je gewohnt habe. Wenn in den 20er und 30er Jahren die Intellektuellen nach Moskau pilgerten, um sich mit eigenen Augen zu überzeugen, daß ebenhier der proletarische Himmel endlich auf die Erde herabkam, und Ende der 80er Jahre ihre Enkel in Moskau erschienen, um das Evangelium des freien Markts zu predigen, dann ähnelt diese Stadt heute immer mehr dem Berlin am Ende der Weimarer Republik, als Zeitschriften eingestellt wurden, Stiftungen verarmten und die Arbeitslosigkeit stieg. Der Reiz der schweren Zeiten liegt darin, daß sie nicht allzu lange andauern. In solchen Perioden begreift man besonders deutlich, wie relativ Begriffe wie »das Eigene« und »das Fremde« sind, wie oft und willkürlich sie die Plätze tauschen.

Der Lebensrhythmus beider Hauptstädte ist sehr unterschiedlich. In Moskau haben viele Lebensmittelläden rund um die Uhr geöffnet, nachts Lebensmittel einzukaufen ist kein Problem. Wenn Sie dagegen in Berlin zur Ladenschlußzeit keine Lebensmittel gekauft haben, ist es nicht leicht, sie nachts aufzutreiben. Den Moskauer erstaunt an Berlin die Unmenge von Apotheken und Beerdigungsunternehmen; die gelöstere Atmosphäre in den Restaurants, wo gewöhnliche Leute sitzen und nicht Vertreter der privilegierten Kaste. Auf den Moskauer Straßen gibt es eine regelrechte Jagd auf schlichte Gemüter: man versucht, ihnen Waren oder Dienstleistungen zu verkaufen, die sich bei Prüfung als Bluff erweisen. Nichts dergleichen findet man auf Berliner Straßen.

Früher hatten beide Städte mehr gemeinsam als heute. Beide waren die größten Zentren des Terrors, von denen Befehle zur Vernichtung von Millionen Menschen ausgingen. Beide Städte sollten im Hinblick auf radikale Klassen- und Rassen-Utopien umgestaltet und zu idealen Repräsentationsräumen der jeweiligen Utopie gemacht werden. Moskau erlebte wesentlich größere Umgestaltungen als Berlin, wo die Diktatur sich relativ kurz hielt. Die Eroberung Berlins war die Sternstunde des Stalinschen Imperiums. Als Kinder erkundigten wir uns ständig nach diesem epochalen Ereignis. Viele Überlebende des Kriegs glaubten, nach der Eroberung Berlins seien alle Probleme gelöst, doch das war eine große Illusion. Die weltgeschichtliche Wichtigtuerei, deren Zentren Moskau und Berlin waren, kam beide Völker letztendlich sehr teuer zu stehen. Rußland befindet sich noch immer im Zustand des postkommunistischen Schocks: der dort verkündete Kapitalismus ähnelt keinem der Prototypen in der zivilisierten Welt. Deutschland dagegen ist es gelungen, auf den Trümmern des Nazismus einen Sozialstaat aufzubauen, der heute die »neuen Länder« zu integrieren versucht.

Obwohl das russische Berlin in seiner Isolation vom deutschen Berlin der Vergangenheit angehört, ist das Interesse an russischen Problemen in dieser Stadt nicht geringer geworden, es äußert sich nur anders. Allerdings hat sich der Begriff der Nationalität in der heutigen Welt dramatisch kompliziert: sie ist nicht mehr in sich geschlossen und allem anderen gegenüber autonom. Die Nationalität vermittelt sich zwangsläufig durch die Kultur, sie entsteht in Abhängigkeit von zahlreichen scheinbar zufälligen Umständen. In Berlin war Nabokov Hauslehrer, Repetitor, er unterrichtete Tennis und Boxen, schrieb für Zeitungen, Zeitschriften und Kabaretts; er konnte kaum seine Miete zahlen und litt manchmal schreckliche Not. Für einen Menschen, der in eine der reichsten und privilegiertesten Familien Rußlands geboren wurde, war das eine schwere Prüfung (obwohl der Schriftsteller selbst immer jede Abhängigkeit seiner Urteile von äußeren, auch ökonomischen, Faktoren bestritt). Die meisten »Weimarer« Deutschen waren keineswegs jene satten Bürger, wie sie der populäre russische Mythos darstellt. Viele lebten im Winter in kalten Wohnungen. 1931 wurden in Berlin Feldküchen eingerichtet, um die hungerleidenden Bewohner zu ernähren. Nabokov ahnte gar nicht, daß Tausende Deutsche seiner Zeit über Deutschland etwa ebenso dachten wie er und daß sie sich ihrem Land gegenüber nicht weniger entfremdet fühlten.

Nabokovs Berliner »Russischsein« und seine Ablehnung alles Deutschen ist von all diesen Umständen so wenig zu trennen wie sein amerikanischer Patriotismus der Schweizer Zeit vom Status des berühmten Schriftstellers und reichen Mannes. Das sind verschiedene Nationalitäten, ihnen entsprechen verschiedene Rußlands. In der offenen Welt, in der wir leben, in einer Welt, wo verschiedene Formen der Migration und Emigration die Regel sind und nicht die Ausnahme, ist die Problematik der nationalen Identität noch komplizierter geworden. Die einfache Veräußerlichung des Anderen im Geist der »guten alten Zeit« erscheint immer konstruierter.

Ich mag die Berliner Zoos. Auch davon gibt es zwei. Den einen, neben dem Bahnhof Zoo, kennen alle, den anderen im Ostteil der Stadt wesentlich wenigere. In diesem Zoo in Friedrichsfelde beobachteten meine Frau und ich im Dezember 1997 ein seltenes Ereignis – die Erektion eines Elefanten. Sein rosa Zwei-Meter-Gewächs, das über die Erde schleifte, sah aus wie ein Birkenstamm – deutlich zeichneten sich darauf schwarze Flecken ab. Mitleidige Besucherinnen redeten dem Elefanten zu, sein Glied einzuziehen, sonst könne er sich bei solcher Kälte (es war um die null Grad) erkälten.

Wenn die Schildkröten erotische Spiele begannen, schlugen sie mit den Panzern aneinander und machten einen trockenen, dem Klopfen der Spechte ähnlichen Ton. Ein riesiger Schwarm von Flamingos, die sich in der Kälte zusammenscharten, bildete einen herrlichen rosaroten Fleck.

Es war Dezember. In Moskau, wohin wir ein paar Tage später zurückkehrten, war es minus 29 Grad.

Im Zoo im Westen gibt es wunderbare Affen. Beim letzten Mal fielen mir drei von ihnen auf, die an taoistische Weise mit akkuraten rötlichen Bärtchen erinnerten: sie umsorgten einander rührend und lausten sich, hin und wieder warfen sie den Menschen mitleidsvolle Blicke zu. Im Eisbärengehege benagte ein Tier einen Tannenbaum und knurrte drohend, sobald sich die anderen Bären näherten. Anschließend tanzten zwei indische Elefanten, Tanja und Vitja, etwas wie einen Tango …

ANMERKUNGEN

1 Fjodor Dostojewski, Winterliche Aufzeichnungen über sommerliche Eindrücke. Deutsch von Alexander Eliasberg und Ernesto Grassi. Rowohlt Verlag, Reinbek 1962, S. 8.

2 Vladimir Nabokov, Erinnerung, sprich. Deutsch von Dieter E. Zimmer. Rowohlt Taschenbuch Verlag, Reinbek 1995, S. 487.

3 Vladimir Nabokov, Die Gabe. Deutsch von Annelore Engel-Braunschmidt. Rowohlt Verlag, Reinbek 1993, S. 30. Weiteres über das »russische Berlin« siehe in: Russen in Berlin. Literatur Malerei Theater Film 1918–1933. Herausgegeben von Fritz Mierau. Verlag Philipp Reclam jun., Leipzig 1987.

4 Brian Boyd, Vladimir Nabokov. Die russischen Jahre 1899–1940. Deutsch von Uli Aumüller, Sabine Baumann, Ursula Locke-Groß, Kurt Neff und Hans Wolf. Rowohlt Verlag, Reinbek 1999, S. 749.

5 Der Vater des Autors wurde am 28. März 1922 im Saal der Berliner Philharmonie von einem russischen Monarchisten ermordet.

Aus dem Russischen von Gabriele Leupold

MOSKAU

Bert Papenfuß

ALTGIER IM NEUREICH

Für Dima Kostenko und den *Schwarzen Stern*

VORBEIZIEHENDER! SEUFZE FÜR DEN DULDENDEN: SEGNE
DIE AUFKLÄRUNG, DIE DIE FINSTERNIS DES INGRIMMS
UNSERER ZEITEN ZERSTREUT; UND LERNE ACHTSAM
ZU SEIN IM HÖCHSTEN STREBEN NACH WAHRHEIT.

Übersetzung der russischen Inschrift auf einem Gedenkstein für Quirinus Kuhlmann, vermutlich aus der zweiten Hälfte des 18. Jahrhunderts, gefunden in dem Dorf Sawinka bei Noginsk.

1. Moskau ist dreimal so wie Berlin

Reich und arm, überhitzt und erfrischend, halblang und überlang, zugeschissen und geleckt. Die U-Bahn-Stationen sind dreimal so groß, dreimal so tief, und das U-Bahn-Netz ist dreifach. Es gibt ein offizielles, ein inoffizielles und ein geheimes. Über der Erde wohnen dreimal so viele Menschen wie in Berlin, die inoffizielle und die geheime Population eingerechnet, macht das schlappe, wenn auch knappe,

30 Millionen. Wenn man bedenkt, daß die Russen zwar dreimal so groß wie die Deutschen sind, aber neunmal weniger Wohnraum brauchen, würden sogar 90 Millionen reinpassen. Moskau ist die größte Stadt der Welt. Die amtierende Vorsitzende des Erdballs ist Barbara Schurz, die allerdings in Wien residiert. Das unsichtbare Rote Reich hat Gesandtschaften auf Mars, Venus, Sirius, Konterkarius und Schlampidarius.

Die Schwanzlänge eines ausgewachsenen Russen beträgt die Hälfte des Urmeters, mehr bringt er nicht auf die Latte, die andere Hälfte verkörpert das kaukasische Votzenlot. Der Schwanz steht für Asien, und die Votze bildet Europa. Der Ural meint Ausgewogenheit. An der Wurzel des Urals, wo sich einst die zentrale Thingstätte der Protobulgaren befand, wurde für den Schöngeist, Schauspieler und Metriker Hanns Zischler eine Pyramide aus Totenköpfen errichtet, auf der westlichen Seite steht: *Paris 50 cm*, und auf der östlichen: *Tokio 50 cm*.

Alles Neue in Ruß-Land ist zum Kotzen, besonders die parfümiert unappetitlichen Neuen Rosinen hängen mir zum Hals raus, ich bin mit Neuen Datteln schon fett gefüttert. Wenigstens gibt es kaum Köter, dafür überall Katzen. Schöne große Kampfkatzen, viermal so groß, kratzbürstig und zärtlich wie in Deutschland. Dumpfheit, Reichtum, Oberfläche auf der einen, Bauernschläue, Bettelarmut, Leidensdruck auf der anderen Seite, ringsum Atomklo und Sodbrennen. Schweigeminute. –

Durch den Wind ist das Stadium. Gestank ist Materie, da hilft Durchlüftung, Verflüchtigung, Verflüssigung und Überfluß. Im Stau gewinne ich den Eindruck, daß das einzige, was in Ruß-Land richtig fließt, das liebe Öl ist. Neben dem Allmächtigen Feuerwasserwerker ist *Gasprom* der ausflußreichste Liquidator. Um den Roten Platz herum werden immer mehr sinnlose Kohleballungszentren in den Himmel geschraubt, so hatten wir, unter uns Futuristen und Pastorentöchtern, nicht gewettet. Hier schüfen Einschnitt und Abriß Abhülfe. Flöze gehören abgebaut, sofern sich der Hauer traut und der Pickel was taugt.

Triumfhosannt, gefallne Weltgeschoepff,
Ob Ost und Nord so bluttig anbeginnt!
Nehmt, Helden, feur von oben in die naepff.
Beoelt euch mehr imehr eur oel verrint!
Zündt Rauchwerk an nach den vermoegen!
Der grosse Rauch wird euch nicht gegen.
Des Ostens allerschrekklichst Blitz
Verursacht Kühlung euer hitz.
Der donner brummt im Nordens frischem wasser:
Sein hagelkeil durchhagelt eure hasser.

Quirinus Kuhlmann: *14. (89.) Kühlpsalm*, 1682/83

2. Neiz

Im Frühling 1689 brach der quicklebendige Chiliast, Jakob-Böhme-Ausleger und Extreme-Metal-Rhetor Quirinus Kuhlmann, zu einem Arbeitsbesuch nach Moskau auf, der in einen Opfergang ausartete. Der weitgereiste Schwärmer, »Verschwörer« und selbsternannte Kühl-Monarch hatte bereits die Moslems und Juden »im Geiste« zu seiner dualistischen Privatreligion bekehrt und wollte sie jetzt persönlich den orthodox Verblendeten vorbeibringen. Seiner Meinung nach war das Gute kühl, flüssig, überflüssig, das Böse hingegen hitzig, explosiv, kohlrabenschwarz. Die Hauptaufgabe der Kühl-Kommandos bestand darin, Ereignisse und Prophetien, von Kuhlmann »Zeichen« und »Figur« genannt, ins »Wesen« überzuführen und somit zu erfüllen bzw. überflüssig zu machen. Das »Wesen« allerdings blieb ein weites Feld. Das gelegentlich erwähnte »Zentralwesen« ist die Region Gottes, des Sohnes und Kuhlmanns. Niederschriften des Zentralwesens sind das Alte Testament, das Neue Testament und der *Kühlpsalter* – bis auf den heutigen Tag.

Bezüglich des Farbspektrums bevorzugte der gebürtige Breslauer selbstredend Blaueres, weißgesprenkelt oder weißgestreift. Sein »Kühl-Wappen« bestand aus einem dreifach gekrönten Dreikrückenkreuz. Die Russen nahmen das »Kühlmannstum« politisch, was es andersrum auch war, und heizten ihm mächtig ein. Der direkt dem »Zentralwesen« unterstellte Prophet wurde hernach zum Barockdichter abgestempelt, geriet in allgemeine Vergessenheit und erlangte speziellen Kultstatus unter den russischen Freimaurern, wie die am Fußende einer gewaltigen Fichte auf einer künstlich angelegten Insel inmitten eines Sees in der Nähe des Dorfes Sawinka etwa 100 Kilometer östlich von Moskau angebrachte, und erst 1940 wiederentdeckte, Steinplatte beweist, die einen Text des Mitgefühls und der stillen Verehrung enthält.

> Kühlmannisir, mein Geist, das alle Welt gekühlt,
> Das alle Welt entkohlt!
> Quirinus Kuhlmann: *12. (72.) Kühlpsalm*, 1681

Ende des zweiten christlichen Jahrtausends erhob sich neizvoll ein Rauschen im Wald, im russischen Wald, im sozialistischen Blätterwald, in Hyläa, im sowjetischen Dickicht, in Transsilvania. Der Große Futschikato schwang eine Rede und hielt andersrum Wort. Verquere Emotionalitäten boten einander Paroli. Die Asiaten arbeiteten mit Opium, Odium und Otium, die Europäer antworteten mit Alk und Kohle. Ein Riß ging durch Moskau. Eine Sauerei ergoß sich in die Prospekte und Pereuloks. Vergebens empfahl ich Stuben und Reviere, Putz und Flick.

Im heutigen Ruß-Land sind die Begriffe liberal, radikal und extrem austauschbar, Quirinus Kuhlmann waren sie egal. Ende Mai 1689 wurde er verhaftet, in den Verhandlungen und auf der Folter standhaft, erhielt er Ende Juni das Höchstmaß. Nachdem sich Zar Peter I., der bekanntlich ein Herz für Westler hatte, noch zu einer launigen Gesprächsrunde im Turm eingefunden hatte, wurde er am 4. Oktober 1689 in Moskau zusammen mit seinem Kumpan Conraedt Nordermann als Spion und Ketzer verbrannt. So ein großes Herz hatte Peter nun wiederum auch nicht. Er war nach einer im August erfolgten Palastrevolution, infolge deren er fliehen mußte, erst am 9. September feierlich in Moskau eingezogen. Obwohl er seit diesem Tage praktisch die Selbstherrschaft ausübte, opferte er Kuhlmann seinen politischen Widersachern, denen er noch nicht gewachsen war.

»Ganz eindeutig dürfte in diesem Zusammenhang die Rolle des Patriarchen Ioakim für die Angeklagten verhängnisvoll gewesen sein, dessen fanatische Ausländerfeindlichkeit im Wirken Kuhlmanns sofort einen Beweis für das Auftreten des Antichrists und für den schädlichen Einfluß westeuropäischer Ideologie zu erblicken entschlossen ist. Nachdem ihm die Sache Kuhlmanns vorgetragen wurde, ist er mit seinem stereotypen ›Tut nichts, der Ketzer wird verbrannt!‹ sofort zur Stelle.« (Walter Dietze, *Quirinus Kuhlmann. Ketzer und Poet*, 1963.)

365 minus 48 Jahre später, also 2006, wird sich das Blatt, wie wir, Chlebnikow sei Dank, wissen, wenden. Wie zum Hohn hat 1989, also 300 Jahre nach Kuhlmanns Flammentod, der Bucklige schon mal vorab den Hundeschläger fallengelassen.

Satan gibt dem Kohlmann kohlen,
Di Gott durch den Kühlmann kühlt:
Rom wird selber weggespühlt,
VVann es London wird weghohlen.
Rom verleuhret seinen stuhl
Und versinkt in schwefelpfuhl,
Vor dem Lilirosenkuhl.
Quirinus Kuhlmann: *7. (52.) Kühlpsalm*, 1684

Nach der Abdankung des Buckligen läßt sich der Tannhäuser von Kohl einseifen. Im Verlaufe des fortgesetzten Absahnens gehen beide baden.

Kühlmänner verbrennt man nicht,
Kohlmännern vertraut man nicht.

3. Wohin mit dem Sozialismus

Auf die beträchtliche eurasische Mischpoke von Moskau, das zwar nicht Ruß-Land ist, aber um so mehr, kommen eine Handvoll Radikalnasen, die sich untereinander selbstverständlich nicht grün sind, weil sie in unterschiedlichen Graden mit Extremen spielen. Die Animositäten der Moskauer Künstler und Aktivisten, die sich wechselseitig hassen wie die Pest, sind meiner Meinung nach noch gravierender als die ausgewachsene Künstlerfeindschaft zu Leningrad. Die soziale Revolution kennt keine Mimösitäten, keine Jahrestage, keine Verfallsdaten und fragt nicht, warum. Die Sache ist die Substanz. Jede Notiz zu einem Gedicht ist die letzte. Wenn ein Dichter aus Versehen beim Schreiben erschossen wird, muß die letzte Zeile gültig sein – oder auch mit Absicht. Der Soundtrack der sozialen Revolution sei strukturiertes Geräusch, Gedröhn, Gestöhn und kein digitaler Datenmüll, geschweige denn ein Fön. Intatsetzung ist kein Fernsehen, Voraussicht konspirative Telepathie. Warten stählt, könnte man meinen, aber genausogut durchfegen und aufräumen. Widersprüchlich genausogut wie unanfechtbar.

Xenophobie ist eingefleischte Szenophobie und beginnt in der Familie. Moskau verkörpert, um ein Saisonwort zu benutzen, Fusion – ein Hüllwort für das Schlimmste, was es zwischen allem Kreuzbaren gibt, einhergehend mit maßloser Potenzierung. Deutsche Gründlichkeit steigert sich in russische Unergründlichkeit, fälschlich »Russische Seele« genannt, meinend ein Leiden-Wollen an der eigenen Unfähigkeit, das durch Entfremdung motiviert ist. Wer überm Schränken das Denken vergißt, hat sich selber angepißt.

Kantige Klänge, Gospodin Chosjain
treibt zu Pferch die Schwein',
Schenkelklatsch macht die Runde,
hinterläßt manch offene Wunde.

Der Baß hebt's Grab aus
und kitzelt Beileid heraus,
Klöppel treibt's rein und trügt den Schein,
Zugabe tragen wir zu Grabe.

Was macht ausgerechnet Prag zum angesagten Exilparadies für mehr oder weniger verfolgte Underground-Künstler, Skandal-Aktivisten und aufsässige Prostituierte? Das Ausgerechnete, nehme ich an, die Turbo-NÖP, die Kuratoren-Allgegenwart und ein dumpfes Schuldgefühl. Sind Tschechen überhaupt noch Slawen oder schon Sachsen? Was zieht lebendige Menschen nach Zürich, warum hängt Alexander Brener in Wien ab? Breners Grund kenne und akzeptiere ich, aber man wird ja mal fragen dürfen.

Wohin mit dem Sozialismus? Her damit, nach kräftigem Durchstauchen ist er noch zu gebrauchen. Mit Kuhlmann, Stirner, Fuhrmann, einer 38bändigen Prise Lenin und ausgewählten anderen Ingredienzien werden wir schon einen Maximalismus aus dem Boden stampfen, der sich gewaschen hat, bevor er in die Hose geht, und was uns sonst noch bevorsteht.

4. Gegner geht vor

Schwarzer Stern, *Radek*, *Roter Stern*, *Mailradek*, Waffenbrüder in aller Seelenruh – des Teufels rußige Brüder. Pressefreiheit kennt kein Reinheitsgebot. Der Gegner kann mit einer Feindin leben. Radikalität kennt keine Extreme, aber viele Idioten. Umgedrehte närrische Heilige und abgedrehte heilige Narren. Diskontinuität hat eine eigene Tradition. Eine im Ansatz radikale (Konter-)Kultur drängt in Extreme, die es in der angestrebten Abgefahrenheit nicht gibt, und wenn sie sich nicht ausreichend drängt, wird sie gewaltsam dorthin gedrängelt. Der auf solche Art oft recht mühevolle Weg führt direkt ins Sammelsurium der Klischees und Plagiate. Das Scheitern des radikalen konterkulturellen Versuchs wird gern mit internationaler Verschwörung verklärt. Infolge sind auch Kameradenverstoßung, Abtrünnigenzüchtigung, Selbstausbootung und Sippenhaft beliebt.

Einher mit dem Halsgericht,
tropft noch ab ein Gralsgesicht.

Die Flucht ins, oft pagane und fundamentalistische, Plagiatorium erfolgt aus Furcht. Faulheit, Feigheit und Dummheit, motiviert durch Angst und mangelnden Veränderungswillen. Das ist die eigentliche Verschwörung, die Verschwörung der Aktivisten untereinander und gegen sich selbst. Schuldbeladenes Träumen von einer Welt ohne Schuld. Flugs fährt Schein in Mark und Bein.

Auf dem Gefechtsgrund
webt sich Grundgeflecht.
Zorn sei Grundrecht,
Schlupf Rechtsgrund genug.
Jeglich Geschlechtsgefecht
fördert Gemächtgeschächt.
Jedwedem Machtgeplänkel
entfacht frech Menkenke.

In heiterer Stimmung und lockerer Runde erzählte ich einem Baltikumer Kommunistenfresser und Expiloten der *U.S. Air Force*, wie wir als Kinder gelacht haben über jeden abgestürzten »Starfighter«, besonders über den hundertsten, dann wurde es langweilig. Ich meine, wie kann ein erwachsener Mann Freude daran haben, in Blechkisten zu steigen, um damit abzustürzen, unterzugehen oder abgeschossen zu werden. Da ist ein Kerl im Kinde, der will sterben. Platterdings auch eine Olle. Das Kind hingegen lacht. Auf Wunsch wiederholte ich die kalte Anekdote, und stutzend grunzte Verdutzen in die Runde. Die Toten sprachen Bände.

Schlagartig war Mai '45. Das Petschaft wurde gewechselt. *Grunge* kroch in die Startblöcke. Motiviert durch kindlichen sowohl als auch eingefleischten Antiimperialismus, Antimilitarismus, durch naive Technologiegläubigkeit und Schadenfreude; ein durchaus nicht zu vernachlässigender (nord-)deutscher Mentalitätsaspekt übrigens.

Ach Nacht! Und Nacht die taget!
O Tag der Nacht vernünftiger Vernunft!
Ach Licht, das Kaine plaget

Und helle strahlt der Abelzunft!
Ich freue mich ob deiner finstern Kunft!
Quirinus Kuhlmann: *2. (62.) Kühlpsalm*, 1680

5. Abrechnung und Hochschätzung

Physisches und psychisches Vollstopfen kann, wenn man in der Lage ist, den kathartischen Prozeß zu steuern, ein Abrufmechanismus für Verstopftes, also unglücklich Gespeichertes, sein. Mit der Ostfäule sind wir spielend fertig geworden. Die äußerst subtile und professionell schleichende Lebensmittelvergiftung durch den Westfraß braucht allerdings radikalen Widerstand. Neben Bild-, Tast-, Duft- und Geschmackskonserven gehören selbstverständlich auch Tonträger zu den Lebensmitteln.

Lieber Oleg, kein Linksradikaler, auch kein russischer, hört zu Hause freiwillig die System-Musik von *Kraftwerk*, wie auch immer *remixed*. Da hat jedes sich noch so politisch inkorrekt gerierende, jedoch völlig systeminkompatible Death-Metal-Gegrunze erst mal mehr Pfiff.

Entweder impliziert eine konterkulturelle Bewegung einen neuen Gesellschaftsentwurf, oder sie ist ein Schnörkel am Kapitalismus. Wenn sich der Gesellschaftsentwurf aber auf einen, ja an sich ganz rührenden, Glauben an Frau Holle, Baba Jaga und andere *Witch Queens*, gar eine progressive Demokratisierung oder dickstendlich diktatorische Phantasien und ähnlichen Humbug beschränkt, kann ich zwar das eine oder andere künstlerische Elaborat der jeweiligen Propagandisten interessant finden, aber Quatsch bleibt auch bei näherem Hinsehen Quatsch, und Klaps Klaps.

My Highest Coolness – komplizierte Gemengelage, unklare Gewichtung, stumpfes Rüstzeug, Hausfrauenproblematik. Ich habe den baltischen Blick, ich sehe von Leningrad aus auf Moskau, bin Eigner einer Dreckschnauz' und darüber hinaus der Meinung, daß die berüchtigte Russische Seele ein Stöpsel ist, den man regelmäßig ziehen muß. Was sich dann freisetzt, kann, nach meinen bescheidenen Recherchen, unmöglich Seele sein. Ausdünstungen des Abgrunds mutieren an der frischen Luft zu Duft. Immer cool bleiben, Nervosität ist oft nur Bosheit. Weihnachten sind wir wieder zu Haus. Spätestens Jolka, höchstens Roshdestwo, allerhöchstens zum orthodoxen Neujahrsfest. Nach Haus kann sich ganz schön hinschleppen, je mehr man entrückt, um mal die deutsche Romantik raushängen zu lassen.

Mein Interesse an Ruß-Land ist einerseits ein erlebtes, was nicht in diesen Text gehört, und andererseits ein erlesenes. Mich bewegt die Geschichte der sozialen Revolution, angefangen von den Bauernaufständen, über die Dekabristen, Nihilisten, Kommunisten, Anarchisten und Sozial-Revolutionäre bis – heute. Ich weiß, daß sich die Intentionen der russischen Revolutionäre auf westliche Ideen stützen, bin aber Slawe genug zu wissen, wo die Sonne aufgeht, wo man auf Wende steht und wo der Untergang abgeht.

Es bleckt der Blitz, die Blähung plautzt,
hat sich wat angestaut, Flitz schröpft Trotz.
Ewige Jagdgründe kühle ich gelinde,
elende Dünste verwehen im Winde.

Was am Ende übrig bleibt,
ist die Rocksknechtsweisheit:
Wieder zurück auf dem Adlergestell,
vergeß ich allen Absturz schnell.

Das Wetter. Die Aussichten. Die Tauchtiefen und Pegelstände. Die Rinderbestände. Die weißen Wände. Die schmutzigen Hände.

BERLIN

Tatjana Schtscherbina
BERLIN UND PSYCHE

Bei den psychologischen Persönlichkeitsmustern unterscheidet man zwischen dem schizothymen, dem paranoiden, dem epileptoiden und dem zyklothymen Typ. Berlin durchlief jeden dieser Zustände.

Schizothymiker[1] haben mich immer mehr fasziniert als Paranoiker[2]. Und schizophrene Städte, zu denen die Megalopolen, die großen Hauptstädte gehören, sind mir lieber als die verschlafenen, paranoiden Kleinstädte, in denen sich selten etwas regt. An diesen hermetischen Orten entsteht der Größenwahn: Die Münchener Bierschlucker lebten auf, als sie erfuhren, daß sie einer höheren Rasse angehören, der amerikanischen Provinz kommen nicht einmal Zweifel daran, daß sie der Nabel der Welt sei, die russische Provinz wartete darauf, daß die übrige Welt ihr endlich ähnlich werde, und die französische glaubt bis heute, daß ihre Sprache jeder halbwegs zivilisierte Mensch beherrschen müsse. Etwas anderes sind die schizophrenen Gebilde, bei denen Berlin an erster Stelle steht: Nirgendwo sonst gab es eine derart deutliche Persönlichkeitsspaltung, daß die linke von der rechten Hälfte des Erdballs, der westliche vom östlichen Teil der Stadt durch eine Mauer buchstäblich voneinander getrennt wurden.

In Paris teilt die Seine die Stadt, und obwohl es sowohl

auf der rechten als auch auf der linken Uferseite reiche und arme, elegante und einfache Stadtviertel gibt, ist *rive gauche* (auch ein Produktname des Markenzeichens Yves Saint-Laurent) im mythologischen Bewußtsein dieser Stadt der angestammte Ort der Linken, der Demokraten, der Künstler und Studenten, *rive droite* hingegen – der Bourgeois, der Rechten, der Katholiken und Kunden jenes Saint-Laurent. Diese Einteilung entspricht nicht der Realität, doch für das Selbstverständnis der Stadt ist sie prinzipiell.

Ich weiß nicht, ob es überall so ist, aber in allen mir bekannten Städten ist der Westteil reich, gediegen, gepflegt, und die luxuriösen Privatvillen stehen in den westlichen Vorstädten. Der Osten hingegen ist schmutzig, chaotisch und arm. Bereits »vor alldem« war es auch in Berlin so – im Osten Betriebe, Fabriken und Arbeiterviertel, im Westen das schöne Leben.

Berlin hat mehrmals denselben Kreis durchlaufen. In Zyklothymie[3], welche Moskau in ausgeprägter Form zu eigen ist, versank Berlin über mindestens hundert Jahre. Am Ende des 19. Jahrhunderts war es die modernste Stadt der Welt, elektrifiziert und telefonvernetzt. Es schien, als stände es kurz davor, Welthauptstadt zu werden. Doch anstatt sich liebevoll mit sich selbst zu befassen, erklärt Deutschland Rußland den Krieg. Die Niederlage des Ersten Weltkriegs verwandelt Berlin in eine ärmliche und verlorene Stadt, die keinen Mut zu fassen vermag. Ungeachtet dessen, daß nach Schilderungen von Augenzeugen der hauptstädtische Geist in Berlin fortlebt, ist es der große Bahnhof zwischen Ost und West, und Massen von Emigranten kommen mit Geld hierher. Der anhaltenden Depression wird von einer Welle negativer Energie ein Ende gesetzt (positive gab es keine mehr) – Zorn und Haß wurden vom Paranoiker Hitler zur Staatsdoktrin gemacht. Was immer auch in Deutschland geschah, Berlin litt am meisten darunter. Nach der Niederlage des Zweiten Weltkriegs verstümmelt, erniedrigt und in vier Teile zerschnitten, hatte die Stadt den bitteren Kelch des Leidens, wie sich herausstellte, noch nicht bis zur Neige ausgetrunken. Sechzehn Jahre nach seiner Eroberung wurde Berlin auch noch in zwei Hälften gerissen.

Nach dem Fall von Berlin konzentrierte sich der kollektive Instinkt (der Wille der Politiker hätte nicht ausgereicht) scheinbar auf eine Frage: Wie kann man den Teufelskreis durchbrechen, in dem *über alles* zur Katastrophe wird, woraus der Ausweg – wieder *über alles* –, Neurose und Rachsucht sind. Diesmal wurde die richtige Lösung gefunden: die christliche. Nicht gekränkt sein, sondern sühnen, keine Prügelei anzetteln, sondern sich der eigenen Entwicklung widmen. Westberlin, erzählt man, prosperierte mit betontem Chic, um den der DDR zu kontrastieren. Und man floh über die Mauer nur von der Seite der Sieger in den »verfluchten Westen«, doch nie umgekehrt. Das allein versprach schon den Fall der Mauer, früher oder später. Der, vor dem man wegläuft, ist verdammt. Stoisch akzeptierend, daß Ostberlin, zumindest eine gewisse Zeit lang, ein abgebrochenes Stückchen ist, begann Deutschland die besten Autos und Haushaltsgeräte der Welt herzustellen, ohne zu vergessen, die Juden um Verzeihung zu bitten und ihnen, wie auch den Deutschen und den Naziopfern, die davon träumten, dem Siegerland zu entfliehen, Obdach zu geben.

Die Freude über die Wiedervereinigung Deutschlands

war gleichzeitig ein Akt der Demut: Nicht jeder bürdet sich die Sorge um arme Verwandte auf. Ich lebte zu dieser Zeit in München und erinnere mich daran, wie die wohlhabende Bundesrepublik den Gürtel enger schnallen mußte, um die im kommunistischen Gefängnis verwilderten Stammesbrüder in ihr Leben zu integrieren. Um ihnen beizubringen, nicht das abstoßendste Auto der Welt, den Trabant zu bauen, sondern den Mercedes, um das provinzielle Ostberlin neu zu bauen. Die Spaltung Deutschlands hatte etwas Wesentliches bewiesen: Der Nationalcharakter, wie fatal er auch gewesen sein mag, ist nicht das Wesentliche im Charakter einer Gesellschaft und eines Staates. Der Kommunismus hatte über den Nazismus auch metaphysisch gesiegt, in dem Sinne, daß jedes Volk, das in seine Klauen gerät, sich unvermeidlich in eine Orwellsche »Animal farm« verwandelt.

Es erstaunt nicht, daß man in Berlin heute nur über Berlin spricht. Psyche hat der Stadt eine Ladung Narzißmus herabgesandt, worum ich sie schrecklich beneide, weil es mir daran mangelt. In den 90er Jahren des letzten, des 20. Jahrhunderts machte Moskau das gleiche durch, und alle stritten unentwegt darüber, ob der Manegeplatz gut geraten sei, ob die Christus-Erlöser-Kathedrale wiederaufgebaut werden solle, man sammelte Unterschriften für den Abriß des nagelneuen Denkmals Peters I., aber es ging jeden Tag voran: Altes wurde restauriert, Neues gebaut (als Grundlage der »Lushkow«-Architektur diente übrigens die deutsche), und diejenigen, welche für sich die *haute couture* entdeckt hatten, warfen sich gleich am Morgen in Schale, als wäre der Gang in die Stadt der Eintritt in die vornehme Welt. Und dann stürzte alles ab wie ein Computer, die magische Phrase »Ich bin ein Mensch des letzten Jahrtausends« wurde zur Pause, in der die Bewunderung seiner selbst wie eine auf immer verlorengegangene kindliche Freude wirkt.

Berlin jedoch befindet sich auf dem Höhepunkt der Eigenliebe und des Interesses an anderen. Der *Reichstag* – was soll man mit diesem schmählichen Gebäude tun, das angezündet, bombardiert und gestürmt wurde? Ein Gebäude, welches derart schmerzliche Assoziationen weckt, daß es dumm wäre, es einfach wieder so herzustellen, wie es war, und so zu tun, als wäre der Zeitstrang nie unterbrochen worden. Der Wunsch zu gefallen führte zur richtigen Lösung. Auf den Reichstag wurde eine riesige transparente Kuppel aus Glas und Stahl gebaut, welche am Abend über der Stadt mit blauem Schein leuchtet, wie sein unauslöschlicher Himmel – die symbolische Himmelskuppel über Berlin. Die Kuppel ist für Touristen geöffnet, die mit dem Fahrstuhl hochfahren und dann über eine sanft ansteigende Serpentine gehen, und da das Glas durchsichtig ist, scheint es, als ginge man zu Fuß in den Himmel, die Häuser unten werden immer kleiner, das Panorama der Stadt immer weiter. Dabei ergibt sich eine einzigartige Anordnung: Unter den Füßen der internationalen Menschenmenge tagt die deutsche Regierung, welcher jede Sekunde bewußt ist, daß sich über ihr die ganze Welt befindet und nicht nur der Himmel über Berlin.

Für Westberlin ist es wahrscheinlich kränkend, daß alles Geld, alle Energie und Vorhaben *nach Osten* fließen. In Paris würde man einfach sagen: zur linken Uferseite oder zur rechten, hier aber muß man es komplizierter ausdrücken: Die Rolle der sorglos dahinfließenden Seine spielt nicht das Flüßchen Spree, sondern die kaum verheilte Narbe der

Mauer. Man kann nach Westen hinübergehen – ins gute alte bürgerliche Westberlin, wo es keine herausragende Architektur oder einen eigenen Stil gibt, sondern nur einzelne Gebäude wie die *Kaiser-Wilhelm-Gedächtniskirche* oder das Schloß Charlottenburg, um die sich das eine oder andere Viertel erstreckt. Was erstaunlich ist in Berlin – jeder Bewohner lebt in seinem Viertel wie in einer eigenen Stadt, in ein anderes zu fahren ist wie eine Reise ins Ausland. Vielleicht liegt es daran, daß Berlin kein Gesamtbild ergibt, und so, wie zwölf kleine Städtchen einstmals zu einem Ganzen vereint wurden, sind sie zwölf verschiedene Orte geblieben.

Ich habe am Viertel um den Savignyplatz Gefallen gefunden: er ist beschaulich, man kann sich in ihm verkriechen wie in einem Nerz, man kann sich in ihn einhüllen wie in ein Plaid, und es scheint, als wären solche Orte mehr als andere vor Katastrophen geschützt. Dieses Viertel vereinigt den klassischen deutschen Geist (hier hätten Goethe oder Hegel gelebt haben können, wohlbeleibte Frauen in Schürzen, die *Apfelkuchen* backen, an den Wänden haben sicher Biskuitporzellantafeln mit Darstellungen von Amor und Psyche gehangen und massive Schreibtische mit grünem Tuch gestanden) mit dem allerorts gleichen internationalen Chic: Boutiquen des berüchtigten Yves Saint-Laurent, von Valentino, Dior, französische und italienische Restaurants im modernen »kahlen« Stil, ein Kaschmirladen, in dem ich mir eine Strickjacke gekauft habe. Übrigens habe ich an einem der letzten Tage darüber nachgedacht, welches Andenken an Berlin ich mit nach Hause nehmen könnte (eine Strickjacke ist schließlich kein Andenken).

Die Bären, mit denen alle Souvenirläden vollgestopft

sind, gefielen mir nicht: Sie rufen bei mir die Assoziation mit der mir unsympathischen russischen Partei »Jedinstwo« hervor, auch »Bär« genannt, und mit der Olympiade 1980 in Moskau, deren Maskottchen ebenfalls ein Bär war. Und sonst – nichts Phantasievolles, immer dieselben Flaschenöffner, Aschenbecher und Kaffeetassen, auf denen je nach Stadt »Paris« oder »Izmir« steht und hier »Berlin«. Außerdem konnte ich mich, nachdem mir die Zweigeteiltheit der Stadt bewußt geworden war, nicht zwischen östlichen und westlichen Souvenirs entscheiden. Schließlich brachte ich allen Souvenirs vom Potsdamer Platz mit, und für mich kaufte ich in der sechsten Etage des KaDeWe eine Schürze mit gleichlautendem Aufdruck. Die leuchtenden Buchstaben KaDeWe auf der Höhe der berühmten Feinschmeckeretage im sechsten Stock waren das, was die Ostberliner vor Augen hatten, als sie ihr Leben riskierten, indem sie mit selbstgebauten Apparaten über die Mauer flogen oder unter ihr hindurchschwammen. Hundertsechzig Menschen sind an dieser Grenze umgekommen, fünftausend jedoch gelang die Flucht zu den magischen Buchstaben.

Die Narbe der Mauer kann man auch in östlicher Richtung überschreiten. Wenn man durch das Brandenburger Tor geht, ist nichts zu bemerken: *Unter den Linden* ist eine königliche Allee geblieben, ungeachtet dessen, daß sich zum kaiserlichen Pomp der sowjetische gesellt hat. Vielleicht liegt es daran, daß sich dort die sowjetische Botschaft, heute die der Russischen Föderation, und die Aeroflot-Repräsentanz eingefügt haben. Geht man über den Checkpoint Charlie, liest sich die Tafel »Sie verlassen den amerikanischen Sektor« durchaus museal, wie auch das Mauermuseum selbst wirkt, und auch die ehemalige Grenze ist nicht zu spüren. Auf der Bernauer Straße jedoch bekommt man Gänsehaut beim Anblick des erhaltenen Mauerstücks, und man hat eine klare Vorstellung davon, wie sie sich hier entlang der Häuser erstreckte, deren Fenster vom Erdgeschoß bis zum vierten Stock zugemauert wurden, damit die eingesperrten Ostler nicht aus den Fenstern in die Freiheit zu den Westlern mit ihrem prachtvollen Kaufhaus KaDeWe springen.

Die Deutschen sind für ihre philosophische und systematische Betrachtungsweise des Lebens bekannt. Die Systematik hat bei Psyche auch ihre Bezeichnung: der »epileptoide[4] Typ«. Wenn dieser Typ seelisch erkrankt, wird er von Anfällen geschüttelt, ist er jedoch gesund, so ist er seiner Seele nach ein Deutscher, welcher Nationalität er auch angehört. Heute schreien alle nach Ökologie, doch nur die Deutschen sind in der Lage, Müll in vier Sorten zu trennen und in vier verschiedenen Behältern zu sammeln: in einem roten, einem gelben, einem blauen und einem grünen. Alle sind staugequält und ersticken an den Autoabgasen, doch nur die Berliner verzichteten massenhaft auf ihre Autos und stiegen aufs Fahrrad und die U-Bahn um. Berlin wird ebenso durchdacht und ordentlich gebaut. In Rußland hat man sich in emotionalen Ausbrüchen immer von der unangenehmen Vergangenheit gelöst: Die Kommunisten rissen Kirchen ein und verwüsteten luxuriöse Villen, in den letzten zehn Jahren bemühte man sich, die verhaßten sowjetischen Spuren so schnell wie möglich zu verwischen, damit wenigstens das Stadtzentrum so aussieht, als habe es diese rohe Macht nicht fast ein Jahrhundert lang gegeben.

Was sollte man mit dem Potsdamer Platz machen, der

bis zu den Nazis ein belebter Ort mit teuren Hotels, Restaurants und Geschäften gewesen war und von dem nach dem Krieg fast nichts übrigblieb, unweit von Hitlers Bunker? Er war wie ein verfluchter Ort, mit Unkraut überwuchert. Man stellte es schlau an, baute eine Art Mini-New York, grub sich einige Dutzend Meter tief in die verfluchte Erde und baute dort ein gigantisches unterirdisches Einkaufszentrum. Ähnlich dem Reichstag zieht er die ganze Welt an: Dort, auf dem Potsdamer Platz, findet alljährlich ein Filmfestival statt.

Mit dem Stadtbezirk Mitte ging man anders um, dort wurde das historische Bild wiederhergestellt. Wem es also an »antiquarischem« Berlin fehlt, dem stehen die Labyrinthe der Hackeschen Höfe offen. Natürlich sind das keine einfachen Höfe, wie es sie einstmals gab. Sie sehen aus wie Paläste unter freiem Himmel, wo auch der Boden mit schönen Kacheln ausgelegt ist und in den Bäumen verschiedenfarbige Lichtchen funkeln und sich entlang der Wände Galerien, Restaurants und Boutiquen erstrecken.

Was soll man mit einem Palast machen, von dem nur ein Balkon übrig ist? Dazu ist niemandem etwas eingefallen, deswegen wird nichts getan. Und der unangetastete und flächenmäßig ausgedehnte Osten Ostberlins, der kein Ort zum Leben sein kann, nur ein Verbannungsort, ist so trostlos, daß man ihn allenfalls in ein kommunistisches Disneyland umwandeln kann, dessen Schreckgespenstern nur eines bleibt – lächerlich zu werden.

Seinem Leid übrigens vermochte Berlin in zwei würdigen Denkmälern Ausdruck zu verleihen. Das eine ist das noch nicht eröffnete Jüdische Museum. Das hohe Parallelepiped, das mit hellem, in der Sonne glänzendem Metall verkleidet ist, hat keine Fenster, sondern Öffnungen, die wie »Wunden« in die Metallhaut geschnitten sind. Das andere Denkmal der Trauer, Gleis 17, das Mahnmalgleis, befindet sich am Rande des wohlhabendsten Bezirks Grunewald. Von dort fuhren die Waggons mit Juden in die Todeslager. Entlang des Bahnsteigs sind die Daten, die Zahl der Verschickten und die Bestimmungsorte eingraviert, welche der ganzen Welt ein Begriff wurden. Geht man diesen schwarzen Bahndamm entlang, kann man sich ganz real vorstellen, wie ein jüdischer Bankier in seiner Grunewaldvilla gelebt haben muß, wie man ihm dann einen gelben Davidstern wie ein Brandmal anheftete und ihn mit Hunderten anderer, neben die zu setzen ihm im Traum nicht eingefallen wäre, vom Nachbargleis zur angeblichen »Umsiedlung« verschickte. Die geheime »Endlösung« über die Judenvernichtung wurde zufälligerweise auch in einem Villenviertel beschlossen (es gibt nur zwei solcher Viertel in Berlin), im Vorort Wannsee, wo ich untergebracht war. Doch ich verbinde Wannsee eher mit einem anderen Deutschen, der mich einmal sehr beschäftigt hat, mit Heinrich von Kleist. Seine Art von Wahnsinn, obwohl überhaupt nicht krankhaft, war die Leidenschaft für das Schöne, der Ästhetizismus, der Narzißmus. Er wollte nicht altern, sich in seinem Schaffen nicht wiederholen, er wollte nicht, daß die Beziehung zu seiner Geliebten irgendwann zerstört würde. Sie fuhren zusammen zum Wannsee und gingen nach einem Champagnerfrühstück aus dem Leben. Vielleicht war es sinnlos, vielleicht hätte Kleist bis ins hohe Alter die Liebe zu sich und seiner Freundin bewahrt? Seitdem sind ungefähr zweihundert Jahre vergangen, und sieht man sich Berlin an, so ist es nicht nur jung geblieben, sondern es wächst immer noch und durchläuft dabei alle Arten psychischer Grundmuster. Das letzte, das schizoid-narzißtische, steht ihm besser als alle anderen.

ANMERKUNGEN

1 Schizothymiker – kaleidoskopische Persönlichkeit, zweifelnd, neigt zur Spaltung (Dialog), besitzt die Fähigkeit, sich in einen anderen hineinzuversetzen, ihn zu verstehen, Fremdes und Neues anzunehmen und sich anzueignen (im Falle eines Auseinanderbrechens der Psyche droht Schizophrenie).

2 Paranoiker – setzt sich ein Ziel und geht bedenkenlos direkt darauf zu. Ein Kranker zeichnet sich dadurch aus, daß er unsinnige Ziele und Wege, diese zu erreichen, wählt.

3 Bei einem Zyklothymiker wechseln depressive und manische Zustände wie Frühling und Herbst (bei Erkrankung – manisch-depressive Psychose).

4 Epileptoider Typ (seelische Erkrankung: Epilepsie) zeichnet sich durch Leidenschaft zur Ordnung aus: Er erträgt es nicht, wenn irgendein Gegenstand nicht an seinem Platz ist.

Aus dem Russischen von Franziska Seppeler

MOSKAU

Jewgeni Popow
DAS EHRBARE MOSKAU

Höchste Zeit, endlich mal unser armes Moskau zu preisen, das vom ganzen Land oder gar der ganzen Welt oft geschmäht wird mit kräftigen Wörtern.

Vielen liegt ja der Name dieser grandiosen Stadt wenn nicht am Herzen, so zumindest auf der Zunge.

Wer Augen hat, der schaue: Moskau lernt wieder zu leben und zu arbeiten, Moskau baut, singt, flucht, kauft und verkauft, klaut, träumt, vögelt, lästert, betet, bereut und sündigt erneut.

In Moskau wachsen Kinder heran. Sie haben niemals gesehen, wie jene alten Idioten auf dem Mausoleum standen und mit trägem Winken die fröhlich vorüberziehenden Sklaven des Kommunismus grüßten. Sie meinen, Lenin sei eine Comicfigur. Ich beneide sie, auch wenn mir bewußt ist, daß jede Generation ihre eigenen Idioten hat. Und daß Paranoia und Schizophrenie zwei Seiten ein und derselben Medaille sind, und die fällt, wenn man sie in die Luft wirft, nie so, daß sie hochkant stehen bleibt.

Unser Moskau ist einsam. Wie jedes ehrbare Mädchen, das sich in Zeit und Raum noch nichts Passendes gefunden hat. Wenn es SICH SELBST antrug, hatte das stets den gegenteiligen Effekt, nämlich GAR KEINEN, und das ist viel schlimmer als gewöhnliche Zurückweisung, Ablehnung, Anfeindung.

Dabei ist unser Mädchen eine Schönheit, was auch niemals angezweifelt worden ist und stets den Tatsachen entsprach, selbst als sein wunderschöner nackter Körper durch die unzüchtige und brüchige kommunistische Sackleinwand schimmerte.

In Moskau sind alle »Zugereiste«, einschließlich des Stadtgründers, Fürst Juri Dolgoruki, der einer alten Legende zufolge im 12. Jahrhundert den Bojaren Stepan Kutschka erschlug, und dieser war an dem Ort ansässig gewesen, der später Moskau heißen sollte. Wenn Sie mit dem Rücken zum Kreml stehen und dann geradeaus die zentrale Straße hinaufgehen, die unter den Bolschewiken den Namen des proletarischen Schriftstellers Maxim Gorki trug und jetzt wieder den altüberkommenen Namen Twerskaja erhalten hat, stoßen Sie unweigerlich auf ein Denkmal. Das Denkmal stellt einen Mann aus Eisen dar, der auf einem Pferd aus Eisen sitzt, und errichtet wurde es 1947 unter Stalin, welcher damals mit Pomp die Achthundertjahrfeier der Hauptstadt jenes Landes feiern wollte, über das er herrschte mit mittelalterlicher Grausamkeit, veredelt durch Theorie und Praxis vom »Aufbau des Sozialismus in *einem* Land«.

Es heißt, der Eisenmann sei ebenjener Juri Dolgoruki. Erzählt wird, unmittelbar nach der Einweihung des Denkmals habe es eine Konfusion gegeben. Stalin (oder sonstwem aus der herrschenden Clique) seien die im Verhältnis zur Skulptur übergroßen Pferdegenitalien aufgefallen, und so mußte das Metalltier kastriert werden. Ob das wahr ist oder nicht, können Sie selber nachprüfen, Tatsache jedenfalls ist, daß der eine Mörder ein Denkmal errichtet hat für den anderen Mörder, und der hatte das ehrbare Moskau in die Welt gesetzt.

Obwohl – Sie brauchen bloß um sich zu blicken, dann sehen sie, daß die ganze Welt am Blut liegt wie Moskau am Fluß Moskwa. Sie brauchen bloß ein Geschichtsbuch zu nehmen, es auszuwringen wie einen feuchten Lappen, und heraus kommt ein Ozean von Blut. Ein jeder Mensch wie ein jeder Staat, alle haben es früher oder später als ihre PFLICHT begriffen: Um zu überleben, muß man töten. Wo man auch hintippt auf der Landkarte, ein jeder Punkt hat vielfach seinen Besitzer gewechselt. Mit Blut verschweißt, getränkt, besprengt. Mit Blut! Getötet wurde im 12. Jahrhundert, im 13., 14., 15., 16., 17., 18., 19. und besonders im 20. Jahrhundert, von Anfang bis Ende, ohne Verschnaufpause, im Namen des Glücks, im Namen der Logik, der Harmonie, der Vernunft, der Gerechtigkeit, oder einfach so, wegen nichts und wieder nichts! Mensch und Menschheit haben einen ähnlich gebauten Organismus. Mensch und Menschheit zersetzen sich von innen. Und nur die Vernunft widersteht dem Ruf des Blutes. Aber wo ist die Harmonie zwischen Blut und Vernunft? Wann ist das Glück eingeplant? Oder ist die Menschheit gegen das Glück immun?

Zugereiste ... Stalin und Gorbatschow waren aus dem Kaukasus nach Moskau gekommen, Lenin von der Wolga, Chruschtschow aus dem ukrainischen Dorf Kalinowka, Breshnew aus Saporoshje, Andropow wer weiß woher, Tschernenko gehörte einem stolzen kleinen sibirischen Volk an, den Tofalaren, die vor der Revolution in kegelförmigen Nomadenzelten gelebt und sich ihre Nahrung durch Jagd und Fischfang beschafft hatten, Jelzin hatte aus Swerdlowsk, dem heutigen Jekaterinburg, den Sprung nach Moskau getan und Putin vom ehemaligen Leningrad aus den gleitenden Übergang in die Hauptstadt vollzogen. Soweit die Männer an der Spitze. Was läßt sich da noch von den einfachen Sterblichen sagen, zum Beispiel von mir? Ich bin schließlich auch vor 37 Jahren in zerrissenen Schuhen nach Moskau gekommen, und jetzt lebe ich 4 km und 200 m vom Kreml entfernt, erziehe Frau und Sohn und schreibe diesen Essay. Die Jugend habe ich in Sibirien verbracht, das ganze übrige Leben in Moskau.

Ich habe also eigentlich zwei Heimatstädte, Moskau und Krasnojarsk. Petersburg zum Beispiel ist nicht meine Stadt. Für mich ist es wie Ausland. Der Petersburger, der Leningrader, der ist so ganz in sich konzentriert und sogar ein klein wenig abweisend. So ein Skandinavier mit Schirmmütze. Der Moskauer ist wendig, fröhlich, flink mit der Zunge, springt leicht an. Ich mag den Moskauer. Ich bin selber längst Moskauer, allerdings in der nullten Generation. Der Moskauer Charakter sagt mir zu. Der sibirische ist eher – amerikanisch vielleicht? Schließlich ist Sibirien in der Tat ein Schmelztiegel. Die rauhe Natur, die vielen Verbannten. In meiner Straße in Krasnojarsk lebte die reinste Internationale, außer Russen noch Polen, Deutsche, Juden, Litauer, Krimtataren. Und sogar ein Neger, der genauso versoffen und verkommen war wie wir alle.

Ich erinnere mich, wie es mich damals verblüfft hat, als ich am Jaroslawler Bahnhof in Moskau aus dem Zug stieg und als erstes einen Betrunkenen erblickte, der inmitten all der Moskauer Schönheiten und Hochhäuser auf dem Asphalt lag, »im eigenen Saft«. So was aber auch – das ganze

Land weiß doch, daß in Moskau sich Kultur und Staatsgewalt befinden, im Kreml unermüdlich für den Frieden gekämpft und den unterjochten Völkern geholfen wird, im Bolschoi-Theater Opern gesungen und Ballette getanzt werden, in der Lenin-Bibliothek die gesamte russische Buchweisheit gesammelt ist und in der Tretjakow-Galerie die visuelle Weisheit – und dann eine solche Schweinerei! Somit geht es in Moskau ja zu WIE BEI UNS!

Ebendeshalb empfand ich damals keinerlei Beklemmung oder provinziellen Minderwertigkeitskomplex. Auch bestand Moskau zu jener Zeit, vor allem am Stadtrand, noch aus Holz. Die Öfen wurden geheizt, in den Wohnungen wurde Schnaps gebrannt. Gewöhnliche Menschen. Wie in Sibirien, so in Moskau. Eine Zeitlang wohnte ich zwar im Zentrum, in einem zweistöckigen Haus, aber einem aus Holz, das zudem wegen Altersschwäche durch einen Balken abgestützt wurde. Jetzt stehen an der Stelle neue Nebengebäude der amerikanischen Botschaft. In der riesigen Kommunalwohnung hauste ein buntscheckiges Publikum: mein Freund und ich; »Tante« Sina, bei der wir vor dem nächsten Stipendium immer Geld schnorrten; ihre Tochter, eine professionelle Prostituierte; ihr Sohn, Ladearbeiter in der Wein- und Schnapsabteilung eines Geschäfts, später Offiziersschüler an der Kalinin-Artillerieschule; ein verrückter, doch professioneller Maler, der hinter verschlossener Tür hartnäckig weiterhin Porträts des damals praktisch längst mausetoten Stalin malte, den der praktisch noch durchaus lebendige Chruschtschow damals nach Strich und Faden entlarvte; eine würdige Greisin, die mit Argumenten nachwies, daß der Dichter Majakowski 1929 ihr schwächlicher Liebhaber gewesen sei, usw. usf. Diese ganze kreuzfidele Gesellschaft KOEXISTIERTE durchaus friedlich. Gemeinsam aß und – genauer gesagt – trank man.

Erst später, in der letzten Phase der kommunistischen Herrschaft, trübte sich das Verhältnis Rußlands und der Hauptstadt. In den mürrischen Moskauer »Wurstwarteschlangen« wurde jahrelang ein und dieselbe Frage debattiert, nämlich WER IST SCHULD? Die Provinzler, die in Moskau die Lebensmittel aufkaufen und sie mit zurücknehmen in ihre Städte, wo Wurst, Fleisch und Käse NIEMALS zu kriegen sind? Oder die »wie die Made im Speck lebenden« Moskauer, die vom ganzen Land gemästet werden, bloß um den hergereisten Ausländern was vorzumachen – schließlich muß den Foreignern aus irgendwelchen Gründen ständig bewiesen werden: SOWJETISCH HEISST VORZÜGLICH und DER KOMMUNISMUS IST DIE LICHTE ZUKUNFT DER GESAMTEN MENSCHHEIT. Fast schon Freudsche Motive tauchten damals in dem Verhältnis Rußlands und Moskaus auf und dauern bis heute an – Liebe und Haß zu den geschickten Moskowitern, die unter jedem Regime besser leben als das ganze Land.

Ein heutiger Zugereister kann sich nur schwer vorstellen, wie ungut hier alles war, wie geheimnisvoll es jetzt ist und wie alles dürstet nach Glück. In Moskau hat sich nämlich von Anfang an alles nicht so entwickelt, wie es nötig gewesen wäre – wenn schon nicht zum vollkommenen Glück, so zumindest zur teilweisen Befriedigung. Kiew, der Ursprung der russischen Städte, Wladimir, Paris, London, Amsterdam, Washington, Berlin, Madrid, Istanbul, Peking – eine ganze Seite ließe sich vollschreiben mit Städtenamen, die im Russischen MÄNNLICHEN GESCHLECHTS sind, unsere Hauptstadt hingegen, MOSKWA, hat immer in einer anderen, eher WEIBLICHEN Dimension existiert und wird das auch künftig tun. Höchstens die ehemals österreichisch-ungarische, heute einfach sympathische Wena (ja, WENA auf russisch, nicht Wien) könnte als Freundin unserer Moskwa die üppige Einsamkeit versüßen. Doch Wien ist SCHON Souvenir, verzuckertes Fruchtgelee, farbig, fröhlich und erinnerungsträchtig, wie eine Schachtel der berühmten Mozartkugeln. Moskau ist NOCH lebendig.

Natürlich war die Stadt auch früher für die zimperliche und zugleich aggressive Welt um sie herum ein bißchen ein harter Brocken. Diese Moskowiter und Moskowiterinnen … Das Baden im Eisloch, das masochistische Schwitzbad … das Vierteilen, Aufs-Rad-Flechten … Der Tanzbär mit dem Ring in der Nase … Das hat was von weiblichem Sinnenwahn. Nicht zufällig entstand dieses Sankt Petersburg mit seiner symbolischen Alexandersäule, und irgendwie schien alles ins Lot zu kommen im Schicksal unserer Stadt, irgendwie tauchte sogar die Chance auf, mit der Zivilisation den Bund einzugehen, doch da brach das Jahr 1917 herein, und Moskau mußte erneut INS GEWEHR TRETEN, wurde erneut Hauptstadt des Imperiums, was es eigentlich immer geblieben war, trotz aller inmitten finnischer Sümpfe erbauter Prachtstraßen, Kanäle und Blutkirchen. Welch ein Triumph der Triumphatoren, als sie nach der Revolution im Heiligen Kreml ihre Koffer auspackten! DIE LEHRE VON MARX IST ALLMÄCHTIG, WEIL SIE WAHR IST, dieses plakative Lenin-Wort zierte Moskau lange Jahre.

MOSKAU TEILT TRITTE AUS, so reden die dankbaren Rußländer über ihre Hauptstadt, und dieser Spruch aus der Folklore, zum Sprichwort geadelt und durch das Etikett VOLKSWEISHEIT geradezu denkmalgeschützt, beweist ein übriges Mal, daß es in dieser Welt praktisch keine Axiome gibt und auch Volkes Meinung dumm sein kann.

Hier nun sehe ich mich veranlaßt, mich direkt an meine Mitbürger aus der ehemaligen UdSSR und heutigen Rußländischen Föderation zu wenden. Sagt doch mal ehrlich, meine Lieben, wen »tritt« es eigentlich, unser ehrbares Moskau? Gebt doch zu: War das etwa schlecht, wie ihr seinerzeit, herausgeputzt und aufgeregt, zum Kreml gekommen seid, um Zarenkanone und Zarenglocke anzuschauen, und vor dem Glockenturm Iwan Weliki den Kopf in den Nacken gelegt habt, wie ihr im Zentralen Kultur- und Erholungspark (benannt nach dem schon erwähnten Gorki) Bier getrunken habt oder Eis geschleckt auf der WDNCH, der Ausstellung der Errungenschaften unserer Volkswirtschaft, unweit des Goldenen-Ähren-Brunnens, der die Freundschaft der Sowjetvölker versinnbildlicht und in den neuen Zeiten zum beliebtesten Pleinair-Schauplatz von Sozartkünstlern und Konzeptualisten geworden ist? Schließlich seid ihr (sind viele von euch) in Moskau geblieben, habt ihr es mit eigenen Händen aufgebaut, und wer mir nicht glaubt, der schaue sich den Film »Moskau glaubt den Tränen nicht« an, ein berühmtes sowjetisches Melodrama über ein armes Aschenputtel aus der Provinz, das in die Hauptstadt kommt und, angeleitet von einer zaubermächtigen Fee namens KPdSU, zum Ende des Films sein Glück macht, nämlich Direktorin wird in einem großen Industriebetrieb und außerdem Ehefrau eines anständigen Mannes ganz ohne schlechte Angewohnheiten.

Wer aber auch diesem Film nicht glaubt, der spreche auf der Straße alteingesessene Moskauer an, also zum Beispiel mich. Von denen (von uns, von mir) erfährt er dann – also, schuldig ist unser Moskau überhaupt nicht, es war und ist die Hauptstadt und wird es auch bleiben, überhaupt kein bißchen schuldig ist es, liebe Mitbürger!

Sein Kummer ist bloß, daß die Landesherrscher sich angewöhnt haben, hier zu leben, und von jeglicher Obrigkeit erwarten die rußländischen Menschen traditionell nichts Gutes.

Ebendeshalb ist Moskau für sie nicht die ewige Braut im Heiratsalter, sondern eine Schlampe, die sich die besten Stücke vom herrschaftlichen Tisch untern Nagel reißt. Deshalb auch geht die Rede, Moskau sei voller Flegel, voller Gauner, voller Fatzkes.

Falls ihr aber tatsächlich dieser Meinung seid, wieso müßt ihr dann so zudringlich werden bei dem ehrbaren Mädchen Moskau, wieso zieht ihr lautstark über es her und droht, ihm den Status als Hauptstadt zu nehmen? Verlegt doch die Hauptstadt, wohin ihr wollt, in irgendeinen Winkel des Reichs, und sei es wieder nach Petersburg, sei es in den Ural oder in die Schwarzmeerstadt Sotschi. Moskau wird bloß erleichtert aufatmen, wenn sein Roter Platz endlich mit Gras zuwächst und nicht Tausende von Füßen Tag für Tag über das imperiale Pflaster schlurfen. Und überhaupt – hört doch auf, laßt es in Ruh, laßt MOSKAU LEBEN, gebt ihm noch eine Chance, und die Stadt wird erblühen, sie wird glücklich sein, und davon werden ALLE glücklich sein, ich versprech es euch.

Ist denn nicht sowieso klar, daß das wahre Moskau nicht die Figuren der Gesellschaftschronik sind, die Banker, Banditen, Oligarchen, Herrscher, Generale, Abgeordneten und ähnliche »Asse und Bosse«, sondern eher jene EINFACHEN LEUTE, die auch heute – unter dem Motto WER LEBEN WILL, MUSS RÜHRIG SEIN – schuften und schuften und ihren Urlaub keinesfalls auf den Kanarischen Inseln verbringen, sondern in ihren bescheidenen Datschen und den berühmten Schrebergärten, um sich für den Winter mit Kartoffeln, Sauerkraut, Salzgurken und Marmelade einzudecken?

Und ist denn nicht sichtbar, daß schon jetzt Moskaus alte Villen, jede für sich und alle gemeinsam, erneut in wunderbarer Schönheit erstrahlen und ganze Viertel aufleben, wo noch vor fünf Jahren jedes renovierte Haus aussah wie ein Goldzahn in einem verrotteten Kiefer? Und der Bauboom, über den jetzt erbittert gestritten wird, denn die einen halten alle Neubauten für »Banditenkitsch«, während die anderen in diesen Häusern eine merkwürdige Replik auf den Moskauer Jugendstil der Kaufmannsvillen vom Beginn des letzten Jahrhunderts sehen, als Rußland noch nicht wußte, in was für ein Loch es fallen würde für viele Jahrzehnte ... Das ist schließlich kein Mythos, sondern Realität, und in der ist Erschaffen immer ein Segen und Zerstören immer ein Greuel. Die Gauner kommen und gehen, doch die Blumen, die sie gepflanzt haben, bleiben bestehen. Und deshalb können schöne Häuser wie auch schöne Kleider nicht von vornherein Blumen des Bösen sein.

Und ist denn nicht erkennbar, daß die eingeschüchterten Moskauer erst jetzt ein ganz klein bißchen aufatmen, so seltsam das auch klingen mag bei den heutigen Preisen und

Sitten und nach allem, was sie in ihrer Heimatstadt mitgemacht und durchgemacht haben: den Triumph des Totalitarismus und seinen Niedergang, Perestroika-Hysterie und zwei kommunistische Putsche, Euphorie, Rubelabwertung im Schwarzen August und schließlich die schrecklichen Explosionen in Wohnhäusern, die unter der tatsächlich FRIEDLICHEN, tatsächlich MULTINATIONALEN Bevölkerung eine ungeheure Zahl von Opfern verursacht haben.

Deshalb atmen sie auf, weil erst jetzt, zu Beginn des dritten Jahrtausends, tatsächlich JENE ZEIT ein Ende hat, und die Luft in der Stadt ist jetzt eine andere.

Ein Ende hat jene Zeit, als Moskauer wie Zugereiste in Warteschlangen um die ewigen Mangelwaren, um ein Stück von was auch immer kämpften.

Wie auch jene »Apfelsinen aus Marokko« ein Ende haben, die nur in Moskau verkauft wurden und die das ganze Land in Plastiknetzen aus der Hauptstadt in alle Richtungen transportierte, als exotisches Geschenk für Verwandte und Freunde.

Weil jetzt andere Apfelsinen aufgetaucht sind, die neben anderen Lebensmitteln auf den Ladentischen liegen, und zwar im ganzen Land, »von Moskau bis zum äußersten Ende«, wie es in einem sowjetischen Lied hieß, aus völlig anderem Anlaß.

Weil man Geld jetzt VERDIENEN kann und es nicht stehlen muß oder den Kommunisten abbetteln.

Weil wir jetzt ein klein bißchen, aber eben doch – FREIHEIT haben. Bereits Freiheit, immer noch Freiheit, vorerst noch Freiheit.

Und Moskau wird dadurch, so paradox es auch klingen mag, weniger einsam.

Noch eins, eine Kleinigkeit, und trotzdem angenehm: In Moskau ist es endlich SAUBER geworden. Entweder wird weniger Müll gemacht oder der Müll öfter weggeräumt – oder alles beides.

Es war im Zentrum, ich erinnere mich, auf der Sretenka, ich glaube, 1977. In einer Toreinfahrt wurden Bananen verkauft, ringsum Dreck, Ratten, Schneematsch, und eine entsetzliche Warteschlange. Ein Ausländer wollte ein Foto machen – da ging ein Aufschrei durch die Menge! Hau ab, Saukerl! Willst uns doch bloß verleumden! Hau ab, Feind! Verpiß dich in dein Ausland!

Und im Ausland? Da gibt es auch solche und solche. In Paris bin ich mal bei einem Streik der Müllarbeiter auf einem Metro-Bahnsteig bis zu den Knien in Pappbechern und Plastikflaschen gewatet, hab aber dann im Müll hundert Francs gefunden.

Bin mal gespannt, was ich in Berlin finden werde.

Deutsch von Rosemarie Tietze

MOSKAU

Katja Lange-Müller
MOSKAU, FÄHRTEN UND GEFÄHRTEN

Schwierig ist es, aber schön – durch Moskau zu laufen, besonders im Winter. Ein Abenteuer für die nicht mehr nüchterne (nirgends schmeckt der Wodka besser als hier und nie besser als im Winter), nicht mehr junge, aus mindestens diesen beiden Gründen nicht mehr gleichgewichtssichere Frau auf den profillosen Sommersohlen ihrer Halbschuhe. Sie, also diesmal ich, kann aufs Maul fallen jeden Moment; unter dem auch gerade gefallenen Schnee kann dünnes Eis sein über einer großen Pfütze in einem tiefen Asphaltloch, einem pflastersteinlosen Tal im Bürgersteig, einem Baugrübchen, wer weiß wie alt, in der vielgetretenen, dennoch zu einem schiefen Grinsen verzogenen Visage der einen oder einer anderen Straße. Doch, der Gehweg ist die Visage einer Straße, denn die müssen die Fußgänger oder Fußgängerinnen ansehen bei jedem Schritt, von ihr nämlich droht die größte Gefahr, womöglich die einzige.

So, laufend, schlitternd, strauchelnd und immer fröhlich gefaßt auf Platzwunde oder Gipsarm, manövriere ich mich zu einem der Eingänge der Metro-Station Nowokusnezkaja; ich will zum Zoo heute, weil ich nicht mehr Straßenvisagen sehen will, sondern Menschen, Menschen, die Tiere sehen wollen.

In den Gängen zu den Perrons gehen Menschen vorüber oder nicht vorüber an Menschen, die Bildchen verkaufen oder Blumen oder ausgelesene Hefte oder junge Katzen. Menschen gehen an Menschen vorbei, die still oder nicht so still dastehen, dasitzen, daliegen, obwohl sie nichts zu verkaufen haben. Sie bemühen sich allein um ein paar Rubel oder lassen sich von Hündchen helfen beim Betteln oder beim Geben. Und einen sehe ich, einen Mann ohne Beine, der hat etwas, was ich noch nie gesehen habe, einen zahmen Spatzen. Spatzen, glaubte ich bis zu jenen Sekunden im Vorübergehen, seien unzähmbar. Erstaunt verlangsame ich meinen Schritt, ziehe ein Scheinchen aus der Jackentasche und muß Durs Grünbein recht geben, der schrieb, das Gesicht eines Moskauer Spatzen erinnere an das des Genossen Lenin. Und in Moskau, da müßte Durs Grünbein nun mir zustimmen, gibt es viel mehr Spatzen als in Berlin. Und sicher, Durs, all die Spatzen sehen Lenin ähnlich – wie ich jetzt weiß, aber du vielleicht nicht, selbst die in Berlin. Könnte es denn sogar sein, daß sämtliche Spatzen auf unserer ganzen großen Erdkugel Lenins Züge tragen? Und wenn, was hätte das zu bedeuten?

Warum komme ich hierher? Ich kann Zoos nicht ausstehen, am wenigsten die in den großen Städten. Zoos sind die Ziele familiärer Ausflüge, dahin bringen Großmütter ihre Enkel. Was führt die Leute in den Zoo? Haben die wirklich nur Tomaten auf den Augen und Schuppen auf den Seelen, wenn sie die Kinder animieren, über die putzigen Pinguine zu lachen? Oder verbergen sie hinter ihren interessierten Gebärden das fieseste allen Mitleids: Mir, Ozelot, geht es schlecht, ich habe einen Mann, den ich sowenig ausstehen kann wie er mich. Doch schau, einsamer Ozelot, ich habe von ihm diese liebe Tochter, die dich für eine große Mieze hält. Und mein Mann, verstehst du, er trinkt wohl ein bißchen viel, aber er ernährt uns, gibt uns Geld, damit wir ins Kino gehen können oder dich besuchen. Du, Ozelot, könntest uns nicht besuchen. Ohnehin kämst du nur, um uns zu beißen, zu fressen vielleicht. Bilde dir bloß nichts ein; die Kleine würde mir sowieso nicht glauben, daß du sie fressen willst oder mich. Und vielleicht willst du das auch gar nicht, vielleicht hast du längst vergessen, daß du ein Ozelot bist, vielleicht hast du ja nicht einmal mehr Zähne. Jedenfalls kannst du uns nicht beißen, nicht jetzt, nicht bald, nie mehr. Ach, Ozelot, armes Schwein, nichts kannst du. Ich, weißt du, sehe auch bloß aus wie ich, aber ich bin wenigstens Mutter. Doch du, Ozelot, du erinnerst nur an einen Ozelot, der sich an nichts erinnert. Du bist nichts als eine Metapher für die Gefangenschaft, eine Metapher unter vielen hier im Zoo.

Ich kann keine Gedanken lesen. Was ich der üppigen Frau, die neben mir ein Mädchen umarmt, auf die Zunge lege, richtiger in den Kopf, sind Worte, die ich soeben gedacht habe.

Das Mädchen sieht aus wie Rotkäppchen ohne Kuchen und Wein, und der Ozelot ist weder ein Ozelot noch der Wolf. Wir stehen vor dem etwa fünf mal fünf Meter großen Gehege des Schneeleoparden, immerhin einem nahen Verwandten des Ozelot und auch des Leoparden, des Löwenpanthers. Der Schneeleopard ist eins der wenigen Tiere, die sich blicken lassen an diesem für Moskauer Verhältnisse nicht einmal sonderlich kalten Dezembertag. Und wie er sich blicken läßt! Er tut nichts anderes als alle Leoparden in allen

Zoos der Welt, jedenfalls in denen, die ich bislang besuchte, er tigert mechanisch auf und ab. Sechs Schritte hin, sechs Schritte her, lässige Schritte, die er unvergleichlich graziös abrollt auf großen, weichen Pfoten. Doch diesen hier hält nicht ein Gitter von uns fern, Eisengeflecht, durch das er uns zumindest riechen könnte, nein, der haust hinter einer Glasscheibe, die beschlagen, stumpf, ja blind ist in Höhe seiner Stirn, weil er den Schädel entlangschiebt an ihr. Ganz fest preßt der Schneeleopard sein dampfendes Maul an die Schaufensterscheibe, die uns trennt; ganz deutlich sehen wir seine rosige Nase, seine Ohren, seine klaren, aber blicklos ins Nichts starrenden Augen, mal das rechte Ohr und das rechte Auge, dann wieder das linke Ohr und das linke Auge. Alle sechs Schritte, wenn der Schneeleopard kehrtmacht, um zurückzulaufen oder hin, bumst er mit der einen oder der anderen Schläfe gegen die Glasscheibe, kaum heftiger stößt eine Hauskatze ihren Kopf gegen die Waden des Menschen, von dem sie ihr Fressen erwartet, und doch schwingt die Scheibe ein wenig davon; ich höre sie sogar summen, als ich für einen Moment meine Wange an das kalte Glas lege. An einer Stelle ist die Glasscheibe, offensichtlich eine, deren Konsistenz der von Autofrontscheiben ähnelt, gesprungen. Um einen leicht konvexen Trichter, der womöglich ein kleines Loch werden sollte, ziehen sich kreuzspinnennetzartige Risse, wie auf dem Abbild eines Wasserspiegels, den soeben ein Steinchen getroffen hat; und ich glaube nicht, daß es der Schneeleopard war, der das bewirkte. Dennoch weichen wir, nachdem wir den Scheibenschaden bemerkt und eingehend gemustert haben, ein Stück zurück, das Mädchen, das wie Rotkäppchen aussieht, die rundliche Frau, der ich meine

Gedanken geliehen habe, und ich, die Zoos nicht ausstehen kann.

Der nicht allzu große Moskauer Zoo gibt sich märchenfestungsartig, was nicht verwundert in dieser Stadt. Eine geschwungene Steinbrücke, deren hohe Einfassung einige Tierplastiken zieren oder zieren sollen, verbindet die beiden Teile der Anlage miteinander. Zwischen künstlichen Felsen, in denen sich Volieren befinden und die Winterquartiere des nicht frostfesten lebenden Inventars, liegt ein künstlicher, nierenförmiger See, auf dem, wie nicht anders zu erwarten, Enten herumwatscheln, denn der See ist zugefroren, was auch keine Überraschung ist. Um den See herum führt ein Weg vorüber an Gehegen und an Buden für alles mögliche, Limonade, Konfekt, Piroggen, Hot dogs, Zigaretten und jede Menge Tiere darstellendes Spielzeug. Die Zahl der wollenen, hölzernen oder in Kunststoff gegossenen Viecher hinter den beschlagenen Scheiben der Kioske und unter den Markisen der Verkaufsstände dominiert bei weitem die der Modelle für all die mehr oder weniger lustigen Figuren. – Größer kann ein Kontrast kaum sein als der zwischen dem bunten Krempel in Bären-, Hunde-, Affen-, Tiger- oder Vogelgestalt auf der einen Seite des Weges und den winterfellweißen oder eher grauen oder mehr braunen, entweder sinn- und ziellos an den Innenkanten ihrer Verschläge entlangschnürenden oder stoisch auf Baumstämmen hockenden Kreaturen. Die Tiere, die falschen und die echten, gehören antagonistischen Lagern an, wie Schachfiguren, die aber weder nur weiß noch nur schwarz sind und weder richtig tot noch wirklich lebendig, denke ich, zwischen ihnen wandelnd – und einen König oder eine Königin haben sie auch nicht. Ich erwerbe eine Elefantenmarionette, made in Taiwan, mit der ich nie spielen werde. Weil ich weiß, daß kaum noch Wodka in meinem Flachmann ist, hätte ich lieber etwas zum Auffüllen genommen, aber Schnaps gibt es keinen im Moskauer Zoo.

Wo sind sie geblieben, Rotkäppchen und seine Mama? Wir folgen ein paar Menschen, mein Elefant und ich, und gelangen zu einem der Betonhügel, vor ein orientalisch geschwungenes Tor, das mich hoffen läßt, wir fänden uns gleich in einer Sesam-Attrappe wieder und nicht in einem potemkinschen Kyffhäuser. Aber schon schlägt uns Stallwärme entgegen und ein strenger Geruch. Und als ich über den uns abgewandten Köpfen der Publikumstrauben die Wipfel künstlicher Palmen entdecke und seltsame Schreie das allgemeine Volksgemurmel durchdringen, weiß ich, wir sind im Tropenhaus, bei den Affen.

Auf dem Brett einer Schaukel hockt seitlich eine grüne Meerkatze, die intensiv damit beschäftigt ist, einen Granatapfel zu zerlegen. Doch sie frißt nicht, sondern wirft die roten, klebrigen Kerne, und ebenso die Granatapfelschalenstücke, nach einer Schnurrbartmeerkatze, die – mit Kernen und Schalen von mehr als dem einen Granatapfel bestreut – in Embryoposition auf dem Lattenrost des Käfigs schläft – oder sich, wie die zuckende Spitze ihres langen Schwanzes vermuten läßt, bloß schlafend stellt – und uns ihren blanken, also haarlosen, schwieligen, blauviolett verfärbten Hintern präsentiert. – Ein paarungsbereites Weibchen ohne einen Artgenossen oder wenigstens eine Geschlechtsgenossin von ihrer Art. Am Meerkatzen-Schaukasten prangt ein rundes Schild: »Sponsert by NIVEA«.

Im Nachbargehege sitzen vor einer mit Dschungelblüten, Bergen, Himmel bemalten Betonwand drei Berberaffen nebeneinander auf einem kahlen Buchenast, wie Hühner auf der Stange, und zeigen uns auch nichts als die kalten Schultern. Ein etwa vierzehnjähriger Junge pocht an die Scheibe, leise, wohl weil er die Affen nicht erschrecken, aber doch dazu animieren will, daß sich wenigstens einer von ihnen einmal umdreht. Obgleich der Junge sich vergeblich bemüht und nun – unleidlich werdend – mit den Fingern seiner beiden Hände ein wildes Stakkato gegen das Glas trommelt, gebietet ihm niemand Einhalt, denn irgendwie sind alle sauer auf all die so gar nicht kommunikativen, ja verächtlichen Tiere. – Da hat man nun Eintritt bezahlt, trotz der Stiefel doch kalte Füße bekommen, sich strikt an das alle drei Meter schriftlich erteilte Fütterverbot gehalten, nur um Tiere zu gucken, und was geschieht? Nichts. Die Tiere würdigen ihr Publikum keines Blickes oder verstecken sich sogar. Wahrscheinlich, denke ich, bilden sich die meisten von uns nur ein, sie kämen hierher, um Tiere anzusehen, aber wirklich wollen wir, daß die uns bewundern, unsere schönen Kinder, unsere rosigen Wangen, unsere lustigen Mützen und unsere warmen Pelzmäntel.

Ein einziger nur, einer aus der einzigen hier deponierten Primatenfamilie, einer von den insgesamt vier Angehörigen einer Orang-Utan-Gruppe, verhält sich anders als alle anderen. Es ist, wie ich mit viel Geduld und Neugier schließlich ermittle, ein noch junges Männchen, vor dessen Zwinger eine solche Menge Leute steht, daß, von dem Auflauf magisch angezogen, immer noch mehr hinzukommen, die dann lange warten müssen in dritter, vierter, fünfter Reihe, bis weiter vorn einmal ein Platz frei wird, einer, von dem aus man sehen kann, was die anderen so fesselt. Während die drei übrigen Mitglieder seiner Bande, den allgemeinen Konventionen unter den hiesigen Tieren folgend, sich abgewendet im Hintergrund halten, liegt, nein, lümmelt dieser halbstarke Orang-Utan in der linken vorderen Ecke des Schaukastens. Nur die etwa zwei Zentimeter dicke Spezialglasscheibe ist zwischen seiner kräftigen, gelbbraun behaarten Schulter und den Frauen- und Kinderhandflächen, die von der anderen Seite gegen das Glas drücken. Die Menschen rufen einander Bemerkungen zu und lächeln, denn der Orang-Utan spielt für sie ein Spiel, das sie womöglich kennen; in meiner Sprache heißt es Blindekuh. Der Menschenaffe, den ein Mädchen Sascha nennt und Saschenka, hat sich die Banderole eines Mineralwassers namens Borshomi über die Augen gelegt. Er schiebt seine sehr bewegliche Unterlippe ein wenig vor und pustet gegen den Papierstreifen, ganz behutsam, bis das Papier ein wenig zu flattern beginnt und eines der kleinen Orang-Utan-Augen freigibt, das die eingemummten Kollegen oder besser Vorgesetzten da draußen auch nicht anschaut, aber so merkwürdig funkelt für diesen Moment. Dann, als die Borshomi-Banderole ernstlich zu rutschen droht, greifen die langen Finger seiner rechten Hand schnell danach und plazieren sie wieder mitten in seinem Gesicht; Sascha, wenn er denn wirklich so heißt, liegt wieder da, als markiere er den Angeödeten oder den lichtempfindlichen Kater-Kranken, bis er erneut die Unterlippe spitzt. Der Orang-Utan macht sich als Mime wirklich großartig. Sein Spiel, sooft er es auch wiederholt, ist nie gleich; geringfügig von der jeweils vorherigen Demonstration abweichende Variationen einer Geste, eines Gesichtsausdrucks, eine langsamere oder weniger geschickte Handbewegung, ein paar Stirnfalten mehr, ein kurzes Zähneblecken lassen es differenziert und ambivalent erscheinen, mal fast autistisch ernst, mal eher listig und kokett. Ich frage mich, wie oft Sascha das macht und seit wann heute, aber weil ich rauchen will, verlasse ich die Vorstellung.

Hinter der Brücke, in einem weitläufigen Gehege voller kleiner Tannen, entdecke ich noch einige Füchse, zwei hübsche weiße Polarfüchse, drei rote und einen gescheckten. Den Füchsen, denke ich, geht es gut. Sie pflügen mit ihren stupsnasigen Schnauzen den frisch gefallenen Schnee oder jagen einander um die Bäumchen oder die eigene Schwanzspitze. Manchmal springt einer hoch, auf allen vier Pfoten, versucht einen Salto, landet wieder im Schnee und rollt sich da, bis ein anderer Fuchs diese Einladung zu einer kurzen Balgerei endlich annimmt.

Die Wölfe, deren Areal an das der Füchse anschließt, haben magere Flanken und eingezogene Bäuche; aus grünen Mandelaugen schauen sie melancholisch, aber falsch – oder gelangweilt und devot – in unergründliche Fernen. Auch einer von den Wölfen gräbt mit der Schnauze im Schnee, doch bei dem sieht es aus, als geschehe es nur, weil er den Kopf hängen läßt, ebenso die Ohren. – Ob sie hier schon waren, das Rotkäppchen und seine Mutter?

Ich werfe noch drei, vier müde Blicke auf Schnee-Eule, Schneehühner, Schneegänse. Neben einem Schneemann trinke ich meinen Flachmann leer und steuere den Ausgang an;

knapp vor dem befindet sich noch eine letzte Voliere, in der, anscheinend völlig freiwillig, nichts ist als Sperlinge, Hunderte und Aberhunderte lärmender Spatzen. Doch wie, Durs Grünbein, sind diese »kleinen gefiederten Lenins« wohl hineingelangt in den altmodisch kuppelförmigen, sehr feinmaschigen Großkäfig? Während ich uns das frage, kommen mir ein paar Zeilen einer englischen Ballade wieder in den Sinn: »Hinter Bergen, schwarz und ungenau / Liegt das Land, das den Jamleys lieb / Ihre Augen sind kalt, ihre Flügel sind grau / Und sie stachen in See per Sieb.«

BERLIN

Katja Lange-Müller

ZOO ODER SCHKLOWSKIS LIEBE NICHT ZU CHARLOTTENGRAD

1923, im dreißigsten Jahr seines Lebens, ging im Februar, dem kalten Monat, in dem ich achtzehn Jahre später zur Welt kam, ein anderer Wassermann durch Charlottenburg, das die Nichtrussen Berlins schon damals Charlottengrad nannten, einer, zu dessen Geschlecht das Tierkreiszeichen besser paßte als zu meinem, einer, der Viktor Schklowski hieß und »kein Leid gekannt hätte, wenn er einen zweiten Anzug gehabt hätte«, einer, der die Stadt seines Exils nicht ins Herz schloß und auch nicht die Eisblumen des Tiergartens, den er in jenem Winter gelegentlich aufsuchte, weil er da wohl noch am ehesten hinzugehören glaubte, denn in dem Affenorden, den Affenzar Alexej Remisow »nach dem Vorbild der russischen Freimaurerei erfunden hatte«, war er ein Ritter vom »Rang eines stummelschwänzigen Äffleins«. »Übers Eis und durch Nebel ringsum« ging er dahin, wo er sich seinem »Meister«, Welimir Chlebnikow, dem »Vorsitzenden des Erdballs«, der den Affen gewisse Bürgerrechte einräumen wollte, aber »an Blutvergiftung starb«, vielleicht ein wenig näher fühlen konnte.

Und war womöglich nicht einmal das »Tiergehege« ein Ort nach Schklowskis »bitterem Geschmack«, so war es doch immerhin der, »wo die Adler der Ewigkeit gleich horsten, die der heutige Tag beenden wird. Wo das Kamel die Rätsel des Buddhismus kennt und die Grimasse Chinas verbirgt …

Wo der Putz der Leute prächtig ist. Und die Deutschen vor Gesundheit strotzen ... Wo die Affen sich ausgiebig ärgern und die Enden ihrer Rümpfe vorzeigen. Wo die Elefanten Faxen machen, wie Berge während eines Erdbebens, und das Kind um Futter bitten, indem sie in die Wahrheit: essen will ich! essen! einen uralten Sinn hineinlegen und in die Knie gehen, als bäten sie um Almosen ... Wo die Bären behend hochklettern und hinunterblicken, in Erwartung der Anweisungen des Wärters. Wo die Fledermäuse hängen, gleich dem Herzen eines zeitgenössischen Russen. Wo die Brust des Falken an Federwolken vor dem Gewitter erinnert. Wo wir im Antlitz des Tigers – mit dem weißen Bart als Einrahmung und den Augen eines betagten Muselmanen – den ersten Mohammedaner verehren und das Wesen des Islam lesen ... Wo die Enten einer bestimmten Rasse nach einem kurzen Regenguß ein einmütiges Geschrei erheben, als würden sie für die Entengottheit – ob sie wohl Beine und Schnabel hat – einen Dankgottesdienst abhalten. Wo die aschsilbernen Perlhühner wie falsche Waisen dreinblicken ... Wo die Wölfe Bereitwilligkeit und Ergebenheit ausdrücken ... Wo das dicke, glänzende Walroß, wie eine erschöpfte Schönheit, mit dem glitschigen Fuß wedelt und danach ins Wasser springt, woraufhin, als es sich wieder aufs Gerüst rollt, auf seinem fetten, schweren Körper der Kopf Nietzsches erscheint, mit der stachligen Borste und der glatten Stirn ... Wo das Nashorn in seinen weißroten Augen die unauslöschliche Wut eines gestürzten Herrschers trägt und als einziges aller Tiere seine Verachtung für die Menschen, diesen Sklavenaufstand, zeigt. Und in ihm ist Iwan der Schreckliche verborgen. Wo die Möwen mit ihrem langen Schnabel und dem kalten blauen, gleichsam bebrillten Auge das Aussehen internationaler Geschäftsleute haben, was wir in der Kunst bestätigt finden, mit der sie das den Robben zugeworfene Futter rauben … Wo die Elefanten ihre Trompetenstöße vergessen haben und einen Schrei ausstoßen, als würden sie über Magenbeschwerden klagen. Vielleicht halten sie es, angesichts unseres erbärmlichen Anblicks, für ein Zeichen guten Tons, erbärmliche Töne von sich zu geben? …«

Wenn Schklowski nicht im Zoo herumlief, um Eindrücke zu sammeln oder sich Gedanken zu machten, die er, soweit sie nicht der Liebe galten, seiner Angebeteten mitteilen durfte, saß er in seinem Zimmer und verfaßte Briefe an Alia, »die Frau, die keine Zeit für ihn hatte«. »Dem Willen des Schicksals und des Materials gehorchend«, verband er »ausgewählte Bobachtungen und Überlegungen durch einen Vergleich; worauf sich alle Beschreibungen als Metaphern der Liebe entpuppten«. Aus diesen im vorinflationären Berlin entstandenen Skizzen für Alia, und aus Alias vergleichsweise seltenen Antworten an Viktor, wurde schließlich der Roman »Zoo oder Briefe nicht über die Liebe«, der die Geschichte einer einseitigen Leidenschaft erzählt und vom Heimweh des Autors und von dessen Schwäche für Automobile. Er erzählt auch von Dostojewski, von Tolstoi, von dem Maler Chagall und von Ilja Ehrenburg, »der in einer Ecke des Cafés ›Prager Diele‹ hockt und Unterricht gibt im Pfeiferauchen, im Romaneschreiben sowie im Zweifeln an der Welt und am Speiseeis. Die Natur hat Ehrenburg reich beschenkt; er besitzt einen sowjetischen Paß. Er lebt mit diesem Paß im Ausland. Tausend Visa stehen drin. Ich weiß nicht, was für eine Art Schriftsteller Ehrenburg ist … Früher war ich Ehrenburg böse, weil er, von einem jüdischen Katholiken oder Slawophilen zum europäischen Konstruktivisten konvertiert, die Vergangenheit nicht vergessen hatte. Aus Saulus wurde er nicht Paulus. Er ist Saulus Paulowitsch und publiziert die ›Tierische Wärme‹.« – Schklowski schickte der Frau, die seine Liebe »in einen Telefonhörer gejagt hat« und die er im letzten seiner Briefe, dem ans Zentrale Exekutivkomitee gerichteten, verleugnet, sehr traurige, sehr komische, sehr heftige, ich bin willens zu sagen, melancholerische »Nachrichten« aus einer Welt, »wo das Normale nicht mehr existierte und wo der Schrecken Gewohnheit geworden war«.

»Zoo oder Briefe nicht über die Liebe« ist ein Buch, dem man nicht widersprechen kann. Man kann nur wieder von ihm sprechen, und mit ihm sprechen kann man erst recht, denn es steckt voller origineller Metaphern, Bilder und Gleichnisse, die ein poetisch angehauchtes, womöglich weibliches Gegenüber, das man vielleicht zu beeindrucken wünscht – mit Zitaten, die man ja nicht als solche ausweisen muß –, ganz gewiß verblüffen werden, heute mehr denn je. Die Frau, zu der man in Metaphern spricht, und gute Metaphern sind nichts anderes als leichter oder schwerer lösbare Rätsel, wird glauben, daß man sie für klug hält, ihr zutraut, daß sie eine Metapher versteht, den Sinn eines Rätsels ergründet. Es ist sehr verführerisch, für klug gehalten zu werden. – Alia, für deren wenige, aber klare Worte der schnippischen Provokation sich Schklowski als »Sparbüchse« zur Verfügung stellte, war nicht von verführter, sondern von verführerischer Klugheit. Sie verbot das Über-die-Liebe-Schreiben, weil sie nichts lesen wollte als über die Liebe. Doch wie langweilig, wie schlicht und phantasielos ist der Satz: Ich liebe dich; Subjekt, Prädikat, Adressat. Das sagt nichts über die Liebe, beschreibt sie nicht. Und schließlich gab der Liebende ja vor, ein Dichter zu sein, ein liebender Dichter, unschön, schlampig gekleidet und sprachmächtig wie Cyrano de Bergerac; sollte er es beweisen, sollte er es in jedes seiner Worte legen, außer in das eine.

Ich bin nicht wie Alia, ob sie nun existierte oder ob selbst sie, wie Schklowski in seinem dreißigsten Brief schreibt, nichts anderes ist als die »Realisierung einer Metapher«. Ich leichtfertige Wassermännin hätte Viktor, meine begnadete Sternzeichendublette, spätestens nach dem ersten Brief erhört, weil ich mir einen so sensiblen, ironischen, trostlos tapferen und spöttisch verzagten Literaten, mochte er nun Russe sein oder Norweger, Italiener, Senegalese, womöglich sogar gar Deutscher, gewünscht hätte, wie nichts sonst. Vielleicht wäre ich ihn ja bald leid gewesen, doch erst einmal hätte ich Viktor Schklowski genommen. Aber hätte er dann noch all die weiteren Briefe geschrieben? Kennte ich die Geschichte vom Telefon, »das piepst«, als sei Schklowski »auf jemanden draufgetreten«? Oder die vom Hochwasser, das ganz Berlin überflutete? »Im U-Bahn-Schacht schwappt ein U-Bahn-Zug wie ein verendeter Aal, mit dem Bauch nach oben. Aus dem Aquarium hat es alle Fische und Krokodile herausgespült. Die Krokodile schwimmen, ohne aufzuwachen; sie wimmern nur, weil es kalt ist. Das Wasser steigt die Treppe hinauf. Elf Fuß. Es erreicht dein Zimmer … Im Zimmer wird das Wasser von Alias Hausschuhen empfangen. Es folgt ein Dialog. Die Hausschuhe: Warum sind Sie gekommen? Alik schläft! (Auch die Hausschuhe lieben dich.)

Das Wasser (mit leiser Stimme): Elf Fuß, meine Herren Hausschuhe! Ganz Berlin schwimmt mit dem Bauch nach oben, auf den Wellen sind bloß Tausendmarkscheine zu sehen. Wir sind die Realisation einer Metapher … Die Hausschuhe: Machen Sie keine Witze! Alia schläft. Dummes Hochwasser! Alia ist müde. Sie braucht nicht Blumen, sondern den Duft von Blumen. Von der Liebe braucht Alia nur den Duft der Liebe, und die Zärtlichkeit. Mit nichts sonst darf man ihre Schultern beschweren … O Wasser auf eine fremde Mühle! Es gehört sich in der Liebe nicht, vom Recht des Stärkeren Gebrauch zu machen! Das Wasser: Vom Recht der starken Liebe? Die Hausschuhe: Nicht einmal vom Recht der starken Liebe. Jawohl. Quäl sie nicht mit Stärke. Sie braucht nicht einmal das Leben. Unsere Alik liebt den Tanz, weil er der Schatten der Liebe ist. Du solltest Alia lieben – und nicht deine Liebe … Und das Wasser weicht zurück, über den Fußboden schleppt es eine Aktentasche mit Korrekturfahnen träge hinter sich her.«

Und welche Alia hätte, wenn ich oder eine andere Stolzlose Viktor Schklowski gleich verfallen wäre, schon so geantwortet: »… Schreib mir nicht über die Liebe. Bitte tu das nicht. Ich bin sehr müde … Ich liebe dich nicht und werde dich niemals lieben. Ich fürchte mich vor deiner Liebe, eines Tages wirst du mich beleidigen, weil du mich jetzt so sehr liebst. Stöhne nicht so gräßlich, immerhin bist du mir kein Fremder. Beunruhige mich nicht! Du kennst mich so gut und tust trotzdem alles, um mich zu erschrecken und wegzustoßen. Vielleicht ist deine Liebe groß, aber sie macht nicht fröhlich …«

Nein, lieber als ich – für eine womöglich zu kurze und

letztlich vielleicht bloß anstrengende Zeit – Viktor Schklowski selbst gehabt hätte, der mich, obgleich oder weil ich im Verhältnis zu ihm blutjung gewesen wäre, wahrscheinlich nicht genommen hätte, weil er immer nur in die eine oder eine andere Alia vernarrt gewesen war, ist mir wohl doch sein Roman in Briefen, und am allerliebsten jener sechste Brief »über die Schwermut und die Gefangenschaft unseres Urvaters«: »Die Tiere in den Käfigen im Zoo sehen nicht allzu unglücklich aus. Sie bringen sogar Junge zur Welt. Die Löwenkinder werden von Hundeammen großgezogen, sie wußten nichts von ihrer hohen Abkunft. Tag und Nacht tummeln sich wie Schieber die Hyänen in ihren Käfigen … Die erwachsenen Löwen langweilen sich. Die Tiger gehen die Gitterstäbe entlang. Es rascheln mit ihrer Haut die Elefanten. Sehr schön waren die Lamas. Sie tragen wollene Kleidung und einen leichten Kopf. Sie ähneln dir. Den Winter über ist das Gehege geschlossen. Vom Standpunkt der Tiere ist die Veränderung nicht groß. Geblieben ist das Aquarium. Im blauen Wasser, das elektrisch beleuchtet ist und einer Limonade gleicht, schwimmen Fische. Hinter einigen Glasscheiben geht es ganz furchterregend zu. Ein Bäumchen mit weißen Ästen sitzt da und bewegt leise die Zweige. Wozu mußte in der Welt eine solche Schwermut geschaffen werden? Den Menschenaffen haben sie nicht verkauft, sondern im Oberstock des Aquariums untergebracht. Du bist sehr beschäftigt, so sehr beschäftigt, daß ich jetzt fortwährend Zeit habe. Ich gehe ins Aquarium … Dieser Affe, Alia, hat ungefähr meinen Wuchs, ist aber breiter in den Schultern, gebeugt und langarmig. Man hat gar nicht den Eindruck, daß er in einem Käfig sitzt. Mit der gleichsam gebrochenen Nase und trotz des Fells wirkt er auf mich wie ein Häftling. Und der Käfig ist ein Gefängnis ... Der Affe (es ist ein Mann) langweilt sich den lieben langen Tag. Um drei bekommt er zu essen. Er ißt vom Teller. Hinterher gibt er sich manchmal einer langweiligen Affenbeschäftigung hin. Das kränkt und beschämt. Man behandelt ihn wie einen Menschen – und er ist schamlos. Während der übrigen Zeit klettert der Affe im Käfig herum und wirft schiefe Blicke auf das Publikum. Ich bezweifle, daß wir das Recht haben, diesen unseren entfernten Verwandten ohne ein Gerichtsurteil gefangenzuhalten. Wo ist sein Konsul? Ohne eine sinnvolle Tätigkeit muß ihm maßlos fad sein. Die Menschen hält er für böse Geister. Immerzu langweilt sich dieser arme Ausländer in den Innenräumen des Zoos. Nicht einmal eine Zeitung gibt man für ihn heraus. PS Der Affe ist gestorben.«

Moskauer aller Länder, verzeiht, daß der Autor dieses fabelhaften Buches von Geburt und Gemüt ein Sankt Petersburger war, ein nach eigenem Bekunden »stummelschwänziges Äfflein«, das sich »den Schwanz wegrasiert« hat, bevor es »in Cherson zur Roten Armee ging«, das, gemeinsam mit anderen Affen, »das geronnene Leben in Anekdoten auflöste«. Dieses freiwillige »Äfflein«, das – ungern, aber manchmal eben doch – auch den Viktor Schklowski gab, dem »die Berliner Schwermut bitter wie Karbidstaub wurde« und der »die Liebe und die Frau nur erfunden hat für ein Buch über das Nichtverstehen, über fremde Leute, über ein fremdes Land«, ließ man tatsächlich zurückkehren in die Heimat, die der »Großen Sozialistischen Oktoberrevolution« und die seinige. Dort wurde der Petersburger für sechzig Jahre ein Leningrader, der erst lange nach seiner unerwiderten Liebe zu Alia starb, aber doch noch vier Jahre bevor er wieder als Petersburger gestorben wäre.

Ganz und gar am Leben ist dagegen Schklowskis großes Roman-Poem aus den beiden Berliner Jahren; und sollte meine Liebe zu diesem wie zu dem dereinst gestorben sein, weil auch mich die Grube rief, dann werft mir eine Banane nach und ein Exemplar von »Zoo oder Briefe nicht über die Liebe«, aber bitte eines in Originalsprache, denn womöglich habe ich dann endlich Zeit genug, richtig Russisch zu lernen.

BERLIN

Jewgeni Popow

DER PASSANT KANN NICHT FLIEGEN

Ein Passant wandert durch eure Stadt, schon bemerkt?
Er ist anders gekleidet und sieht euch nicht gleich.
Taucht bald auf in der Nähe, bald weit in der Ferne,
Im Café sitzt er auch, huscht vorbei auf dem Postamt.
Das bin ich …
Leonid Martynow

1. Was denkt der Passant über die Stadtlandschaft im historischen Kontext?

Der Stadtführer spendet dem Passanten reichlich Zitate.

»Besonders zu Zeiten der Berliner Mauer suchte man die Wohnviertel durch Grünanlagen zu verschönern. Die Folge davon ist, daß es in keiner anderen Stadt Europas so viele Bäume gibt – rund 400 000.«

Sollte jede Abscheulichkeit auf der Welt letzten Endes doch irgendeinen Nutzen haben? Sehen Sie, da hat diese abscheuliche Mauer, laut dem Stadtführer, eine durchgängige Begrünung bewirkt. Und der Stadtführer schwindelt ja nicht, solche waldreichen Hauptstädte gibt es in Europa sonst keine. Na ja, irgendwo in Afrika oder in Australien kommt die Zahl der Bäume pro Hauptstadteinwohner vielleicht der deutschen nah, aber dort sind das bestimmt irgendwelche Sequoien, Affenbrotbäume oder giftige Schlingpflanzen, während der Passant hier voller Verwunderung vertraute Pappeln, Birken und sogar Linden entdeckt, ohne die ein echter Patriot sich sein Dasein nicht denken kann. UNTER DEN LINDEN war ehemals die DDR-Hauptstraße, ähnlich wie unsere ehemals nach Gorki benamste. Jetzt ist Deutschland wieder vereint, ist Berlin vereint, und Unter den Linden ist wieder für alle da. Bäume sind hier schon Mitte des 17. Jahrhunderts gepflanzt und später mehrfach gefällt worden, aus Anlaß der menschlichen Dummheit und des historischen Kontexts. Das letzte Mal ließ Hitler sie aus Anlaß der Olympiade von 1936 fällen, um die U-Bahn zu bauen und vor seinem Freund Stalin anzugeben.

Aber jetzt rauschen die Bäume erneut, Hitler und Stalin dagegen tun keinen Mucks. Sie liegen beide unterhalb der Erdoberfläche, und oberhalb dieser Linie leben die Bäume, blühen die Blumen, buschen die Büsche, und in diesen Büschen paaren sich die Tiere und vereinigen sich die Werktätigen, und das ist der einzig denkbare ewige Motor. Die DDR gibt's nicht mehr, die UdSSR gibt's nicht mehr, und das Leben ist ewig, alle Menschen sind Brüder oder zumindest Verwandte, denkt der Passant, während er sich am Untergang der verhaltenen städtischen Wintersonne ergötzt, dabei sitzt er auf einem Bänkchen an der Stelle, wo die Dörfchen Cölln und Berlin einst zusammenwuchsen, und an deren Stelle entstand 1307 die Stadt Berlin.

2. Spürt er dabei die Erotik der Großstadt, die Erotik von Architektur und Landschaft?

Der Passant, der von klein auf alles las, was die Bolschewiken zu verbieten suchten, lernte recht früh die Lehre von Sigmund Freud kennen und war recht früh von dieser Lehre enttäuscht. Die Architektur kann für sich allein nicht erotisch sein, genausowenig wie Gegenstände aus dem Sex-Shop von allein in Geschlechtsbeziehungen treten können. All diese seelenlosen Alltagsteile müssen erst einmal durch die Sinnlichkeit des aus dem Paradies vertriebenen Menschen inspiriert werden. Der Mensch phantasiert sich dann schon den Rest zusammen, sogar Sex zwischen Kilimandscharo und Marianengraben. Nicht inspiriert wurde der Passant auch von den Mädchen am Kurfürstendamm, die eine lebende Kette bildeten, doch in 20 Metern Abstand. Der Passant sieht das tagtäglich im heimatlichen Moskau und versichert hoch und heilig, daß in Moskau die Erscheinung der Prostituierten vor dem Volk ein farbigeres Schauspiel ist als in Berlin, welches in bürgerlichen Vorurteilen und der mit diesen Vorurteilen einhergehenden Ästhetik befangen ist. Insofern unser Kapitalismus im Unterschied zum deutschen noch völlig wild ist, fahren bei uns Banditen mit schicken Jeeps, unter den Augen einzelner Milizvertreter, die sich um die Ecke rum versteckt halten, ganz simpel auf die – aus gegebenem Anlaß – eng aneinandergedrängten Mädels zu und blenden die Schönen, zum allseitigen Vergnügen, mit ihren Halogenscheinwerfern. Überhaupt ist das ein Alarmsignal, wenn die ganze städtische Erotik im bekannten »Museum« eingesperrt ist, welches sich beim Bahnhof Zoo befindet. Der Passant wäre froh, wenn er sich täuschte, aber zunächst einmal kommt er zu dem Schluß, daß es in der zivilisierten Großstadt Berlin weniger Erotik gibt als in dem hektischen, byzantinischen Moskau, wo es zum schweren Erbe der kommunistischen Vergangenheit gehört, daß viele, doch recht eigennützig aussehende weibliche Wesen bis heute mit Zufallspartnern kostenlos in Sexualbeziehungen treten. Der Passant wäre froh, wenn die reale Berliner Wirklichkeit seine Schlußfolgerungen als unrichtig widerlegte ...

3. Hat er in Berlin die Topographie des Terrors studiert, hat er die Stadt Berlin als ehemaliges oder derzeitiges KZ empfunden?

Der Passant, der in einem totalitären Land zur Welt kam und den größeren Teil seines bewußten Lebens darin verbracht hat, besuchte natürlich sofort das Museum des Terrors, das sich in einer Grube gleich neben dem Walter-Gropius-Bau befindet, an der Stelle, wo ehemals die Gestapo war. Beim Betrachten der Fotos der faschistischen Schergen und des von ihnen geführten Volkes erinnerte sich der Passant lebhaft an ein analoges Gebäude in Moskau, wohin er in früheren Jahren mehrfach zu erbaulichen Gesprächen über den Kommunismus vorgeladen wurde, dessen Aufbau er, wie seine Gesprächspartner, KGB-Mitarbeiter, behaupteten, durch sein nichtsanktioniertes literarisches Schaffen ein wenig gestört habe. Damals hatte der Passant bisweilen gedacht, es wäre nicht schlecht, wenn auf dieses Gebäude auch eine Bombe fiele wie auf die Berliner Gestapo, obwohl er jegliche

Gewalt von Menschenhand zum Zweck der Konfliktlösung und der Wahrheitsfindung immer abgelehnt hat. Es ging auf den Abend zu. Dem Passanten fielen die Worte des Prinzen Hamlet ein, die ganze Welt sei ein Gefängnis, und ihm wurde wahrhaft traurig zumute. Kurz ist der Wintertag; eine Wärterin näherte sich dem Besucher und sagte unter Schlüsselgeklapper, das Museum werde geschlossen. Der Passant trat hinaus in die Freiheit und schleppte sich zum ersten besten Kiosk, wo er zum Gedenken an alle Todesopfer der Ideologien ein Glas Glühwein trank. In seine schweren Gedanken vertieft, trat er gleich danach zufällig in Hundescheiße. Das überzeugte ihn endgültig von seinem lange gehegten Gedanken, daß jede Ideologie Scheiße sei und man besser nicht hineintappe.

4. Wie beurteilt der Passant das Berliner und Moskauer Nachtleben? Wer sind die »Menschen der Nacht«?

»Menschen der Nacht« sind Tagmenschen, die nach 24 Uhr nicht schlafen. Ihre nächtlichen Beschäftigungen umfassen das gesamte Spektrum menschlicher Tätigkeit, angefangen von hochgeistiger bis hin zu echt krimineller. Der eine bäckt nachts Brötchen, der andere knackt Bankomaten oder befaßt sich mit Gruppensex. Jeder, wie der Herrgott ihm bestimmt hat! Dem Passanten hat der Herrgott bestimmt, nachts literarische Werke zu verfassen und morgens zu schlafen, ungeachtet der Telefonanrufe, die sich auf dem Anrufbeantworter häufen. Nun in Berlin ging dem Passanten, bei Anbruch der Nacht, durch den Kopf, daß er in dieser großen und kalten Stadt keinen geliebten Menschen hatte, dem er nächtliche Liebe und Zärtlichkeit zuwenden könnte. Zudem machte ihn traurig, daß er, der Prosaiker, nicht als Poet zur Welt gekommen war wie Lew Rubinstein oder Bert Papenfuß. Ein Poet hat es gut. Er kann sich überall herumtreiben, was trinken, mit reizenden Damen flirten, und nebenbei denkt er sich unsterbliche Gedichtzeilen aus wie die Erinnerung an einen wunderbaren Augenblick oder die vom Wasser, das nicht Rast hat bei Tag und Nacht.

Bei poetischer Lebensweise schreibt man allerdings kein »Krieg und Frieden« und keinen »Zauberberg«. Wäre man auch dreimal Lew Tolstoi oder zweimal Thomas Mann, es gibt keinen anderen Ausweg, als sich am Schreibtisch stundenlang und tagelang auf den Hosenboden zu setzen.

Aber was ist dann mit der Wirklichkeit, insbesondere mit dem »Nachtleben«, das der Schriftsteller zu studieren hat, ob er mag oder nicht? Der Passant löst das Problem ganz einfach, schließlich stammt er aus einem Land, wo komplizierte Probleme nach ordinären Lösungen verlangen. Er schreibt, und aus den Augenwinkeln schaut er sich dabei das deutsche Fernsehen an. Tatsächlich ein FERN-SEHEN, man studiert das Leben, und es stört die Arbeit nicht, denn der Passant kann nur einzelne deutsche Wörter erkennen. Folglich sieht er aus den Augenwinkeln Bilder vor einem ihm unbekannten Sprachhintergrund. Zu Hause in Moskau wäre das unmöglich, da finge er an zuzuhören und ließe sich mitreißen. Hier ist es ein fremdes Leben, ein »fremdes Kloster«, dem man laut einem russischen Sprichwort nicht die eigene Ordnung aufdrängen soll.

Bei diesem Studium des nächtlichen TV-Lebens begreift der Passant, daß die Fernseh-Quantität, falls sie überhaupt zur Qualität in einem Verhältnis steht, dann in einem umgekehrt proportionalen. Unter der riesigen Menge eindeutigen TV-Unsinns, unter all diesen Serien, stumpfsinniger Erotik, brechreizfördernder Werbung, »Pop«, den gleichen Hollywood-Zeichentrickfilmen wie in Moskau und den Krimis (Explosionen, Autos, Pistolen, schreckliche Schlägereien ohne einen Tropfen Blut) findet man etwas Sehenswertes ebenso häufig (selten) wie in Moskau. Und die neuesten Nachrichten sind sowieso überall gleich. Wichtige Persönlichkeiten treten auf. Erklären, daß sie sich ums einfache Volk kümmern. Man kann nicht sagen, daß sie schwindeln, aber zu glauben, daß sie die Wahrheit sagen, wäre ebenfalls eine Übertreibung. Der Passant schläft ein und sieht im Traum den glücklichen Karl Marx beim Telefonsex.

5. Der Passant sucht sich in der Zeit X zu orten.
Er denkt über Berlin und Moskau in bezug auf das
21. Jahrhundert nach.

Die Zeit X ist längst nicht mehr fern. Wenn es so weitergeht mit der Nivellierung der Realität und der Abwesenheit globaler Konfrontationen, wird es bald ÜBERALL SEIN WIE ÜBERALL, die grandiose Stadt Berlin verwandelt sich in eine schöne Dekoration, genauso wie die grandiose Stadt Moskau. Vor dem Hintergrund toter Häuser werden sich lebendige Menschen bewegen.

Das Leben wird sicher sein, aber extrem langweilig, falls nicht jeder Beteiligte selber für seinen Zeitvertreib sorgt, indem er sein eigenes Theaterstück verfaßt und versucht, es in dieser Luxusdekoration aufzuführen.

Leider lernen Menschen und Länder voneinander nur Schlechtes. Der Passant beispielsweise, dessen Bewußtsein an Archetypen, feste Vorstellungen und soziokulturelle Klischees gewöhnt ist, wollte sich in einem großen Berliner Geschäft im Ausverkauf eine schöne Hose kaufen. Bislang hatte der Passant genau gewußt, daß nur in Rußland die Verkäufer zu den Käufern unfreundlich sein können, trotz Perestroika und Demokratie. Im Westen ist ja alles umgekehrt, da darf der Käufer den Verkäufer schikanieren, so viel er mag, der Verkäufer wird den Käufer daraufhin stets freundlich anlächeln, wenn er nur seine Dollars, Pfund oder De-eM bekommt. Der Kapitalist wird sich seiner Kopeken wegen abzappeln, das weiß man doch, vom Gen. Karl Marx persönlich.

Als Mensch, der niemandem Böses will und eher zu Paranoia neigt, mochte der Passant niemanden quälen, dafür suchte er sich quälend lange eine Hose aus – die sagte ihm nicht zu und jene auch nicht. Dutzende von Hosen prüfte der Passant, bevor er seine Wahl traf; danach spazierte er mit der Hose auf der Schulter durch das riesige Geschäft und sinnierte wie Akaki Akakijewitsch aus Gogols »Mantel«, ob er sich nicht vielleicht zu der Hose noch ein Hemd dazukaufen sollte, noch eine Weste und einen schönen Gürtel, würden ihm dazu die Mittel reichen?

Plötzlich schoß ein purpurgesichtiger, glatzköpfiger Dickwanst auf ihn zu und wollte ihm die Hose wegnehmen, wobei er wütend etwas Unverständliches auf deutsch von sich gab.

»Ich versteh kein Deutsch, du Arsch!« schrie nun auch der Passant und umklammerte seine Hose mit eisernem Griff.

Bald war der Zwischenfall beigelegt. Der Dickwanst war, wie sich zeigte, ABTEILUNGSLEITER. Wie sich zeigte, hatte er die sinnlosen Körperbewegungen des Käufers lange durch eine versteckte Videokamera beobachtet, aber dann die Nerven verloren, weil er meinte, noch eine Sekunde, und die schöne Hose wäre auf Nimmerwiedersehen verschwunden. Der Paranoiker mit Sowjetbewußtsein und der deutsche Psychopath kamen rasch zu einem Konsens, baten sich gegenseitig um Verzeihung und gingen friedlich auseinander. Sie hatten einander zusätzliche garstige Erkenntnisse über das Leben vermittelt, die zum Verlust der Ideale und des Traums vom Sieg der Harmonie führen könnten. Dabei ging es nur um eine Hose, wenn auch eine schöne. Und was ist, wenn es um ernstere Dinge geht?

6. »Bringt die Zerstörung von Götzenbildern und Idolen nicht noch größeres Elend?«
Den Passanten befiel auf einmal Kleinmut.

Wohl nicht ... Das 20. Jahrhundert hat den Menschen so viel Leid gebracht, daß man sich schon arg anstrengen müßte, um es darin zu übertrumpfen. Götzenbilder und Idole unterliegen nicht der Zerstörung, sondern der Transformation. So war in Moskau auf dem Passions-Boulevard an der Stelle, wo die Büste des Idols Stalin gestanden hatte, der Granitsockel übriggeblieben, an dem die Stalinisten jahrelang zu Gedenktagen Blumen niederlegten, aber dann kam die Perestroika, den Sockel klauten »neue Russen« für ihren persönlichen Bedarf – und wo soll man jetzt noch Blumen niederlegen. Gott sei Dank, daß am Ende des 20. Jahrhunderts Denkmäler die Menschen nicht mehr schrecken. Der Berliner Reichstag wurde von einem Künstler mit Polyäthylen VERPACKT, das neue Moskauer Denkmal Peters des Großen ruft bei ästhetisch gebildeten Moskauern Lachkrämpfe hervor. Was soll man da über Lenin sagen, den armen Teufel, dessen Steinglatzkopf noch hier und da unterm Frosthimmel des erneuerten Rußlands friert. Tut einem leid, der Opa Lenin, überhaupt, traurig ist das Leben …

Um die plötzlich aufgewallte Traurigkeit niederzukämpfen, um außerdem vor der Rückkehr in die heißgeliebte Heimat letzte Eindrücke zu sammeln, beschloß der Passant, zum Abschied den riesigen Fernsehturm von 365 Metern Höhe zu erklimmen, nicht um VON OBEN HERAB auf Berlin zu blicken, wie der Revolutionspoet Majakowski geraten hatte, sondern AUS GROSSER HÖHE, was alle normalen Menschen gerne machen, es sei denn, sie leiden an Höhenangst.

Wer es nicht weiß, den möchte der Passant in Kenntnis setzen, daß dieser Turm mitten im Zentrum von Berlin steht, eben auf dem berühmten Alexanderplatz, der seinen Namen zu Ehren eines russischen Zaren bekommen hatte.

So reckt sich Rußland 365 Meter hoch über Deutschland auf, woraus Menschen, die für ihr ganzes Leben von der Lehre Freuds gezeichnet sind, zu Recht den entsprechenden Schluß ziehen dürfen, der die gängige Meinung von Rußlands weiblicher Wesenheit ganz und gar widerlegt.

Von diesem Turm aus ist alles, alles zu sehen, bis zu allen Enden der Welt. Aus dem Augenwinkel erblickt der Passant von dieser Höhe aus die verwischten Umrisse seiner engeren Heimat Sibirien, die Augen zusammenkneifend, entdeckt er am Horizont die grinsende Physiognomie von Onkel Sam mit geschmuggelter kubanischer Zigarre im Mund, der chinesische Gelbe Fluß trägt seine Wassermassen majestätisch zum Weltozean, und in der Nähe hat der Passant sowieso alles klar vor Augen. Der Ukrainer tanzt seinen Hopak, der Weißrusse buddelt Kartoffeln aus, der Pole rebelliert, der Ungar klügelt, der Rumäne handelt, der Jugoslawe führt Krieg, der Italiener trocknet seine Makkaroni, Holland melkt die Kühe, unterm Gold siechen die Schweizer Banken, es frankophonen die Franzosen.

Und zu Füßen des Passanten der Dom, die rußländische Botschaft, die »Goldelse«, das Schloß Charlottenburg, der Knast von Moabit und Pankow, wo nächtens der Geist des Gen. Otto Grotewohl umgeht. Der Passant murmelt vor sich hin. Der Passant murmelt die Wörter »Persönlichkeit«, »Menge«, »Entfremdung«, »eigene Identität«, »Doppelgänger«, »Rebellion«, »Mausefalle«, »Verlockung«. Der Passant flüstert. Der Passant flüstert Unverständliches. Der Passant flüstert einen Satz, den nicht er sich ausgedacht hat. Der Passant flüstert: »Wir alle sind Brüder, doch unser Vater, tja, der blieb auf See.« Es ärgert den Passanten, daß er nicht fliegen kann.

Deutsch von Rosemarie Tietze

MOSKAU

Tatjana Schtscherbina
DIE NEUERE GESCHICHTE MOSKAUS

Was Rußland ist, begreife ich nicht ganz. Es ist riesig und besitzt eine Vielfalt an Sprachen und Kulturen, ich habe nicht einmal ein Fünftel seines Territoriums bereist, zudem verändert es ständig seine geographische und politische Gestalt. Also ist meine Heimat Moskau, und meine Landsleute sind die Moskauer. Sie wurden in Moskau geboren oder haben Moskau zum Wohnort gewählt, wo immer sie auch herstammen: aus der tiefsten russischen Provinz, aus anderen Ländern oder aus den ehemaligen Sowjetrepubliken. Außerdem verbindet mich mit Moskau ein besonderer Umstand: Wir sind gleich alt. Ich möchte natürlich nicht behaupten, daß ich im Jahr 1147 geboren wurde, doch die Geschichte Moskaus ähnelt der eines Geschlechts, bestehend aus Geburt, Blütezeit und Tod jeder Generation. Man kann in eine Resonanz geraten, oder in eine Gegenphase. Zumindest bilde ich mir ein, daß meine Geburt mit dem Beginn eines neuen Zyklus zeitlich zusammenfiel: Mit dem Beginn der Tauwetterperiode lebte Moskau nach dreißigjährigem »Frost« wieder auf.

Das Moskau der 60er Jahre

In meiner Kindheit war ich von schwungvollen Liedern umgeben, die überall zu hören waren: aus den Lautsprechern auf den Straßen und aus den der Vergangenheit angehörenden »Volksempfängern«. Transistorradios gab es noch nicht, man schloß an eine spezielle Radiosteckdose ein Gerät an, das sang, Fußballspiele übertrug und Stücke mit verteilten Rollen las. Als ich in die Schule kam, tauchte eine Neuheit auf – der Fernseher. Er war schwarzweiß und hatte einen kleinen Bildschirm, über den ein und dieselben Filme liefen und die immer gleichen Nachrichten von den Rekorden der Melkerinnen und den Heldentaten der Bergarbeiter überbracht wurden.

Im Fernseher konnte man diejenigen, die im Radio sangen, auch sehen. Meine Mutter sang ebenfalls, einfach so, daheim, und ich erinnere mich daran, daß Anfang der Sechziger allen zum Singen zumute war. Daher tauchte eine neue Erfindung auf – das Tonbandgerät. Das erste Modell war ein großer, plumper Apparat mit Spulen, auf welche sich die Tonbänder aufrollten. Die Tonbänder brachte mir immer mein Vater mit. Darauf waren ganz andere Lieder zu hören. Man nannte sie Autorenlieder und ihre Verfasser Barden oder Liedermacher. Gerade sie begannen das gigantische Standbild zu erschüttern, welches die Menschen zu »Schräubchen im Staatsgetriebe« machte. Sie brachten das »Privatleben« in Mode, das bis dahin nur mit Schimpfworten wie Kleinbürgerlichkeit, Unbildung und Unbewußtheit bedacht worden war. Das Autorenlied und der Schlager hatten auch etwas gemeinsam – die Romantik. Einerseits hieß es:

»Der Morgen färbt die Kremlmauern / Mit rotem Licht ganz weich, / Und es erwacht im Morgengrauen / Das große, weite Sowjetreich«, andererseits: »Und ich fahre, und ich fahre dem Nebel, / Dem Nebel und dem Geruch der Taiga hinterher«.

Die romantische Stimmung wurde ständig durch irgend etwas Neues bestärkt: so wurden nicht nur beinahe täglich erstaunliche Erfindungen gemacht, sondern es flog auch der erste Mensch ins Weltall, ständig erreichten uns Meldungen von großartigen Bauten und außergewöhnlichen Ernteerträgen. Alles strahlte von den Anzeichen der Erfolge, die man aus irgendeinem Grund am Jahr 1913 maß. Meine Mutter sagte: »Was für ein Glück, daß wir jetzt und hier leben.« Doch je länger dieses Glücksgefühl währte, desto mehr verwandelte es sich in ein Muß. Das »amerikanische Lächeln« wurde als »sowjetisches« nicht heimisch, weil man es unter Strafandrohung einforderte, so wie eine strenge Erzieherin Gehorsam verlangt. Es tauchten Avantgarde-Künstler auf, die Aufsehen erregten und vor Gericht gestellt wurden. Zwei Schriftsteller kamen ins Gefängnis, weil sie ihr Buch im Ausland veröffentlicht hatten, in Leningrad gab es ein Gerichtsverfahren gegen einen Lyriker, der des Müßiggangs angeklagt worden war, d. h. dessen, daß er nirgendwo angestellt war. Ende der Sechziger begriff ich, daß ich die Sowjetmacht und alles, was sie propagierte, verabscheute: ihre Lieder, Filme, die »gesunde sowjetische Familie«, die Arbeiter, die Bauern und die »Kämpfer für den Weltfrieden«.

Das Moskau der 70er Jahre

In den 70er Jahren hatten sich die Illusionen vom »Sozialismus mit menschlichem Antlitz« erledigt, und es schien, als wäre dieses dreiste Regime unsterblich und unbesiegbar. Die dritte Emigrationswelle setzte ein (die erste war nach der

Revolution, die zweite nach dem Zweiten Weltkrieg). Doch eine noch größere Anzahl von Menschen ging in die »innere Emigration«. Die Humanisten waren bemüht, sich mit Themen der weit zurückliegenden Vergangenheit zu befassen, um den Kontakt mit der »großen lenkenden Kraft – der Kommunistischen Partei« zu vermeiden, oder sie wählten das Ausland zum Thema: Unter dem Vorwand der Entlarvung der »maroden bourgeoisen Ideologie« versuchten die Autoren wenigstens irgend etwas über die ausländische Kunst und Philosophie mitzuteilen.

Ich befand mich ebenfalls in der inneren Emigration: wir, die Dichter, Künstler, Musiker (später »alternative Kultur« genannt) versammelten uns in Wohnungen, wo Ausstellungen, literarische und musikalische Abende veranstaltet wurden und man über das gegenwärtige Leben diskutierte. Man tauschte Bücher des Samisdat und Fotokopien von verbotenen oder unzugänglichen Büchern untereinander aus. Dazu gehörten eigentlich alle interessanten Bücher. Filme sah man bei »Spezialvorführungen«, in die man sich einschlich zusammen mit jemandem, der dorthin Zutritt hatte. Diese Zeit, die, von außen betrachtet, unerträglich scheinen mag, hatte ihre großen Vorteile. Die Süße der verbotenen Frucht brachte einen Erkenntnisdrang hervor: Meine Generation ist im allgemeinen gebildeter als die vorige wie auch die nachkommende Generation. Das ist dem Auftauchen von Kopiergeräten zu verdanken. Jedes Buch, das nach Moskau gelangte (und zwar nur nach Moskau und selten nach Leningrad), wurde in Tausenden von Kopien verbreitet. Von Kierkegaard, Nietzsche, Jung, Steiner bis Vladimir Nabokov und Roland Barthes wurde auf diese Weise alles durchstudiert.

Viele lernten Fremdsprachen, damit sie entweder die Texte lesen konnten, die nicht ins Russische übersetzt worden waren, oder um auszureisen. Die vorhergehende sowjetische Generation hatte nicht die Möglichkeiten gehabt, etwas anderes kennenzulernen als das, was zum offiziellen Sortiment gehörte, die nachfolgende verfiel der Trägheit: wenn es alles gibt, macht man das, was für die Arbeit nötig ist, und in der Zeit, die vom Geldverdienen übrigbleibt, »relaxt« man in Nachtklubs, Bars, Restaurants, beim Shopping, vorm Fernseher, auf einer Kur. Für die Selbstvervollkommnung, für das Begreifen des Sinns des Lebens, für die unbezahlbare Kunst bleiben weder Kraft noch Zeit. In den Siebzigern gab es den Begriff vom »unverweslichen Kunstwerk«, der rasch ironisiert wurde: Er bezeichnete das, was man nicht zum Geldverdienen machte, sondern für die »Ewigkeit«: Bücher, die für die Schublade geschrieben wurden, Filme, die im »Giftschrank« landeten, Bilder, die nicht ausgestellt werden durften.

Ein Vorteil war auch, daß sich die intellektuellen Kreise vom kollektiven Brei (das Zwischen-den-Zeilen-Lesen der Zeitung und das Hören von Störsendern, durch die kaum vernehmbar die Stimmen der ausländischen Radiosender drangen) auf ein individuelles Leben umorientierten.

Das Moskau der 80er Jahre

Zu Beginn der 80er Jahre verstärkte die Staatsmacht den Druck, und eine Zeile aus einem Lied von Bulat Okudshawa wurde aktuell: »Fassen wir uns bei den Händen, Freunde, um nicht einzeln umzukommen.« Moskau verbündete sich mit Petersburg, die »offizielle« und die »alternative« Kultur grenzten sich endgültig voneinander ab, Rock und »Schlager« schlossen einander aus, die Barrikaden wurden an allen Fronten errichtet. Der Durchbruch gelang, Gorbatschow begann die Perestroika.

Das Fremdheitsgefühl gegenüber der Stadt war wie weggeblasen, Moskau lebte auf: auf dem Arbat sangen junge Leute, trugen Gedichte vor, verkauften Bilder, die ersten »kooperativen« (also privat geführten) Restaurants und Läden tauchten auf, auf der Straße wurden Bliny gebraten, Obst direkt aus Autos verkauft, die aus dem Süden kamen. Die Säle waren überfüllt: Nun war an öffentlichen Orten der Underground von gestern zu hören, zu Ausstellungen, Konzerten, literarischen Abenden rief man die berittene Polizei, um zu verhindern, daß das Gebäude von jenen gestürmt wurde, die nicht mehr hineingekommen waren. In diesen einzigartigen Jahren herrschte begeisterte Einigkeit, die schöpferische Energie sprudelte wie eine Fontäne, und die Hoffnung, daß in Rußland jetzt ein paradiesisches Leben Einzug halten würde, ging in Gewißheit über. Außerdem stand nun die Welt offen, und es stellte sich heraus, daß sie uns liebte, und wir hatten sie doch schon in ihrer Abwesenheit vergöttert.

Das Moskau der Perestroika lebte auf, aber es wurde nicht schöner. Im sowjetischen Moskau waren die Straßen völlig dunkel und die abgeblätterten Fassaden mit einer Schicht aus Staub und Asche bedeckt. Manchmal wurden sie in einem schrecklichen und, wie es hieß, »schmutzigen« Farbton übertüncht. Er war schrecklich, denn so waren die sowjetischen Farben, und »schmutzig« (kurz gesagt, »der Grau-Braun-Himbeer-Ton), weil die Häuserwände sowieso wieder dreckig wurden. Diese Anstriche machten alles noch schlimmer, denn man übertünchte alle Risse, Wölbungen und abgebröckelten Ecken. Ausbesserungen schienen zu schwierig und unnötig. Es gibt das Syndrom von der Steigerung der Häßlichkeit. Wenn ein Hauseingang abstoßend ist, unebene Wände hat und einen Fahrstuhl, den sogar ein Sarg an Schönheit übertrifft, dann wird alles von Kindern und Halbwüchsigen mit obszönen Graffiti bemalt, mit Messern zerstochen, und in solche Hauseingänge kommen die Alkoholiker, um mit ihren Schnapsbrüdern zu trinken und ihre Notdurft zu verrichten. Und das war's dann: keiner hat Lust, das häßliche Haus zu renovieren, und es lohnt sich auch nicht, die winzige Wohnung in einer Chruschtschoba[1] angenehm einzurichten und es sich in ihr gemütlich zu machen, denn sie wird ohnehin immer an eine Gefängniszelle erinnern.

Hat das Moskau der Sechziger gesungen und getanzt, und das Moskau der Siebziger nach Wissen und einem Weg zum Überleben gesucht, so schwappten im Moskau der Achtziger alle lang zurückgehaltenen Gefühle heraus: Haß, Kränkung, Rachsucht. Insgeheim aber näherten sich die Menschen für kurze Zeit einander an und begannen sich so zu lieben, daß dies zu einer unendlichen Reihe leidenschaftlicher Romanzen führte.

Das Moskau der 90er Jahre

Die Blütezeit Moskaus waren die 90er Jahre. Im Laufe weniger Jahre hatte man die alten Gebäude restauriert, und nun war in Moskau eine Architektur erkennbar. Die Chruschtschobas wurden abgerissen, das, was umgebaut oder neu verkleidet werden konnte, wurde auch getan. Man errichtete viel Neues, in Moskau war es nun rund um die Uhr hell, es tauchten schicke Schaufenster auf, makellose Bürohausfassaden, die Straßen wurden ausgebessert und neue Abfahrten gebaut. Es zeigte sich, daß Moskau kein Straflager und keine Müllhalde ist, sondern eine der schönsten Städte der Welt. Es wäre unaufrichtig, nicht zu erwähnen, daß wir all das dem Bürgermeister Lushkow zu verdanken haben. Das Schreckliche und das Wunderbare werden in Rußland nicht durch allgemeine tägliche Anstrengungen erreicht, sondern durch jähe Ausbrüche und einzelne Persönlichkeiten.

Die Mehrheit der russischen Bevölkerung zeigte sich unzufrieden mit den Veränderungen. Sogar diejenigen, welche die sowjetische Staatsmacht verflucht hatten, sehnten sich zurück nach den hundert Rubeln, die man sowohl denen gezahlt hatte, die arbeiteten, als auch jenen, die nur bei einer Arbeitsstelle »registriert« waren, sie sehnten sich zurück nach Armut und Unfreiheit, die allen, außer den Unantastbaren, gleichermaßen zuteil geworden waren, und sogar nach dem Verbot, seine Unzufriedenheit zum Ausdruck zu bringen. Jetzt heißt es – die einen kriegen alles, die anderen nichts, wilder Kapitalismus fast ohne die geringste soziale Sicherheit. Doch dafür hat man die Freiheit und die freie Wahl: Tu und sag, was du willst. Moskau zog den Haß des ganzen Landes auf sich: die Hauptstadt wurde um vieles schöner und reicher als andere Städte, was diese verärgerte. Wenn es jemanden gibt, der heute die Freiheit schätzt, dann ist es Moskau, denn es hat etwas zu verlieren.

Im Jahr 1989 nannte Juri Afanassjew, einer der ersten Demokraten der Gorbatschow-Ära, jene Abgeordnete, die an der Tyrannei hingen, die »aggressiv-folgsame Mehrheit«. Damals hatte er keine Ahnung, daß er von der Mehrheit des russischen Volkes sprach, das immer noch sowjetisch war, das die Freiheit nicht gebrauchen kann und die Ungleichheit nicht akzeptiert. Ausgerechnet die Freiheit macht dieses Volk aggressiv und hilflos, der Peitsche aber unterwirft es sich. Moskau ist eine Ausnahme.

Bereits im 18. Jahrhundert schrieb Karamsin: »Seit der Zeit von Katharina der Großen gilt Moskau als Republik. Dort gibt es zweifelsohne mehr Freiheit.« Moskau im Jahr 2000, das ist eine Stadt, die sich mit jedem westeuropäischen Staat messen kann. Nur die Menschen sind anders, weder östlich noch westlich. Bittet man sie um Hilfe, hören sie zu, leisten Hilfe und Unterstützung. In den letzten Jahren haben sich viele Ausländer in Moskau niedergelassen, sie fühlen sich von diesen warmherzigen, geradezu verwandtschaftlichen zwischenmenschlichen Beziehungen angezogen. Übrigens kann man hier auch ohne jedweden Grund beschimpft werden.

Das nennt man die »geheimnisvolle russische Seele«.

Bei allen Kriegen und Revolutionen gibt es in Moskau eine erstaunliche Unzerstörbarkeit. Dem Glockenturm Iwan, des Großen, der sich im Kreml befindet, konnten keinerlei Katastrophen etwas anhaben, es gibt sogar den Volksglauben, daß, solange er heil bleibt, auch Moskau stehen wird. Der Rote Platz hat alle möglichen Veränderungen erfahren, doch sein Pflaster, seine gewölbte Oberfläche (die daran zu erinnern scheint, daß die Erde rund ist) bleibt das unerschütterliche Zentrum, Ort der Abrechnung, Symbol. Solange man die Leiche Lenins nicht entfernt, wird der Pöbel, also die Bevölkerung, die nicht zu einer bürgerlichen Gesellschaft geworden ist, am Ruder sein. Heute haben Geschichtsermüdung und die Erkenntnis der Sinnlosigkeit sozialer Umwälzungen das romantische Plätschern abgelöst. Doch die Moskauer fühlen sich frisch, und sie verlassen sich mehr denn je auf die Vorsehung. Gemäß dem typisch russischen Prinzip: »Gott verläßt uns nicht, Unkraut vergeht nicht«.

ANMERKUNG

1 Chruschtschoba – Plattenbauten aus der Chruschtschow-Zeit. (A. d. Ü.)

Aus dem Russischen von Franziska Seppeler

Bert Papenfuß

DARK SPACE STONER BLACKOUT AVERS UND REVERS IM BIOLOGISCHEN KREISLAUF DER NATUR UND VICE VERSA

1. Rausgeschmissenes Geld

Wes Geistes Kind auch immer, dieses Druckerzeugnis macht keinen Druck. Das Protzedere der Drucklegung war Flaschenfisch. Diese kollaborierte Broschüre zerbröselt am Unterdruck, dem sie enthirnt. Diese Schwarte ist rausgeschmissenes Geld. Diese spezielle und jede andere prinzipielle. Anstatt das Geld rauszuschmeißen, sollten wir uns befleiß'en, Finanz zusammenzuscheißen und das Geld rauszuschmeißen. Grundstürzend schroff sei der Gesellschaftsentwurf und gefälligst kurz der Endfurz, letale Koffer stehen hier schon genug rum. Widersprüchlich sei der Widerspruch, und der Neumensch ein Tolpatsch, das Neuland ein Klumpatsch und die Weite weidlich bis zu Gehtnichtmehr und Umkehr. Jumne dwars! Ree!

Kurz versegelt, einen Nu eingeigelt, Kurs geregelt. Strikt sei der Witz, plan das Bewußtsein. Die Handreichung erfolgt an der Gabelung der Wasserstraßen. Gebaggert wird tief, gestapelt hoch, verheißen das letzte Loch. Öde Marken zwischen Neiße und Pleiße sind mir persönlich Gagarin, hier wird, wie ich höre, der Hahn gespannt; sind Slawen angelangt, wird zugelangt, Schwedenkacken angeregt und Schanzen angelegt. Die Flinte melkt die Kinder. Wehrhaft wird die Zukunft sein, von Ehre nicht die Rede, und Ruhm der Lohn für die Streuung von Anglerlatein. Tränenreichtum siegelt den Entwurf. Vorahnung ist Gewißheit, Gewitztheit Bahnbruch und Untergang kein Beinbruch. Die Neue Welt kostet kein Geld, weil ohnehin die Deckung fehlt. Ohne hin kein Herr. Aus Ra stiebt der Aar – komm ihm nicht zu nah, er war schon da, bevor eine Valkyre eine Seele gebar. Bevor wir die Wirre überbrieten, hielten wir inne, überbuken uns selbst und ersannen Minne. Scheitern ist gemein, überkommt uns, überwirft uns, breitet sich aus, baut kein Haus, hinterläßt einen Grundstein, in dem ein Troll wohnt. Strom gibt uns Droge, Polizei sind wir nebenbei. Tönern unsere Schilde, gefeit dem Ebenbilde, das wir verkörpern wie Tone Avenstroup. Schwanz sind wir, wir sind Stein, Tal sind wir, wo sich der Berg regt, die Erde bewegt und geopolitisch nichts mehr geht. Gestrüpp bricht in die Nacht, als hätten wir gelacht. *Helvete*, wir haben!

Nichts als Buchstaben. Staben, die wir schulden. Buchen, die wir suchen. Feind denkt mit. Das einzig Gute an diesem Produkt ist, daß es nicht im weltweitwebenden Kontrollsystem steht, sondern stapelweise verstaubt und in absehbarer Zeit einen guten Torf abgibt. Das Movens dieser Makulatur ist halbherziger, nicht allzu aufwendiger Karrierismus, schrottreife Selbstvereitelung und Abwiegelung jeglichen Veränderungswillens. Anstatt einen Aufruhr zu inaugurieren, eine kulturelle Sensation zu initiieren, schmort dieses Machwerk in Selbstgefälligkeit, und ist somit von Erfolg gekrönt. Dieser Seller kann nicht begeistern, weil er nicht begeistert ist, und haargenau den Ton der Fäule trifft. Die Ambition der Mundtoten ist literarische Beflissenheit, die auf der Halde bleibt. Angesichts der rückblickenden Nabelschau des literarischen Niederschlages gilt es, die Beharrlichkeit im Experiment zu verstärken, die Voraussicht im kulturpolitischen Sinn und das Behagen des Absagens. Wer nicht verbiestert ist, ist auch nicht beseelt. Riester pappt man an die Botten und nicht in den Zwickel, sosehr Kohl klebt.

Das Leben ist nun mal lebensfeindlich und menschenverachtend sowohl als auch hintenrum. Manchmal kommt's andersrum. Mit spitzem Mündchen, hohem Ton und Genüßlichkeit kann man nichts erfrischen. Luxuriösem Streben ermangelt die Minimalverbohrtheit der Lust, des Wesens und des Wechsels. Hohle Öse, Öde verkuppelt Faulheit und Käuflichkeit. Dröge setzt uns zu. Wenn der Sumpf wenigstens suppen würde, könnte man Ausdünstungen drechseln und Dienstleistungen dafür einwechseln. Auf vereinzelten Soden vergammelte Idole, die in die Töte hauchen, anstatt im Abgrund zu jauchen. Überfrierende Schweißhand, ausgestreckt in Finsternis. 400 kennen mich, 4 000 sehen mich, 40 000 verdiene ich im Schlaf. Dark Space Stoner Blackout. Schleifen, schleppen, nicken, zicken. Brunst bratzt.

2. Kompost

Unter den Pflanzen sind wir Emporkömmlinge, leicht verderblich und wenig beweglich. Kohlenwasser und Sonnenlicht, Mutanten sind Lahmärsche. Nähe, Wärme und Geplänkel entsteht im gemeinsamen Kampf. Das nächste Gefecht ist immer das letzte. Wir jedoch kehren – KZ im Kopf – aus, wo wir einkehren. Der Garten ist vor der eigenen Tür. Krachlederne Lodenlöffel, Literaturagenten, Junkerklüngel und Gartenzwerge, Spalier bildend, Unrat schlierend, Sex vexierend. *Kökkenmöddinger!*

Jetzt ist wieder 1949, sagt der Konfliktmaler A. R. Penck. Europa träumt Grenzen, Altreich reibt sich an Altreich, Neureich an Neureich und Altreich an Neureich. Den bilateralen Konflikt ersetzt der Wirtschaftskrieg. Die europäische Frage ist mir Hekuba.

Sinnlose Staatengründungen stehen ins Haus. Globale Knechte und regionale Mägde ackern in Riemen und Sielen. Zuwider die Törn, widerwärts der Zorn. Trolldreck, Sklavenkacke, Schifferscheiße, No Name Scheiße, Kommißmist, Markenscheiße, den Massenmedien hörig. Kaukasische Müllgülle wafelt in den Kanälen des Sendegebiets, das vernetzt ist. Maßvoll protestierende Untertanen bilden den Trägern gestiegenen Beamtensoldes respektvoll Spalier. Besatzer, Besetzer und Besitzer sind Läuse zwischen den Zinken des Kammes, über den sie geschoren werden bzw. sich selbst frisieren. Die arg gezeichneten Inhabitanten der Untergrundburgen mutierten zu Kleptokratenkratzern, und das Zöllnergesocks in Schnittlauch-Camouflage legt eine Eigentorserie nach der anderen hin. Die Sackständler des Adelsgezüchts kitzeln Infantilismus heraus, die Suada nimmt ihren Verlauf. Die Substanz der Tirade ist, wie die Tirade selbst, Oranie.

Dark Space Stoner Blackout. *Blod og Ild in the Mix. ARMIA* zelebriert Cath Metal für Eingeweihte im Pfeffer, und im *Burger* tanzt der *Lausitzer Landsturm*. Die Grotten sind die Glatten, um nur ein Beispiel zu nennen. Die reaktionäre Hoffnung, daß die Russenmafia die feindliche Übernahme des Ostens rächen wird, und zwar an wem auch immer, scheint sich zu bewahrheiten. *Da sdrawstwujet PULag!*

Tanze Vulkan, tanzt Kukulkan, Kaukolainen, Cuchulainn und Caliban, multikult kommt wat zusamm'; tobt Perkun, Völundr und Burkhan, rast Wuolahainen, Lemminkainen und Wäinämöinen. Blase, Orkan, wüte, Hurrikan, zapple, Harlekin. Welkin wölbt sich, Rasin steht auf. Hoch die Faust, Hephaistos; Balkan und Kawkas sind dein, dein sei alles Erz der Erde und alles Salz der Meere. Dein oder Hekaten.

Womit wir, die Zukunft betreffend, jetzt schon anfangen könnten, ist folgendes Gedankenkonstrukt: Wir müssen nicht unentwegt dümmer tun, als wir sind – um des lieben Populismus willen –, und sollten hin und wieder einfach mal das Maul halten, wenn alles gesagt ist im Rahmen der höchstpersönlichen Nachdenklichkeit. Das Mutterschiff ist schließlich kein Parlament. Journalismus, Magazinismus und Romanismus halten vom Zweifel ab und ermangeln des Entwurfes. Es ist zum Ausmalen.

Moralin mit Kokain gestreckt noch mal, den Plan krasser Verunstaltung sollten wir hegen oder jäten gehen. Niemand ist nirgend. Flammend sei die Zukunft, glühend, blühend und klamm. Skuld ist eine Blamage, die immer wieder korrigiert werden muß. Ich wünsche uns nachdenkliche Träume, die das schlechte Gewissen lohnen. Manchmal muß man sich aus dem Verkehr ziehen, die Notbremse ziehen und Geiseln nehmen, um sich mal richtig auszuheulen. Reue hat keine Schuld. Beamte, die ihre Haut zu Markte tragen, wie sie sagen, wollen mehr Geld – für Bauchschüsse, vermute ich, womöglich aufgesetzte. Schmach ist witzlos, prustete Ungemach los, weltoffen ist mir zu unverbohrt, wie der Schlächter und seine Metze aus Niedersachsen, der Abschaum leitender Ausschüsse, der Ausschuß gezüchtigter Schaumschläger. Durch das nächstfinsterste Kapitel deutscher Geistesgeschichte in Tateinheit mit hinkendem Neoliberalismus, wehe dem keltischen Tiger, gelangen wir zum Dung, daß ich ums Verrecken nicht lache – vor mir die Brachen blühender Landschaften. Hohnprustend kleckert Applaus. Typisch Mensch.

Aufbegehren und kecker Gesellschaftsentwurf verstecken sich in der Operette. Der Umsturz ist ausgelitten. Die Kausalkette kennt keine Links. Die Gemeinheit bedarf des Eingriffs wie der Eingriff der Gemeinheit. Der Wille ist ein Spießer, ein Versager im frischen Wind. Schwamm und Waschlappen zeugten Badelatsch. Badelatsch wurde gut gefüttert, ging gut essen und kackte ab. Opanke trat ihn aus. Das Interregnum des Hedonismus war um. Der Euro fiel, die Straßen füllten sich, Drunst barst.

3. Schönhauser Tor

Die Absturzschneise Schönhauser Tor ist der Abgrund des Übermenschlichen. Hier sind Elend und Hein die Lokalpatrioten. Über ihnen dräut Architektur und Kunst am Bau. In einem Keller in der 8 trommelt Benno Verch die bösen Geister zusammen und lacht. Hier kreischt die Aasgeige. Hier ist kein Werden, hier ist Wesen und Sterben. Zugezogene und Geschäftige ahnen dies natürlich nicht, aber sie werden es merken. Streitlust gilt dem Nächsten. Hier ist der Nabel der Abart. Hier gibt es keine Zeitung, hier werden Zeitungen ausgestellt, verscherbelt, liegengelassen und weggeworfen. Hier haben Lemuren und Makaken das Sagen und Aufsteigerprimaten keine Fragen. Dieser Ort ermangelt der Nachricht, hier gibt es keine Mitteilung, geschweige denn Mitfreude, obwohl der Verkehr gut ist, das Aufkommen steigend und der Geräuschpegel ausreichend. Da beißen die Antiquariate keinen Faden ab. Den letzten klaren Gedanken hat hier Max Stirner gefaßt, als er seine Mutter in der Klapper besuchen ging. Alfred Döblin hat auch noch versucht, einen Blitz zu erhaschen, als er versuchte, die Gedanken Ernst Fuhrmanns zu verklickern, aber der Wille ist zur Schwarte geronnen. Wer sich hier mit einem Anflug von Gedanken erwischen läßt, kommt auf den Strausberger Platz.

Hier hausen Irre, Besoffene und Szenegelichter, stinodurchsetzt und mit Minimalplatte begabt. Die Szene ist natürlich etwas anders – Insider werden sich biegen vor Lachen –, aber etwas anders ist die Szene auch in Omsk, Tomsk, Tobolsk und Erkner. Hier genau versagt Berlin. Berlin ist entweder das Tor oder der Tor. Ente oder trente, Kreuzung oder Grab. Wo sich fünf Straßen treffen, kann nur eine leben – die Tor. Da hilft keine Grabung, Errichtung, Regierung, sondern Nichtung, Ächtung, Öffnung.

Ich weiß gar nicht, was hier alles so rumsteht. Apotheken, Drogerien, Spielotheken, zwischendrin ein paar Yuppie-Teile, möchte ich meinen. Suff, Knechtung, Menschenverachtung. Kein schöner Anblick, selbst der Konsum kommt nicht aus dem Knick. Hier herrscht reger Leerstand.

Die Meile des Übergangs ist lang. Trost steckt allenfalls in einer Kiste »Shiguljowskoje«, die Pulle zu 1,99 bei Tanja, russische Lebensmittel usw. – das Nationalgetränk der Torinsassen ist allerdings »Jägermeister«, um die Dumpfung rund zu machen, nehme ich an und erinnere mich, daß ich hier 1976 mal auf den 30er Bus gewartet habe, was nicht unbedingt eine Heldentat war.

Gegenüber macht ein Tätowiergeschäft auf. Aus Berlin ist die Luft raus. Mitte ist zu, und auch im sagenumwobenen Durchgangszimmer Prenzlauer Berg kriegt keiner die Tür auf. Wir werden entweder mit den zerstochenen und zukkenden Schaulustigen ersticken oder zwischendurch mal durchatmen, wo ein Wind geht und möglichst kein Fernsehturm steht, und dann eben später ersticken. Daran ist nichts auszusetzen.

Unabhängig von Traufhöhe und Architektenwahn bedeutet Berlin: Flachdach, Bannmeile, Postenkette. Unter jedem Berliner schlägt das verräterische Herz der Zone, das ihn nirgends verläßt, wohin er auch einkaufen flieht. An Berlin ist bisher noch jeder gescheitert, der was versucht hat; viele sind extra deswegen hergekommen. Hier ist der Hort des Mißbrauchs, Ausverkauf ist hierbei nur ein sogenanntes Schmankerl. Dem wahren Berliner sind die Umstände schnuppe, Hauptsache, 't kommt Delirium bei rum. Wie wär's mit einer Weißwurst im *Franz-Club* – und einem Patientenbesuch in der Ryke, Lychener, Oderberger, wo einst die Schrunst drusch?

4. Eudämonium

Galle räumt die Arsenale
und haut sich in die Falle.
Bei geschmiertem Flugverkehr
frühstücke ich Frotteeschlüpper.
Die Utopie der Hochtechnologie
ist ansteckend abschreckend –
die Dystopie der Megalomanie
herbstheckend aneckend.

> Aus der Kränke die Kraft,
> aus dem Kompost der Saft.

Abziehbilder gewagter Modediktate
geistern durch kahle Designerabtritte.
Hekuba überwirft sich mit Hekate
und leistet vorauseilend Abbitte.
Substanzen, Ingredienzien und Ränke
verhelfen ihnen zur nötigen Schlänke,
sie übergeben sich noch kurz
und lassen den letzten Furz.

> Aus der Kränke die Kraft,
> aus dem Kompost der Saft.
> Ihr habt es eingeläutet,
> jetzt wird es ausgelöffelt.

Wohlsituierte Tempelprostituierte
nehmen putzige Haltungen ein

und lassen keinen mehr rein,
außer ganz besonders vertierte.
Das Stempelproletariat vor der Röhre
kommt sich selbst nur in die Quere.
Von allen guten Geistern verlassen,
sollten wir es auch dabei belassen.

> Aus der Kränke die Kraft,
> aus dem Kompost der Saft.
> Ihr habt es eingeläutet,
> jetzt wird es ausgelöffelt.
> Aus dem Faulschaum –
> ein Neo-Eozoikum.

5. FOR FOOLS ONLY

IT'S A DARK SPACE STONER BLACKOUT
AND IT WON'T GET LOUD AT ALL
'COS I'M NOT ALLOWED

> IT'S A REAL COLD
> DARK SPACE
> STONER BLACKOUT
> FOR MORE

> FAST FORWARDS
> FOR FOOLS –
> F-F-F-F …

I'M MARCHING AMONG THE FOOLS
WITHOUT ANY TOOLS AT ALL
BUT MY OWN RULES

IT'S A REAL COLD
DARK SPACE
STONER BLACKOUT
FOR WHORES

FAST FORWARDS
FOR FOOLS –
F-F-F-F …

MOSKAU

Michail Ryklin

VERBOTENE STADT. 75 JAHRE »MOSKAUER TAGEBUCH« VON WALTER BENJAMIN

In ihren Aufzeichnungen über Moskau klagen Ausländer öfters darüber, daß die Stadt schwer zu betrachten sei. In der vorpetrinischen Zeit mußte man für eine Stadtbesichtigung entweder die Aufmerksamkeit der Wachen einschläfern oder eine offizielle Genehmigung erwirken. Im letzteren Falle wurde dem Gast auf dem Weg zu der Stelle, die er anschauen wollte, ein Strelitze mitgegeben. In späterer Zeit kam bei Ehrengästen – wie dem Marquis de Custine im Jahr 1839 oder André Gide 1936 – ein anderes Muster zur Anwendung: Die Besichtigung wurde von einem Kommentar untermalt, der dem Gast die »offizielle« Wertung des Gesehenen unterschieben sollte. Und schließlich, bei einer dritten Variante, wird zwar nichts gesondert verboten, doch ohne Kenntnis von russischer Sprache und Kultur ist der Gast schlicht außerstande, das Gesehene zu begreifen. Das heißt, der Reisende wird entweder direkt in seinem Bewegungsradius eingeschränkt, oder ihm werden seine unmittelbaren Eindrücke quasi »vorgesagt«, oder aber er erhält die Möglichkeit, seine eigene Beschränktheit selbstbestimmt an den Tag zu legen. In den ersten beiden Fällen wird das für einen westlichen Besucher wichtige *Recht zu sehen* von außen eingeschränkt; es wird die trügerische Illusion erzeugt, daß der Besucher, gäbe es diese Einschränkung nicht, mehr –

wenn nicht alles – sehen und begreifen könnte. Erst im dritten Fall wird auch diese Illusion zerstreut: Die Anhäufung visueller Eindrücke führt nicht zum Verstehen des Gesehenen, sondern zerstört lediglich die *a priori* gehegten Seh-Erwartungen und hinterläßt an deren Stelle Ruinen des Begreifens.

Die besondere Bedeutung von Benjamins »Moskauer Tagebuch« besteht darin, daß es einer der wenigen Texte der dritten Sorte ist: Der Autor dieses Textes wird nicht daran gehindert, sich umzusehen und das Gesehene einer eigenen Interpretation zu unterwerfen; zudem ist Walter Benjamins visuelle Wahrnehmungsfähigkeit nicht nur außergewöhnlich hoch entwickelt, sondern sie ist von den besonderen Umständen noch zusätzlich geschärft – von der Oktoberrevolution, die Moskau zum Zentrum eines Ereignisses von globaler Bedeutung machte, und der Liebe zu Assja Lazis, der »bolschewistischen Lettin aus Riga«, um derentwillen Walter Benjamin nach Moskau gereist ist. Benjamin häuft eine enorme Menge von visuellen Eindrücken an: Händlerinnen, die ihre Ware direkt auf dem Trottoir anbieten; Kirchen, die an Festungen erinnern; Torbögen, hinter denen sich kleine Dörfer auftun; wenige Autos und zahllose Pferdedroschken; »schöne Ecken« mit Leninbüsten anstelle von Ikonen; Bauern auf dem Bahnhof vor einer riesigen Landkarte, die ihr gigantisches Land betrachten, usw.

In visueller Hinsicht ist Benjamins Moskau somit eines der zuverlässigsten; ohne Schwierigkeiten ließe sich eine Karte praktisch aller von ihm abgegangenen Wege – im Stadtzentrum, in der Regel innerhalb des Garten- und des Boulevard-Rings – zusammenstellen. Doch je mehr Benjamin sieht, um so weniger begreift er. Er erklärt sich das mit seiner fehlenden Kenntnis der russischen Sprache, doch das dürfte kaum der einzige Grund gewesen sein. Der Berliner Philosoph und Journalist kultiviert nämlich die innere Distanz, die ihn von Moskau trennt; er ist bezaubert von der *Nähe der Distanzen* in der Hauptstadt der Weltrevolution. Alles liegt in der Reichweite der ausgestreckten Hand, der Reisende aber muß seine Hand unentwegt auch buchstäblich ausstrecken, also ob der manifeste taktile Eindruck die zerbrechliche Welt seines Traums zu zerstören drohte. Nähe erscheint so als Form von Distanz, als eine der hartnäckigsten Formen ihres Daseins. Benjamin nennt Moskau eine uneinnehmbare »Festung«. Bei der Beschreibung der Basilius-Kathedrale bemerkt er, daß sie möglicherweise bloß von oben, vom Flugzeug aus, gut sichtbar ist, weil die Bauleute vergessen hätten, sich gegen den äußeren Blick von dieser ungewöhnlichen, »himmlischen« Warte aus zu »salvieren«. Daran, daß die Bauleute dieses Ziel verfolgten – sich gegen einen äußeren Blick zu »salvieren« –, zweifelt er, wie viele andere Reisende, nicht im mindesten. Ausländer haben seit eh und je bemerkt, daß Moskau schwer zu visualisieren ist: Zu unterschiedlichen Zeiten war es untersagt, es zu malen, zu kartographieren oder zu fotografieren. John Steinbeck erinnert sich in seinem »Russian Journal« von 1947, daß jedesmal, als der mit ihm zusammen angereiste Fotograf Robert Capa seine Kamera herausnehmen wollte, ein Milizionär herbeieilte und ihn nach seiner Genehmigung fragte; nachdem er das Dokument entgegengenommen hatte, hielt der Milizionär lange per Telefon mit irgend jemandem Rücksprache, und erst danach wurde es Capa gestattet zu fotografieren – ein Kinderspielplatz, einen Platz oder ein Geschäft.

So entsteht der Eindruck, daß es kein vom Blick des Reisenden unabhängiges Moskau gibt; jeder Reisende betrachtet ein schon vorher bestehendes Bild dieser Stadt und nennt es *post factum* Moskau. (Es wäre aufschlußreich, die Eindrücke von Europäern und Amerikanern einerseits und chinesischen oder türkischen Reisenden andererseits miteinander zu vergleichen. Ich zweifle nicht daran, daß sie extrem verschieden ausfallen. Doch in der Mehrheit sind die Rußland-Reisenden Menschen westlicher Herkunft.)

Das bedeutet selbstverständlich nicht, daß es im ausländischen Moskau-Archiv keine wiederkehrenden Themen gäbe. So schreiben beispielsweise Madame de Staël, Alexandre Dumas père und Walter Benjamin mit ein und denselben Worten über den dörflichen Charakter Moskaus. Westliche Reisende sehen bis zu einem bestimmten Zeitpunkt (bis zur Umsetzung des Generalplans zur Rekonstruktion Moskaus unter Stalin) in der russischen Hauptstadt keine Stadt der Art, wie sie sie herkömmlich kennen – einen kompakten, dicht bebauten Raum mit einer bestimmten Menge zivilisatorischer »Annehmlichkeiten«. Die Abstände zwischen den Moskauer Häusern erinnern sie an kleine Wüstenflächen; in diesen unerklärlichen Leerräumen wimmelt ein anderes, ein gänzlich unstädtisches Leben. Von dieser Art sind auch die Torbögen im »Moskauer Tagebuch« Walter Benjamins, hinter denen sich jeweils ein Dorf verbirgt. Moskau ist eine Janus-Stadt, eine Stadt nur aus Fassadenseiten; hinter den Fassaden der Stadt hingegen tut sich ein für das westeuropäische Verständnis gänzlich unstädtischer Raum auf.

Benjamin besucht Moskau am Ende des ersten Jahrzehnts nach der Revolution, als ein wesentlicher Teil der westlichen Intellektuellen mit dem Ereignis der Revolution große Erwartungen verband. Die Revolution hatte es fertiggebracht, der Angst die Form von Überzeugung zu geben, Angst zum unverzichtbaren Bestandteil der intellektuellen Entzifferung der Stadt zu machen. Von außen und von innen nahm sich die Stadt ganz unterschiedlich aus. Was den Berliner Reisenden in Moskau zur Vorsicht gemahnt und sogar erschreckt, sieht er von außen, von Berlin aus betrachtet, in weit optimistischerem Licht. Aber der Blick aus Moskau erscheint ihm unabdingbar: Ohne diesen Moskauer Blickwinkel sei es unmöglich, das zeitgenössische Europa zu verstehen. Das erste, was ihm nach seiner Rückkehr aus Moskau in Berlin ins Auge springt, ist die Einsamkeit der Menschen, die vorbildlich gefegten Gehsteige, die überall waltende Ordnung. Die letzten Aufzeichnungen des »Tagebuchs« sind in Berlin gemacht; in ihnen werden die repressiven Züge des Moskauer Lebens endgültig verwischt, und es scheint einzig und allein dessen helle Seite, nämlich die revolutionär-folkloristische auf. Moskau schafft Distanz und legt dadurch die Berliner bürgerliche Welt bloß. Gerade aus dem Grund, daß die westeuropäischen Anhänger der Großen Oktoberrevolution im bürgerlichen Milieu beheimatet sind, begreifen sie die Vorzüge der Revolution und sind nicht bereit, endgültig mit ihr zu brechen (und diejenigen, die dazu bereit sind, wissen nicht, wie sie das anstellen sollen). Sie brauchen alle diese kollektive Kehrseite des Bürgerlichen, die die Oktoberrevolution eilends und – wie sich später herausstellen wird – zu Unrecht als ihr ureigenstes Produkt ausgab. In

Wirklichkeit war diese Revolution selbst eher jenes Produkt des ihr vorausgegangenen Kollektivismus, über den die russischen Autoren des 19. Jahrhunderts schrieben.

Was unterscheidet nun das »Moskauer Tagebuch« von dem auf seiner Grundlage in Berlin geschriebenen Essay »Moskau«, den Martin Buber in die Zeitschrift »Die Kreatur« aufnahm? Benjamins Essay »Moskau« ist nach Europa gewandt. Die Aussagen darin sind gefiltert und hierarchisiert. Dieser Essay strahlt eine geballte Ladung historischen Optimismus aus. Dessen Kehrseite, die im »Tagebuch« vorzufinden ist, wird hier überzeichnet und läßt sich nur mit Mühe rekonstruieren. In diesem Essay verschwindet der traumatische Punkt der Gegenwart, den der Autor des »Tagebuchs« mühsam durchstreicht. Die Filterung des »Jetzt«-Moments ist stets eine quälende Angelegenheit. Je größer die Erwartungen sind, mit denen ein Ort aufgeladen wird (und das nachrevolutionäre Moskau »leuchtete« der ganzen Welt), um so tiefer sitzt der traumatische Eindruck vom Aufenthalt an diesem Ort. Wenn man es anstellen könnte, den Gegenwartspunkt, das »Jetzt« ohne Schmerzen hinter sich zu lassen, dann gäbe es weder in Moskau noch in Berlin ein Trauma; es gäbe es auch an keinem anderen Ort. Denn in diesem Fall gäbe es überhaupt keinen Ort mehr, er würde entmaterialisiert.

In Moskau sieht Benjamin keinen Ausweg aus den Sackgassen, die beim Blick von Berlin aus auf Moskau verschwinden. Lesen wir den Essay »Moskau« und das »Moskauer Tagebuch« zusammen als Einheit, dann werden wir uns zum wiederholten Male davon überzeugen können, daß sich etwas, das nicht zur Publikation bestimmt, sondern zu diesem oder jedem Gegenwartsmoment zur Stabilisierung des eigenen Seelenzustands niedergeschrieben wird, nicht selten als wertvoller herausstellt als all jene »Wahrheiten«, die der Autor der Welt mitzuteilen intendiert.

Einerseits spürt Benjamin, daß der Grund für die Revolution nicht in den von ihr verkündeten Zielen liegt, sondern in etwas anderem, was die Revolution selbst bislang nicht einmal ahnt. Daher rührt sein Aufruf zur Vorsicht und seine entschiedene Absage, eine abschließende Diagnose zu stellen, anstatt eine skrupulöse phänomenologische Beschreibung des Gesehenen zu liefern. Das Gesehene ist hier, in Moskau, in diesem schicksalsschwangeren Augenblick, so schreibt Benjamin, selbst schon Theorie. Andererseits bezaubert ihn die revolutionäre Idee in ebendem Maße, wie sie der Welt, d. h. vor allem dem Westen, zugewandt ist und mit der Zukunft der gesamten Menschheit identifiziert wird. In einer seiner Notizen bemerkt er großmütig: Das Privatleben ist in Moskau bereits praktisch abgestorben, es hat sich in den Klub verlagert, an den Arbeitsplatz, ins Büro, auf endlose Versammlungen und Besprechungen. Die Moskauer Wohnungen werden mit Feldlazaretten verglichen, deren therapeutische Möglichkeiten minimal sind. In dieser apokalyptischen Perspektive sind die Moskauer dann ganz andere, den Westeuropäern nicht mehr gleichsetzbare Menschen. Letztere würden den Entzug ihres Privatlebens als Katastrophe erleben, als Zerstörung ihrer Existenzgrundlage überhaupt (Benjamins eigene Existenz wird etwa von einem existierenden Markt für geistige Arbeit garantiert). Was aber mit dem Moskauer Anderen geschehen ist, wird gänzlich anders wahrgenommen: als revolutionäre Errungenschaft, der es nicht an gewissen kleineren unangenehmen Facetten fehlt, aber im großen und ganzen begeisterungswürdig ist. Anders gesagt – in Moskau würde umgekehrt selbstredend das, was sich an einem anderen Ort, etwa in Berlin, finden läßt, als Katastrophe angesehen. Die Revolution richtet ihren kollektivistisch-humanistischen Aufruf an die Welt – einen Aufruf jedoch, der sich nicht, wie das in Moskau geschehen ist, in radikaler Entprivatisierung des Lebens äußern soll. Nein, in Westeuropa sollte dieser Aufruf sich in irgendwie anderen, bislang noch nicht abschließend geklärten Formen äußern. In Moskau gefällt Benjamin, was hinzunehmen er selbst als freier Intellektueller und Europäer bei sich, im eigenen Land, in keiner Weise bereit ist. Gleichzeitig aber erkennt er paradoxerweise den Revolutionsaufruf als universellen, an alle Menschen gerichteten Appell an. Moskau ist für ihn nicht bloß die Hauptstadt des weltweiten Proletariats, sondern auch Teil des Weltdorfes: Den Moskauern werde, so Benjamin, noch lange das westeuropäische Verhältnis zur Zeit abgehen. Selbst eine *common sense*-Aussage wie »Zeit ist Geld« müsse in Moskau durch die Autorität Lenins abgesegnet werden. Und auf Benjamin übt nicht nur die plump-anschauliche Naivität der Propaganda einen unwiderstehlichen Zauber aus, sondern auch die der russischen Genremalerei, die in der Tretjakow-Galerie ganze Säle füllt. Nur Kinder lieben sonst das Anschauliche in solch exzessivem Maße. Aber was für naive, bisweilen grausame Kinder gut ist, eignet sich keineswegs automatisch auch für Erwachsene, selbst wenn diese gern den Spielen der Kinder auf den ihnen zugedachten, abgezirkelten Spielplätzen zuschauen. Moskau ist ein solcher spezieller abgezirkelter Ort: Die Revolution hat nicht von ungefähr hier stattgefunden, obgleich zu Benjamins Zeiten noch niemand ihren Ausgang vorhersagen kann. Der Unterschied von Lokalem und Globalem, dem in Rußland Realisierten und der Welt Zugewandten, durchzieht den Text des »Moskauer Tagebuchs« von Anfang bis Ende. Ebendeshalb lehnt Benjamin das »Mandat« ab, das er von der neuen Staatsmacht theoretisch bekommen könnte. Er würde damit die Voraussetzungen seiner eigenen geistigen Arbeit zerstören, sein »Inkognito unter den bürgerlichen Autoren«, das eines notwendigen Minimums an Bürgerlichkeit bedarf. Doch durch die Zurückweisung des »Mandats« verliert er das Recht, eine Diagnose zu stellen. Aber was für eine Diagnose könnte ein außenstehender, doch längst nicht naiver Betrachter der Revolutionsmacht auch stellen? Krankheit präsentiert sich ihm an diesem Ort als eine besondere Erscheinungsform von Gesundheit; sie heilt die Gesellschaft mit Mitteln, die für andere Gesellschaften fatale Folgen hätten und zu letalem Ausgang führen würden. Nicht von ungefähr beginnt der Essay »Moskau« mit der Gegenüberstellung von Moskau und Berlin, von Kollektivismus und Einsamkeit, von Ballung und Raum. Doch Benjamins Überzeugung, daß der Kollektivismus von den Moskauer Bürgern freiwillig angenommen worden sei, ja daß man diese besondere revolutionäre Ware zu einem Exportschlager machen könne, wird *a priori* formuliert und nicht bewiesen. Die »Vorsicht«, die Benjamin in Moskau beobachtet, die Angst davor, eine Meinung zu äußern, die von der offiziellen abweicht, wäre richtiger als Horror vor der heranrollenden Welle einer noch radikaleren Entprivatisierung des Lebens, einer noch brutaleren Abrechnung mit der menschlichen

Individualität zu dechiffrieren. Einige Folgen, die sich aus dieser »Vorsicht« ergeben, bekommt Benjamin am eigenen Leibe zu spüren: Der zufällig in die Redaktion der »Sowjetenzyklopädie« hereinspazierte Karl Radek nimmt im Vorübergehen Benjamins Artikel über Goethe in die Hand, sieht ihn flüchtig durch und ordnet ihn dem Ausschuß zu. Diese Ansicht »einer Autorität« wird von Benjamins engsten Freunden Bernhardt Reich und Assja Lazis als Katastrophe kosmischen Ausmaßes begriffen, die der Moskauer Karriere Benjamins augenblicklich ein Ende setzt. In dieser kafkaesken Situation wirft ihnen der Philosoph »Feigheit« und das »Bedürfnis« vor, »den Mantel nach dem Winde« der Starken dieser Welt »zu hängen«. Das aber ist *ebenjener* revolutionäre Kollektivismus, den Benjamin in anderen Aufzeichnungen seines »Tagebuchs« so optimistisch begrüßt.

Sechs Jahre nach Benjamins Moskau-Reise kommen in Berlin die Nationalsozialisten an die Macht. Die breiten Berliner Gehsteige werden für die Juden derart eng, daß man ihnen am Ende überhaupt verbietet, sie zu betreten. Auf Bürgersteigen zu gehen sollte zum Vorrecht für »Arier« werden. Der Nationalsozialismus bedrohte die Lebensgrundlage unseres Autors, weswegen seine Einstellung dazu weit eindeutiger sein sollte als zur russischen Revolution. Von der menschlichen Seite her ist das nur allzu verständlich. Während der Faschismus Benjamin als deutschen Intellektuellen und als Juden direkt bedrohte, blieb der Kommunismus, der an sich nicht weniger brutal vorging, ihm gegenüber auf Abstand, bezauberte und erschreckte ihn abwechselnd. Der extreme Optimismus, die sorglose Euphorie – all dies sind Symptome eines Leidens, das so tief geht, daß es noch keine sprachliche Repräsentanz findet. Wie viele andere linksorientierte Schriftsteller seiner Zeit auch sagt Benjamin, daß in Rußland kein »Schwarzmarkt der Macht« eröffnen, daß Macht hier, im Unterschied zu den westlichen Analoga, nicht käuflich sein dürfe. Die Extremform einer solchen »Unkäuflichkeit«, die auch Deutschland in Kürze hautnah erfahren sollte, ist der Terror. Wenn wir die »Unkäuflichkeit« besingen, müssen wir bereit sein, die Rolle des Terroropfers zu übernehmen, doch vor dieser Rolle versucht sich, wie die Erfahrung zeigt, im letzten Moment noch der konsequenteste Revolutionär zu drücken.

Im »Tagebuch« wird keine Antwort gegeben auf die Frage, ob die Oktoberrevolution wirklich jenes globale Phänomen ist, für das sie sich mit Donnerstimme ausgab, oder nur das Produkt lokaler Umstände, der spezifisch russischen Rückständigkeit. Die Revolution zeigt einmal die eine, dann die andere Facette, bedarf der einen Erklärung wie der anderen. Diese fundamentale Unentschiedenheit sollte für einen Teil der westlichen Intellektuellen noch für lange Zeit den Horizont aller Versuche bilden, das Ereignis Revolution zu fassen. Die Enge des Käfigs Europa, das – insbesondere angesichts des Faschismus an den Tag gelegte – Bestreben, um jeden Preis aus diesem Käfig auszubrechen, war in dieser Zeit so groß, daß die kommunistische Exotik, wie suspekt sie sich aufmerksameren und nüchterneren Betrachtern auch darstellte, von vornherein emphatisch begrüßt wurde. Gerade dank dieses quasi-religiösen Subtextes schienen die Kremlsterne der gesamten Menschheit so lange, und *post factum* ist es deswegen so heikel, die eigene grandiose Verblendung einzugestehen.

Im Gegensatz zum Essay »Moskau« ist das »Moskauer Tagebuch« ein vielstimmiges Werk. Benjamin hält vieles von fremden Stimmen Geäußerte fest, und sein Verhältnis zu diesen Stimmen ist komplex und bleibt oft ungeklärt. Nahezu alle Urteile über das russische Theater sind von Reich und Lazis inspiriert, und die Zahl leiser, »flüsternder« Stimmen ist in diesem ohne jedes Kalkül auf eine spätere Publikation geschriebenen Werk riesig. Im Essay »Moskau« wird diese ganze Vielstimmigkeit verwischt. Der Text verliert ein Gutteil seiner Polyphonie, wird, wenn man die Terminologie Michail Bachtins benutzen will, »monologisch«.

Die Kälte des Moskauer Winters macht sich auf jeder einzelnen Seite des »Tagebuchs« bemerkbar. Das rauhe Klima, mit dem Benjamin das erste Mal konfrontiert ist, bildet eine der Hauptstimmen. Wir sehen uns einem eisigen, allein physisch schwer zu bewältigenden Raum gegenüber. Die Anstrengung, der es zur Bewältigung dieses Raums bedarf, wird jedesmal aufs neue unterstrichen. Das Wörtchen »schwer« ist eines der Schlüsselworte: schwer vorankommen, schwer atmen, schwer zu erklären, was man kaufen möchte, schwer zu ertragen die Entfremdung nahestehender Menschen … In Moskau ist fast alles »schwer«; deshalb verblüffen die Moskauer Menschen den Berliner immer wieder mit ihrer Vitalität, ihrer Fähigkeit, unter so schwierigen Bedingungen zu agieren. Ihn rühren die Straßenhändlerinnen, die ihre Waren ungeschützt auf dem Schnee feilbieten, die »heroischen«, mit Reif überzogenen Rosen auf den Moskauer Torten, Bettler, die findigerweise Posen bekannter Gemälde wie die »des Unglücklichen, dem der heilige Martin mit dem Schwert seinen Mantel durchschneidet«, annehmen … Es ist für Benjamin erstaunlich, daß in diesem Reich der Kälte überhaupt etwas geschieht, und dann noch das, was in diesem Reich schon zehn Jahre andauert, ein für die gesamte Menschheit so entscheidendes Ereignis wie die Revolution – es ist einfach ein Wunder. Die Tatsache, daß die Avantgarde der Menschheit sich in einer »improvisierten Großstadt« niedergelassen hat, wo sich hinter jedem Tordurchgang ein Dorf auftut, ist ebenso unerklärlich wie die Frage, warum die berühmten Kafkaschen Bürokraten auf dem Speicher hausen, in Zimmern, in denen man sich nicht einmal gerade aufrichten kann. Benjamin obliegt in Moskau einer so fieberhaften Sammlertätigkeit insbesondere zu dem Zweck, um sich selbst davon zu überzeugen, daß er wirklich und wahrhaftig in dieser nicht ganz realen Stadt gewesen ist. Abwechselnd bezaubert und erschreckt ihn die paradoxe Verknüpfung von Norden und Süden: im Dauerfrost kocht das Leben, als ob »ein neapolitanischer Sommer« herrschte. Bis heute werden in Moskau hartnäckig Loggien gebaut, die den größten Teil des Jahres unbrauchbar sind, und die die Bewohner ebenso hartnäckig verglasen, um ihren Wohnraum zu erweitern.

Moskau ist also gleichzeitig Hauptstadt der Weltrevolution und des Weltdorfes. Anfangs bildet die Revolution noch das Zentrum der Anziehung für die Intellektuellen (in dieser kurzen Zeit ist sie die Inkarnation des Universalen), später hingegen eine Stütze all der Kräfte, die sich für außerhalb der kapitalistischen Weltordnung stehend halten, der Länder der Dritten Welt. In den letzten Jahrzehnten der Sowjetmacht nannten die Einwohner Leningrads und der Provinz Moskau ein »großes Dorf«. Und in der Tat bildet die räumliche Struktur dieser Stadt, im Gegensatz zu Leningrad bzw. Petersburg, die im ganzen riesigen Rußland herrschenden Beziehungen der Menschen zum Raum auf organischere Weise ab. Nicht von ungefähr wurde Moskau im offiziellen Jargon »kommunistische Musterstadt« genannt. Erst Jahrhunderte gewaltsamer Zentralisierung konnten eine Stadt entstehen lassen, die gleichsam das ganze Land in sich aufgesogen hat. Die Bestrebungen der Stalinzeit, aus den Moskauern eine besondere Sorte Menschen zu machen, führte zur Schließung dieser Stadt (es wurde das heutzutage gegen eine Registrierung ausgewechselte System der Meldebescheinigungen eingeführt, doch im Grund ist das Verfahren bis heute ein Verbotssystem geblieben). Wenn in Russland der Föderalismus siegen sollte, würde Moskau einen beträchtlichen Teil seines imperialen Glanzes einbüßen.

Benjamin hielt fest, daß der Kult von Leninabbildungen in der damaligen UdSSR mit dem Kult von Landkarten konkurrierte, weil die einfachen sowjetischen Bürger sehr stolz waren auf die unermeßliche Größe ihres Landes. Traditionell hatte man in Rußland Karten und Fotografien beargwöhnt, weil man in ihnen eine unzulässige Visualisierung des Sakralen sah. Das erste nachrevolutionäre Jahrzehnt bildet in dieser Hinsicht eine Ausnahme. Es ist die Zeit von Wertows »Mensch mit Kinoapparat«, von Eisensteins »Oktober«, den Fotografien Rodtschenkos, von Konstruktivismus und Produktivismus. Drei Jahre nach Benjamins Rückkehr aus Moskau sollten alle diese Bestrebungen ein Ende haben. Es brach die Zeit des sozialistischen Realismus unter ideologischer Kontrolle der Partei an.

Vorderhand aber erscheinen die beiden Avantgarden, die politische und die künstlerische, noch als ein einheitliches

Ganzes. Die von ihnen verfolgten Ziele werden ebenfalls als analog angesehen. Das Universale und das Exotische sind in Moskau auf so wundersame Weise miteinander verflochten, daß man deren Träger nur schwer nach allgemeinen Regeln beurteilen kann. Was für diese Menschen gut ist, die gerade *wegen* ihrer Unterentwicklung zeitweise die Avantgarde der Menschheit zu sein scheinen, gilt noch längst nicht automatisch auch für einen europäischen Betrachter. Weder Stadt noch Dorf, sondern etwas Unfaßbares strahlt das Moskau der Jahre 1926 und 1927 jenes utopische Potential aus, an dem es Europa so mangelt. Sichtbar, so wird Benjamin nicht müde zu wiederholen, wird hier das Unfaßbare, das verdoppelt, verdreifacht, verzehnfacht wird, sich endgültiger Fixierung entzieht und Theorie verunmöglicht. Und erst auf den lebensleeren Berliner Bürgersteigen, weit weg von den »heroischen Weihnachtsrosen« und der extrem breiten Horizontlinie über Moskau, kommt Benjamin wieder zu sich und schreibt den Essay »Moskau«, in dem er dem westeuropäischen Publikum die sowjetische Kulturpolitik darstellt. Diese Darstellung läßt es nicht an Ermahnung und Belehrung fehlen, die im »Tagebuch« gänzlich fehlen. Benjamin begreift seine »Unvereinbarkeit« mit dem revolutionären »Mandat« und erkennt gleichzeitig die global-historische Bedeutung dieses »Mandats« an. Doch Benjamin ahnt noch nicht, daß binnen fünf Jahren in Berlin der Nationalsozialismus siegen wird, der ihn auch mit dieser Stadt und nach sieben Jahren mit ganz Europa und dem Leben »unvereinbar« machen wird. Kürzlich konnte ich das Hotel in dem kleinen Städtchen Port Bou an der französisch-spanischen Grenze besichtigen, wo Walter Benjamin im September 1940 seinem Leben unter höchst verwickelten und tragischen Umständen ein Ende setzte.

Benjamins Entfremdung von Moskau hängt aber nicht allein mit seiner Unkenntnis der russischen Sprache zusammen, sondern auch mit der Tatsache, daß die Sowjetunion sich in dieser Zeit bereits anschickte, das auch so schon in ein enges Korsett gepreßte revolutionär-künstlerische Projekt einzustellen. In Moskau, so merkt Benjamin an, gibt es keinen Platz für Intellektuelle, gibt es kein Publikum. Indem Benjamin sich verächtlich über die Vertreter der Neuen Ökonomischen Politik äußert, konstatiert er *de facto* bloß, daß ihr Schicksal besiegelt ist, doch ihm entgeht, daß ihr Schicksal auch die teilen werden, die sich selbst für ihre unversöhnlichen Feinde und gnadenlosen Kritiker halten. Um so weniger begreifen das, von der Größe des Augenblicks berauscht, Bernhardt Reich, Assja Lazis, Waclaw Panski und andere Vertreter der Revolutionskultur, die später allesamt umkommen oder durch Lager und Verbannung hindurchgehen. Sie wiederholen unablässig Sätze wie »Zermalmt das Pack der Konterrevolution! Zerschlagt die Reste bürgerlichen Alltags!« oder ähnliches, ohne dabei im mindesten zu ahnen, daß sich diese Flüche binnen kurzem gegen sie selbst wenden werden.

Vielleicht kann uns das eine Lehre sein. Auch wir leben in einer Zeit der Intoleranz, glauben an einfache Lösungen für komplexe Probleme, beanspruchen für uns selbst einen privilegierten Zugang zur »Wahrheit«, ohne zu ahnen, daß diejenigen, die wir verachten, genauso verfahren. Kompromißlosigkeit ist nur in dem Fall gut, wenn sie die Aktien der immanenten Welt überhaupt entwertet. Doch Menschen sind nur selten in diesem Sinne kompromißlos. In der Regel legen sie innerhalb der Welt, die ihnen als einzig bedeutsam erscheint, Toleranz an den Tag, weil sie gewohnt sind, aus Kompromissen Vorteile zu ziehen und rational vorzugehen. Die revolutionäre Alternative zu solcher Toleranz ist der Terror, und in der UdSSR hat ebendiese Variante obsiegt. Die Wahnhaftigkeit einer Welt, in der sich so viele Propheten sammeln, ist offensichtlich. Von der Seite betrachtet, hat der Wahn eine gewisse Anziehungskraft, sonst hätte er nicht auf der ganzen Welt stets eine solch hohe Zahl von Verehrern.

Die postterroristische Welt besitzt übrigens einen Vorteil, der für einen zivilisierten Menschen schwer zu würdigen ist: Man kann sich damit schwerlich identifizieren, man kann sie nicht verehren! Das Absurdum einer Apokalypse, die sich lange hinzieht, läßt den Gedanken reifen, daß der Schritt aus dieser Welt heraus schon längst vollzogen ist und daß es nur eines schlichten Blickes von außen bedarf, um zur erleuchtenden Einsicht zu gelangen.

Aus dem Russischen von Dirk Uffelmann

BERLIN

Haralampi G. Oroschakoff

DIE BERLINER REPUBLIK: WAS IM WERDEN IST, WAR SCHON

Man gab mir eine Historie, zwischen den Büchern Wirklichkeit atmend, ohne die Vorstellung der unsicheren Gesten. Die Hysterie folgte später, als eine Erkenntnis.

Meine romantische Vorstellung von Berlin war vor allem geschichtlicher Natur. Beginnend mit der Mauer, der Eroberung Berlins durch die Rote Armee bis hin zum berühmt gewordenen Kongreß 1878[1] mit bis heute spürbaren Problemfeldern in der ehemaligen Sowjetzone. Fürst Bismarck präsentierte sich damals als »ehrlicher« Makler Europas und gleichzeitig als eloquenter Gastgeber der Welt in der unfertigen Hauptstadt des neuen deutschen Kaiserreiches. Die Ergebnisse dieses Kongresses verschoben die Parameter in der bis dahin so erbittert geführten »Orientalischen Frage« zugunsten Österreich-Ungarns. Das russische Großbulgarien wurde geteilt, den Österreichern die Besetzung Bosniens erlaubt und die gewünschte Gebietserweiterung Serbiens und Griechenlands unterbunden. Moskau, das Dritte Rom, sollte von da an sukzessive seines Einflusses auf dem Balkan verlustig gehen. Das Ergebnis bestand von nun an in Revanchegefühl, Beleidigtsein und Größenwahn – die nachfolgenden Kriege waren vorprogrammiert. Der russische General Skobelew, 1882 Fürst. bulg. Premierminister, hielt in St. Petersburg eine Brandrede, in der er in ungewöhnlicher

Offenheit und aggressiv beleidigendem Ton den Krieg mit Westeuropa forderte. Die panslawistisch dominierte Presse verwandelte Rußland in einen Hexenkessel voller Emotionen. Aber es bedurfte schon der Selbstinszenierung des »brillantesten Versagers der Welt« (George V. über Wilhelm II.), um die Welt endgültig in den Wahnsinn von Krieg und Zerstörung zu treiben.

In meiner Sprachlosigkeit, unabhängig von diesen Welterklärungsversuchen, habe ich innerlich gejubelt bei der theatralischen Vorstellung, daß Kosaken- und Baschkirenregimenter ihre geschmückten Pferde in der slawischen Spree tränkten, während sie, nach Knoblauch duftend, erhitzt von Schwertkämpfen, sich dem fröhlichen Tagwerk der Vergewaltigung hingaben. Ehrlich empört war ich ob der unterwürfigen Verklärung des mit preußischen Regimentern spielenden Zaren Peter III. (aus dem Hause Holstein-Gottorp), der nicht nur dem bereits geschlagenen Soldatenkönig Friedrich II. den Frieden schenkte, sondern darüber hinaus auch noch dem preußischen Expansionsdrang tatkräftige Unterstützung zuteil werden ließ.[2] Damals fühlte ich mich noch als Rächer der byzantinischen Kultur, heute führe ich keine Kreuzzüge mehr. Es geht um Gespenster, stetige Begleiter bleiben sie, und mächtig überschatten sie die aktuellen Baumeister der Berliner Republik und ihre Lust auf Licht und Kegel. Damals, in den goldenen 20er Jahren, so wird berichtet, traf sich die mondäne Welt Unter den Linden in den Speisesälen des Bristol und Adlon, liebte, lachte und tanzte dabei unaufhörlich, das Leben war ein rauschendes Fest. Mein Vater hatte mir viele Geschichten über diese legendenumwobene Zeit erzählt; über das russische Leben in Charlottengrad mit seinen Zeitungen und Clubs, in denen gestritten, gehaßt und vor allem geträumt worden war. So hatte sich eine Textur in meinem Kopf geformt, aus Gehörtem und Erlebtem, und hatte etwas Wundersames und besonders Geheimnisvolles gebildet, als ich 1994 zum ersten Mal wegen einem Ausstellungsprojekt nach Berlin kam.[3]

Berlin ist ein Stadtstaat, weder Phantom noch phänomenales Werden. Eine immerwährende Bauunternehmung. Diese Stadt ist wachsende Unordnung innerhalb europäischer Gefüge und ein urbanes Monstrum. Seit der deutschen Reichsgründung 1871 und danach in der Weimarer Republik war Berlin, strategisch gesehen, Zielscheibe und Aberglaube zugleich: ein Emporkömmling für Projektionen okkulter Veränderungen und genaugenommen die einzige Großstadt in Deutschland.

Mein Großvater Haralampi Gawriilowitsch[4] hat von 1903 bis 1916 in Berlin gelebt. Auf Fotografien aus dieser Zeit der eleganten Soireen präsentiert sich Haralampi als strenge Erscheinung der gebildeten Welt, an den Füßen Prager Maßarbeit, poliertes Holz im matten Schein beginnender Streiks und sichtbar werdender Arbeitslosigkeit. Vermögend, im Geiste des russischen Liberalismus erzogen, war er ein Verehrer der »Preußischen Tugenden« und deren Umsetzung in die Choreographie einer Militärgesellschaft. Bedingungslose Loyalität zum Staat und ein hierarchisch gegliedertes Bürgertum hat ihn zeitlebens fasziniert und sein Denken als Staatsmann nachhaltig geprägt. Als Sohn eines Ministers und

Enkel von Diplomaten hat Haralampi die glanzvollen Premieren genossen. Der Ruf Berlins, als Musikstadt Weltklasse zu sein, wurde damals begründet. Kupfergestochene Visitenkarten wurden bei Nathan gefertigt und selbstverständlich ein kleines Vermögen beim Gentlemanschneider Stravopulos investiert. Soweit zum Klischee.

Im Gegensatz dazu verfügten die meisten Künstler von Otto Dix bis zu Andrej Bjely weder über das nötige Geld, noch hatten sie ihre Bleibe im Zentrum der Stadt gefunden. Die »rauschhaften Feste« bekommen dadurch in meiner Vorstellung einen eher sporadischen Charakter. Das künstlerische Berlin jener Zeit, voller Mühen und Entbehrungen, hat sich wohl mehr als Abenteuer und Spielfeld der Ideen dargestellt. Der Rest ist Literatur.

Man kann festhalten, daß der Plan einer ideellen Stadt das Symbolbild eines geometrisierten Kosmos darstellt, landschaftliche Gestaltung von Geisteswelten als Planetarium des Eros mit stark ausgeprägtem Hang zur Überhöhung. Europa hat schuld, selbstverständlich genauso wie die Mandala, die unter anderem auch ein rituelles Objekt ist, immerwährende Vorstellung eines permanenten Gründungsrituals. Die märkische Landschaft ist flach, auf Sand gebaut, ähnlich wie das Selbstwertgefühl der wiedervereinigten Deutschen. Der Horizont als gleichbleibende Verschätzung ersetzt das Zentrum durch ein unpersönlich Kollektives, im Grunde das nackte Ich als gemeinsame Zielvorstellung. Sexuelle Ergriffenheit stellt sich nicht ein, Geilheit schon eher, jedenfalls werde ich bestimmt nicht Biologie mit Liebe verwechseln. In diesem Sinne hat Berlin souverän die Öffnung vollzogen.

Die Epochenwende von 1989/90 war nicht nur das Startsignal fernsehgerechter Umarmung und konstruierter Gefühle. Es war auch der Auftakt aus unumkehrbarer Normalität und Sehnsucht nach ein bißchen Glück und Schönheit, wenngleich in ihrer harmlosen Variante. Mitten in die Öffnung der Berliner Mauer hinein, das unglaublichste Ereignis des letzten Jahrhunderts nach der russischen Revolution und dem Faschismus, markierte ich in der Installation »Dandolo«[5] die unsichtbare westöstliche Kulturgrenze als Beginn, Geschichte als ganz realen Bestandteil der Gegenwart zu begreifen. Zu diesem Zeitpunkt hatte ich noch nicht verstanden, daß im Deutschland der »unbequemen Querdenker« Geschichte immer nur die Achse Bismarck–Hitler darstellte. Fragen nach der Identität oder dem persönlichen Verhältnis dümpeln bis heute in heuchlerisch geführte Mobilisierungskampagnen zur Völkerverständigung als Wiederholung anerkannter Gemeinplätze. Die Apo-Elite hatte folgerichtig per moralischem Dekret jedem vorgekaut, was schicklich zu sprechen und zu denken ist. Das unbeugsame Engagement der »Bedenkenträger« für die Unterdrückten dieser Erde diente nur der Betonierung ihrer Vorurteile und der Sicherung ihrer Aufstiegsmöglichkeiten in der Medienlandschaft, während die Unterdrückten im Unterschied zu deren grenzenlos scheinendem Haß auf Amerika von nichts anderem träumten, als endlich an der US-Label-Massenkultur teilnehmen zu dürfen. Doch ich meine nicht die Kleinbürger im Herzen, die, sich großbürgerlich gebärdend, in

Neo-Literaturzirkeln zusammenrotten, um auf Symposien, zu dünnlippigen Apothekern mutiert, ihre Betroffenheit absondern.

Ich meine diejenigen, die alles und jeden hermetisch katalogisieren und einordnen, liberal und natursüchtig, wie sie sich im allgemeinen präsentieren. Macht und Gewalt waren ja bis jetzt so herrlich theoretisch in der deutsch-amerikanischen Karikatur und boten jedem Hohlkopf die Möglichkeit, an das Soziale appellierend, die Revolution einzufordern, bei Nichtgefährdung der eigenen Person. Seitdem hat sich vieles entwickelt. Wir haben gelernt, mit diesem Bombardement der verbalen Fertigkeiten umzugehen, wir haben gelernt, daß McDonald's Kultur ist, Rock 'n' Roll und Coca-Cola Freiheit suggerieren, Zigarettenrauchen die Umwelt vergiftet und Praktikantinnen, deren Leistung darin besteht, in kniender Position zu verharren, auch Superstars und Persönlichkeiten sind. Wir haben außerdem gelernt, daß es eine Stimme auf der Welt gibt, die für Recht und Ordnung sorgt, im Sinne einer besseren Idee und moralisch höher bewertend. Sie wurde zur einzig verbindlichen, weltumspannenden Wertevorstellung.[6]

Die bis dahin so sorgsam gehütete Egozentrik westdeutscher Intellektueller, diese einzigartige Mischung aus hypochondrischer Eitelkeit und moralisierender Gleichmacherei, verschimmelte dabei leise im Privaten. Mittlerweile wird das Gewissen nicht mehr ausschließlich an »verdächtigen Symptomen im gesellschaftlichen Prozeß und deren nötigen Aufdeckung« festgemacht, sondern statt dessen als ein neues »Heimatgefühl«, im »Erlebnis des Konkreten«, gefeiert. In diesem Sinne hat die Diskussion über Wert und Werdung Berlins die bis dahin so omnipräsenten Worthülsen vom nachdenklichen Deutschen als Mitglied einer modernen Kulturnation, unaufhörlich Trauerarbeit leistend, während er Regenwälder rettet, eine neue erfrischende Variante geschaffen: den fröhlichen Proleten mit Witz und Coolness nach britischem Vorbild. Die Idealbesetzung verwechselt Einfälle mit Ideen, hört Robin Williams, kauft Markenartikel und hat ein gewachsenes Interesse an Popkultur. Ob Ausländerwitze oder Holocaustindustrie, ob Schuldfragen oder künstlerisch erscheinende Behauptungen – alles wird als vollwertige Materialsammlung der Spaßkultur zum Dienstleistungsgeschäft. Distanzierende Gesten gehören selbstverständlich zum Machtkalkül, ebenso wie fehlende Geschmackskriterien oder geistige Zwischenräume: Es ist der Zustand des Seienden in seiner materiellen Entsprechung, enthemmt, vital und zeitlos. Diese Szenerie bildet die globale Weltstadt ab.

Genaugenommen ist eine Anhäufung prosaischer Aufsteigergelüste, geschärft am Resultatsdenken der darstellungssüchtigen Parvenüs, begierig nach lärmenden Moden und unbegrenzten Möglichkeiten der Partizipation, das Erscheinungsbild der autonomen Weltstadt. Berlin benützt diese Technik als Triebfeder und hat sich damit als bilanzierende Betrachtung seiner selbst ein Klassenziel geschaffen. Diese Stadt feiert die eigene Investition als materielle Gesinnung, ohne gewachsene Kulturempfindungen als Grundlage aller Nuancierung anerkennen zu müssen, weil sie sie überwindet und zerstört. Der Unterschied zu anderen Metropolen ist aber weniger am Maßstab vorhandener Provinzialität im Gegensatz zu möglicher Weltläufigkeit festzumachen als an deren zelebrierter Mißachtung:

Die Berliner Kolonisten wußten schon lange, daß in der großen weiten Welt außerhalb ihres alltäglichen Wirkungskreises Städte existieren, welche das Prädikat polyglott und kosmopolitisch mit Nonchalance verwalten. Der Gedanke aber, sie selbst könnten, müßten dorthin, da leben, diese Herausforderung war dann doch dem protestantisch geformten Lebensgefühl zu abwegig. Solcherart Frivolität der Verdrängung in ein urbanes Konzept umzuwandeln, sollte der Berliner Republik vorbehalten bleiben. Die Turnschuhgeneration, abgestumpft von den ewigen Selbsterfahrungsgruppen der 70er Jahre und mittlerweile geschult in unzähligen Fallstudien, den eigenen Abschied von der 68er Generation ohne Gesichtsverlust zu zelebrieren, hat mit dem Eintritt in die neue Bürgerlichkeit den Auftritt des politischen Medienstars installiert. Alles jubelt über so viel Lockerung. Die »Hand in der Hosentasche«-Attitüde des Hip-Hop-Weltenlenkers im modischen Markenanzug auf seiner Reise durch die Gewißheiten und Interpretationsmuster hat aus Berlin eine Mythosmaschine geschaffen. So wurde der erste Krieg ohne Kriegserklärung möglich, endlich auf der richtigen Seite der bekennenden Kriegstreiber: Eine gut geschmierte Geldvernichtungsmaschine betrat die Kommandozentrale. Geschützt durch den Deckmantel der »edlen Humanität« und geschärft durch den »verantwortlichen Blick für die Welt, in der wir leben«, wurden zwischen Übertreibung, Ignoranz über die Untiefen der balkanischen Mauscheleien, Zynismus und Sentimentalitäten auf allen Seiten die kommunistischen Restbestände des jugoslawischen Sonderweges entsorgt. Einerseits konnte sich die selbsterschaffene Elite im »weltoffenen Patriotismus« üben, andererseits wurden der Massenkultur neue Märkte erschlossen.

Die Darsteller der Macht haben sich mittlerweile eine Implikation ihrer existentiellen Gestörtheit konstruiert. Am Ende dieses so fulminant begonnenen Jahrhunderts der Ideologien und deren Brüche entstand so die Darstellung einer Stadt als Projektion ihrer erdachten Endlichkeit und dem baulichen Charme von Frankfurt Süd als Silhouette.

Dieses Weltstadtszenario als Anziehungspunkt der neu bekennenden Prominenz braucht lichterkettenbestrahlte Bühnen. Berlin ist voll davon. Unermüdlich verspüren weitgereiste Medienmenschen eine »wahnsinnige Lust«, in Berlin ein/e Designerlokal/Boutique/Galerie/Medienagentur/Modeschau nebst Kulturführer aufzumachen, so ganz authentisch, dandyhaft und fröhlich muß sie sein, diese »Achten Sie auf Ihre Reisebegleitung«-Weltläufigkeit. Die so erschaffene Mitte-Kultur, ein schillernder Cocktail aus tölpelhaften Schwätzern, bohemesüchtigen Abziehbildern, Angebern und selbst Individualisten sorgt seitdem zumindest für mehr Abwechslung, als in dem bis dahin subventionierten Inseldasein vorstellbar schien. Es macht Spaß und ist erfrischend. Die Faszination liegt in den Gefühlen, den unmittelbaren Emotionen, die sie auslöst. Heute ist Berlin eine multikulturelle Stadt. Das diplomatische Corps, das türkische Kreuzberg und das neugewonnene jüdische Leben haben eine Mischung in der Hauptstadt des größer gewordenen Deutschlands hervorgebracht, die diesen Begriff gar nicht nötig hat. Die Breite der Gehsteige erdröhnt seitdem im Konsumrausch neureicher Nutznießer des Zerfalls der ehemaligen Sowjetunion und ihrer Satelliten. Wieder brandet Jubel auf.

Als Ausländer mit ungarisch-makedonischer Mutter, serbischer Großmutter und einer russischen Geschichte byzantinisch-mongolischer Herkunft sind für mich Begriffe wie Sprache, Eigenart und kulturelle Identität keine theoretischen Krücken zur Sicherung verkaufsfördernder Instrumentalisierungen, sondern eher gebunden an persönliches Erlebnis und Schicksal. Das endlose Wiederholen der Begriffe »Großstadtkultur«, »wiedervereinigtes Europa« oder »Multikulturalität« dient weder der Verschmelzung von Kultur, noch eignet sie sich zur Verständigung zwischen Kulturen. Diese populistisch gemeinte Redegewandtheit reduziert im Grunde nur die Eigenart des Andersartigen zum inhaltslosen Repräsentanten begrifflicher Kollektivität. Das Individuum wird so zum territorial-hierarchischen Begriff und in der weiteren Folge zur theoretischen Fußnote. Menschen, die unfähig sind, den Universalismus zu tolerieren, den kosmopolitisch geformten Einzelgänger genauso wie den bäuerlichen Typus der meisten Aussiedler, schaffen sich darin eine künstliche Leitkultur, die im Grunde nichts anderes darstellt als die Fortsetzung eines kolonialen Prozesses,[7] der mit dem Ersten Weltkrieg aus der Zeit geriet.

In der Berliner Republik[8] werden Debatten gerne über Stellvertreter geführt. Wir können am Beispiel der sogenannten Walser-Affäre[9] erkennen, daß die Unehrlichkeit in der Symptomatik liegt, weniger am konkreten Beispiel. Keiner beschreibt, was er sieht. Ein solches Verhalten ist das direkte Erbe der deutschen Nachkriegsgeschichte und der daraus entstandenen Konsensdemokratie. Das Ergebnis stellt sich einerseits in der kompliziertesten Trennmüllideologie der Welt dar und feiert sich gleichzeitig als typisch undeutsch.

Es ist ein tolles Gefühl und im Grunde nichts Besonderes. Das neue Berlin ist eine Mitfahrzentrale, nie ganz ebenbürtig empfunden von den großen Metropolen rundherum, aber mit Insignien ausgestattet, die dafür nötig sind: Tempo, Geld und Angst.

ANMERKUNGEN

1 Bereits im 18. Jahrhundert, im Frieden von Kütschük Kainardshi (heute: Rumänien) hatte das kaiserliche Rußland seine Schutzherrschaft über die Balkanslawen im Osmanischen Imperium angemeldet und 1829 im Frieden von Adrianopel das Donau-Delta, Transkaukasien und Teile Armeniens erobert. 1854 wurde Rußland im Krimkrieg auf eigenem Boden von den Westalliierten geschlagen und verlor die Kontrolle über das Schwarze Meer und die Donauschiffahrt. Im russ.-türk. Krieg von 1876 diktierte das wieder siegreiche Rußland im Vertrag von St. Stefano 1877 die Gründung eines russ. Großbulgariens sowie die Anerkennung der Souveränität der Königreiche Griechenland, Serbien und Rumänien. Der Berliner Kongreß von 1878 sollte zugunsten Großbritanniens und Österreichs diesen Vertrag revidieren. Das Osmanische Reich konnte auf diesem Kongreß die großen Verluste wieder wettmachen, England Zypern besetzen und Österreich in der Balkanpolitik agieren. Großbulgarien wurde geteilt, einzig die Souveränität der anderen Balkan-Königreiche konnte Rußland durchsetzen.

2 Im Siebenjährigen Krieg, 1756–1763, wurde Berlin von den Russen unter Saltykow besetzt. Zar Peter III., Prinz v. Holstein-Gottorp, war ein Neffe von Kaiserin Elisabeth Petrowna (gest. 1761), verheiratet seit 1745 mit der Prinzessin Sophie Friederike von Anhalt-Zerbst, die als Katharina II. (1762–1796) in die Weltgeschichte eingehen sollte. Zar Peter III. war nach dem preuß. Militärcodex erzogen worden. Als russ. Thronfolger verharrte er vom ersten Tage an in einer Protesthaltung gegen seine slawische Umwelt und in der überheblichen Verachtung gegenüber allem Russischen. In einer meisterlich angelegten Intrige Katharinas II. wurde er von den Brüdern Orlow 1762 vom Thron gestürzt und kam unter unaufgeklärten Umständen ums Leben.
S.: G. Stöckl: Russische Geschichte, A. Körner Verlag, Stuttgart 1983.

3 Haralampi G. Oroschakoff: »Paris Bar, oder Wenn Sie nicht elegant sind, bemühen Sie sich um eine persönliche Note«, in: Paris Bar, hrsg. v. M. Würthle, Quadriga Verlag, Berlin 2000.

4 Haralampi G. Oroschakoff, geb. 1886 als Sohn des Grafen Gawriil H., Kais. russ. Staatsrat, und der Miliza Petkewitsch. Ab 1903 Studium der Medizin und Rechtswissenschaften in Wien, Heidelberg und Berlin. 1910 DDr. jur. der Kaiser-Wilhelm-Univ. zu Berlin. 1920 Friedensrichter in Sofia, 1927 Mitglied des Vorstandes der Demokratischen Partei. 1930 Königl. Reg. Bürgermeister v. Sofia; HGO verfolgt die Politik der Annäherung an Frankreich als Gegengewicht zu Nazi-Deutschland. 1934 Besuch der franz. Delegation unter Führung E. Herriots und R. Fiquets in Sofia. Rechtsgerichteter Coup d'Etat am 19. Mai 1934 führt zur Königsdiktatur Boris III., HGO wird unter Hausarrest gestellt. Nach der kommunistischen Machtergreifung vom 9. Sept. 1944 wird HGO in nachfolgenden Schauprozessen wegen »antikommunistischer Propagan-

da« verurteilt und zum Feind des Volkes erklärt. Aberkennung der Bürgerrechte, Enteignung und Deportation in die Lager Bobow Dol und Beline. Die Ehrenbürgerschaft von Lyon wird ihm posthum verliehen.
Zu den wissenschaftlichen Schriften s.: W. Ganew: Sakon soidnii ljudim«, Bulg. Akad. Sofia 1959 (ein Vergleich der Studien zur ersten slawischen Rechtssammlung im 9. Jahrhundert zwischen Dubenski, Stroeff, Rosenkampff, Oroschakoff u. a.). S. a.: Who's Who, Südosteuropa 1933, o.: B. Morfow: Baschtite ni ... (Unsere Väter ...), Sofia 1996.

5 Die Installation »Dandolo« wurde 1989/90 im Museum Fridericianum Kassel und der Staatsgalerie Moderner Kunst München gezeigt. Die Thematisierung des räuberisch-verlogenen 4. Kreuzzuges gegen Konstantinopel hatte eine polarisierende Wirkung in der internationalen Kunstpresse zur Folge. Die Reaktionen reichten von Beschimpfungen bis hin zu verständnislosem Mißverständnis aus Unkenntnis der historischen Zusammenhänge. Die Pressereaktionen in Belgrad, Sofia und Moskau hingegen waren von Enthusiasmus geprägt.
S.: Haralampi G. Oroschakoff: »Dandolo«, hrsg. von Diana Gräfin von Hohenthal, Kyrill & Method Verlag, München 1989. Reaktionen: u. a. vgl: Maribel Königer: Dandolo in: Kunstforum Int., Nr. 6/7 90; Katharina Hegewisch: Erinnerungen leuchten auf, in: FAZ, 14. 05. 90; Justin Hoffmann: Die Deutschlandfrage, in: Artis, 1990.

6 Haralampi G. Oroschakoff: Weltverdopplung oder die Realisierung der Orientalischen Frage, Erstveröffentlichung: »Duplinirowy mir«, in: Rodina i Smert, hrsg. von Andrej Filippow, Moskau 1998 (in Russisch); Supplement 4, Die Dämonen. Hrsg. v. Frank Castorf, Volksbühne Berlin, 1998/99, Wiederabdruck im Programmheft

»Die Hermannsschlacht«, Red.: M. Weber, Kleist-Festtage 1990, Frankfurt/O.

7 Haralampi G. Oroschakoff: Inhabitants at the Edges of the World, Palace Edition St. Petersburg/Art Books International, London 1999.

8 S.: Diedrich Diederichsen: Du darfst auch Dünkel zu mir sagen. Über die kuschelweichen Standortfaktoren der neuen alten Hauptstadt Berlin, in: Theater Heute, Jahrbuch 2000.

9 Jacob Heilbrunn: Deutsche gegen Deutsche, in: SZ-Feuilleton, Nr. 196, 26./27. Aug. 2000.

MOSKAU

Lew Rubinstein
WIE KOMM ICH INS ZENTRUM?

Über Moskau schreiben ... Keine leichte Aufgabe! Über welches Moskau eigentlich?

Mein Leben lang habe ich in dieser Stadt gelebt, doch bin ich nicht davon überzeugt, daß ich immer in derselben Stadt gelebt habe. Vielmehr – ich bin vom Gegenteil überzeugt. Mein Leben lang war ich auf einer spannenden Reise von Moskau nach Moskau. Jedes Moskau gern zu haben mußte ich jedesmal neu lernen. Das ist nicht einfach.

Zu Zeiten bacchanalischer Jubiläumsfeiern verwandelt sich Moskau aus einer Stadt, einem Wohnort, in einen reinen Begriff, ein WORT, und dieses Wort fordert Opfer. Manchmal auch Menschenopfer.

Ich wurde 1947 geboren, im Jahr einer solchen Orgie. Der Achthundertjahrfeier Moskaus. Das Hauptstadtpublikum der Nachkriegszeit verlangte nach einem Fest, und es bekam sein Fest. Ich war ein halbes Jahr alt. Meine jungen und leichtsinnigen Eltern schleppten mich auf die festliche Demonstration mit, es gab ein fürchterliches Gedränge, fast wäre ich erdrückt worden. Erst viele Jahre später erfuhr ich, daß ich Moskau fast zum Opfer gefallen wäre. So hat mir in frühester Kindheit meine Vaterstadt ein Trauma zugefügt. Später habe ich gelernt, hier zu leben.

Innerhalb weniger Jahre sind kürzlich zwei Naturkatastrophen gleich großen Ausmaßes über uns hinweggefegt, zwei Jubiläumshurrikane. 1997 wurde Moskau 850. Dem

Pathos und Programm von Lushkows Feierlichkeiten nach zu schließen war das jedoch eher das 50. Jubiläum des 800. Jubiläums.

Und zu Sommerbeginn 1999 ließ Puschkin die Hauptstadt erzittern. Er wurde 200.

Zwei sakrale Namen sind in eins verschmolzen. Der eine Name bezeichnet den Ort, der andere den Genius des Orts. Darum auch habe ich beschlossen, über den Ort zu schreiben, der den Namen seines Genius trägt. Über ihn zu schreiben und mich zu befreien. Vom repressiven Druck der Namen. Des einen wie des anderen. Der Mensch muß weiterleben.

* * *

Das Zentrum ist nicht nur ein Problem der modernen Kultur, sondern auch ein Problem der großen Stadt. Läßt sich denn die Frage des verirrten Provinzlers, »Wie komm ich ins Zentrum?«, eindeutig beantworten? Das Zentrum gibt es nicht. Es gibt Zentren.

Dieses Problem hat mir in früher Kindheit zugesetzt. Ich mußte unbedingt begreifen, wo ebendieses Zentrum, wo ebendieser Punkt war. Als der Kreml nach Stalins Tod für das Publikum geöffnet wurde, war ich baß erstaunt, daß er ein ziemlich weiträumiges Gelände darstellt. »Wo ist denn hier der Kreml?« fragte ich Mama ungeduldig. »Aber wir sind doch im Kreml«, antwortete sie. Das konnte ich nicht fassen. Der Kreml war für mich ein Turm mit einem Stern obendrauf. Oder noch genauer – der Stern auf dem Turm. Oder noch genauer – der leuchtende Punkt in der Mitte dieses Sterns. Ja, das ist der Kreml. Das ist das Zentrum –

Moskaus, des Landes, der Welt. Aber wie sich zeigt, kann man im Kreml herumspazieren, wie sich zeigt, kann man in Moskau herumspazieren, und das Zentrum ist dort, wo man es selber hinverlegt.

Während der Kreml das offizielle, um nicht zu sagen, »offiziöse« Zentrum der Hauptstadt ist, ist der Puschkinplatz (der frühere Passionsplatz) das alternative, also das wirkliche Zentrum.

Das Aussehen des Platzes hat sich stark verändert, sogar noch zu meiner Zeit. Puschkins historischen Übergang über den Puschkinplatz habe ich selbstverständlich nicht mehr erlebt. Noch viel weniger habe ich das Verschwinden des Passionsklosters an der Stelle des Rossija-Kinos erlebt. Aber an das Zentral-Kino an der Stelle des heutigen (neuen) »Iswestija«-Gebäudes erinnere ich mich noch. Und auf der gegenüberliegenden Seite, wo sich heute eine große quadratische Grünanlage mit Brunnen in der Mitte befindet, da erinnere ich mich lebhaft an ein langes, altes dreistöckiges Gebäude, in dem eine Apotheke war, ein Schaschlik-Imbiß, eine Milchbar und anderes mehr. Wie soll ich mich auch nicht daran erinnern, wo ich doch gerade hier, in der Milchbar, einer Studienkollegin einen Teller Suppe über den neuen Mantel schüttete, welchselbiger Umstand für die sich eigentlich schon abzeichnenden informellen Beziehungen höchst fatale Folgen hatte. Der McDonald's nimmt sich heute aus, als wäre er schon immer dagewesen. Dabei ist dieses überirdische Wunder der Weltzivilisation erst 1988 aufgetaucht. Davor war dort das Café Lyra. In dem kriegte man Cocktails. Dort versammelten sich junge Pazifisten, Nazisten und Gott weiß wer sonst noch.

In meiner Kindheit bekam ich noch die riesige Gipstante auf dem Dach des Hauses mit, in dem sich das armenische Geschäft befindet – ob es eine Ballerina war oder eine Fallschirmspringerin, weiß ich nicht mehr. Jedenfalls war es kein »Mädchen mit Paddel« wie in den Parks jener Jahre. Ich weiß nur noch, daß die Moskauer sie »Maschka« nannten, und junge Scherzbolde verrenkten sich übertrieben den Hals und taten so, als guckten sie ihr unter den Gipsrock. Ich versuchte es auch; da war aber gar nichts. Später wurde Maschka ganz unauffällig vom Dach runtergeholt. Es hieß, sie drohe von ihrer Höhe runterzuplumpsen und irgendwem empfindlich weh zu tun.

Beim Puschkindenkmal, dem »PamPusch«, wie die Moskauer es abgekürzt nennen, werden geschäftliche Treffen verabredet und weniger geschäftliche genauso. Hier versammeln sich Menschen zu pathetischen Willensbekundungen wie auch ohne jede Absicht. Irgendwie zieht die besondere Energetik dieses – in jeder Hinsicht, auch geographisch – herausgehobenen Ortes sowohl einzelne Bürger wie ganze Kollektive magisch an. Sagt man »Wir treffen uns bei Puschkin«, versteht das ein jeder. Obwohl – nicht immer ein jeder. In der folgenden Geschichte zum Beispiel spielt Puschkin zwar eine Nebenrolle, doch eine ungewollt verhängnisvolle. Auf einer Party erzählte ein netter junger Doktorand aus Afrika, offensichtlich gekränkt, wie ungehörig eine Moskauerin mit ihm umgesprungen war, die ihm selber ein Rendezvous vorgeschlagen hatte, aber dann nicht kam. »Ich habe anderthalb Stunden auf sie gewartet, bei Frost. Dabei bin ich aus Afrika, für mich ist das schwierig. Und sie ist nicht gekommen. Gehört sich nicht. So darf man nicht mit einem umspringen. Sie denkt vielleicht, bei einem Afrikaner macht das nichts.« – »Wo haben Sie denn gewartet?« fragte jemand irgendwie unpassend, doch wie sich zeigte, mehr als passend. – »Was heißt – wo? Wo ihr euch immer alle trefft. Beim Puschkindenkmal.« – »Bei welchem denn?« hakte derselbe Jemand nach, als ob er etwas ahnte. – »Was heißt – bei welchem? Ich werd doch wohl das Puschkindenkmal kennen!« Der Afrikaner war gekränkt. »Das an der Gorki-Straße. Der auf dem Pferd.« Der Ärmste hatte beim feudalistischen Juri Dolgoruki auf sein Liebchen gewartet. Unschwer zu erraten, was für stürmische Heiterkeit die hypothetische Gestalt des Dichters hervorrief – als legendärer Ritter mit Helm und Kettenpanzer, der feierlich auf einem korpulenten Hengst thront. Ihn sich gar nicht mal als Märchenrecken, sondern einfach in majestätischer Gestalt vorzustellen ist schon komisch genug. In der Stadt Samara zum Beispiel hält Puschkin, hoch über der Wolga, an seiner Büste so stolz und inspiriert den Kopf gereckt, daß das Denkmal eher Poprischtschin aus Gogols »Aufzeichnungen eines Wahnsinnigen« darstellt.

Sowieso steht es Puschkin überhaupt nicht, Denkmal zu sein – er kann nicht stillhalten. Kein Wunder, daß sein Moskauer Denkmal eines Tages auf die gegenüberliegende Seite des Platzes gewechselt ist. Und das war nicht das letzte Mal, da bin ich überzeugt.

Wie jeder Ort mit sakraler Aura bringt der Puschkinplatz Mythen und Legenden hervor. Insbesondere hielt sich unter Abiturienten über viele Generationen hinweg der Mythos, in der Nacht vor Beginn der schriftlichen Prüfungen verrate die laufende Nachrichtenzeile auf dem alten »Iswestija«-Gebäude die Themen der am nächsten Morgen zu schreibenden Aufsätze. Niemand glaubte so recht an den Quatsch, aber jedesmal kamen alle und warteten geduldig die halbe Nacht. Man weiß ja nie.

Ebenhier, auf diesem Platz, machte die Bürgerrechtsbewegung ihre Existenz geltend. Ebenhier – und wo auch sonst? – entstand zu Beginn von Gorbatschows Glasnost spontan der Moskauer Hyde Park, als Versuchsgelände für die verstiegensten Ideen. Hier zum Beispiel erfuhr ich von einem nicht gerade wohlsituiert aussehenden Mann mit angebissenem Brotlaib in der Hand, wie Breshnew in Wirklichkeit geheißen hatte. In Wirklichkeit hatte er nämlich Leopold Isaakowitsch Karpinski geheißen. Auf den Hintersinn dieser Sensation verwies einzig und allein der jüdische Vatersname. Alles übrige war Zutat, der »Glaubhaftigkeit« wegen. Hier auch erblickte ich eines Tages einen ungewöhnlich erregten Herrn (damals noch Genossen), der sich mal zum einen, mal zu einem anderen der diskutierenden Grüppchen gesellte und temperamentvoll behauptete, alle nationalen Republiken müßten unverzüglich annulliert und statt dessen müßten Gouvernements eingerichtet werden wie in der Zarenzeit, dann gäbe es keinerlei Probleme mehr. Mit gemischten Gefühlen erkannte ich einige Zeit später in dem marktschreierischen Nervtöter den Vorsitzenden der frischgebackenen liberal-demokratischen Partei, Herrn Shirinowski.

Heute dudeln die Straßenmusikanten ja, wo es ihnen paßt. Zum ersten Mal gehört habe ich sie hier. Sie spielten und sangen allerdings nicht lange; im Nu wurden sie »hopsgenommen«. »Hopsgenommen« wurden auch andere: Schwarzhändler, Halbstarke, Hippies, Punks und dergleichen Zeitgenossen unterschiedlichen Alters, die bißchen was tranken oder bißchen was rauchten im Dunstkreis der Springbrunnen. Dem Ort hatte schon immer die besonders fürsorgliche Aufmerksamkeit der städtischen Miliz gegolten. Viele Generationen junger Leute, die im Verhalten oder zumindest im Aussehen auf die eine oder andere Weise ihr Abweichen von der Norm demonstrierten, kamen mit der legendären hundertachten Milizwache in Berührung, oftmals in engere, als ihnen lieb war. Übrigens waren alle Bemühungen der Obrigkeit, den Puschkinplatz ideologisch und ästhetisch von Ungeziefer freizuhalten, zu allen Zeiten vergeblich. »Puschka«, wie die Moskauer ihn nennen, wurde trotz allem stets als maximaler Freiheitsraum verstanden. Lange vor dem Boom der Klubs in den letzten Jahren war er der universale Klubraum.

Für »bestimmte Interessen« gab es allerdings auch andere Treffpunkte. Bei den Bahnhöfen trafen sich die, die kauften und verkauften. Vor dem Hotel National die, die sich selber feilboten. Die Grünanlage vor dem Bolschoi-Theater war berühmt als Anziehungspunkt für Zeitgenossen mit unüblicher sexueller Orientierung. Außerdem gab es noch das bekannte »Psychodrom«, den Hof vor der alten Universität zu jener Zeit, als die geisteswissenschaftlichen Fakultäten sich alle dort befanden. Da konnte man jederzeit einen Bekannten oder eine Bekannte treffen und sich von ihm (ihr) zehn Kopeken für ein Täßchen doppelten Mokka leihen, der in der Stehcafeteria im ersten Stock des Hotels Moskwa so hervorragend aufgebrüht wurde. Ein Treffpunkt waren auch die Patriarchenteiche, besonders an heißen Tagen und besonders nachdem dieser Ort dank Bulgakows Bemühungen einen deutlich sakralen Status erlangt hatte. Auch der Mythos vom

Arbat als Ort der Intellektuellen aus dem Adel war stark. Und es gab andere Orte. Es gibt sie auch heute. Aber ebendieser Platz, dieser nach Puschkin benannte Raum, war zu allen Zeiten der Superklub, der Schnittpunkt widersprüchlichster Interessen und Schicksalslinien, die Mitte aller nur denkbaren kommunikativen Funktionen. Genau wie derjenige, dessen Namen er trägt.

Fast könnte man meinen, hier habe sich die neue Slang-Bedeutung des Wortes »zentrisch« herausgebildet. Das Adjektiv, das ursprünglich nur diejenigen bezeichnete, die im Zentrum der Hauptstadt wohnen, hat sich allmählich mit anderen Bedeutungen angereichert und bezeichnet nun alles Moderne, Kreative, Freie. Mit einem Wort – Puschkin.

Steht Puschkin hier, weil der Platz so beschaffen ist? Ist der Platz so beschaffen, weil Puschkin hier steht? Höchstwahrscheinlich sowohl – als auch.

Deutsch von Rosemarie Tietze

BERLIN

Elke Schmitter
ZU GAST IN BERLIN

Wo war nur dieser Zettel? Sie hätte seine Telefonnummer doch gleich in ihr Adreßbuch übertragen sollen, aber das hatte sie unterlassen, weil ihr sein Status noch unklar war, weil sie ihn vielleicht noch eine Weile ungeklärt lassen wollte – zwischen Arbeitskontakt, Gelegenheitsbekanntschaft und irgend etwas anderem. So geschah es immer wieder, und dann fand sie den alten Briefumschlag, die Quittung von der Tankstelle, die vollgekritzelte Visitenkarte erst, wenn es schon längst zu spät war. Doch es hatte nicht nur mit ihr, es hatte vor allem mit der Stadt selber zu tun, mit ihrer Weitläufigkeit, mit diesem Hin und Her gerade bei jenen, deren Kapital einzig ihr Kopf war: Sie bekamen Stipendien und Forschungsaufträge, Einladungen für drei Monate, die noch einmal verlängert wurden, sie trieben zwischen Berkeley, Paris und Zürich, waren plötzlich für das Goethe-Institut in Hanoi oder kamen für ein Jahr ans Wissenschaftskolleg. Und kaum hatte man die Nummer notiert und sich nun ganz bestimmt einmal zum Abendessen verabredet, kam schon die Einladung zur Abschiedsparty, oder nicht einmal mehr das. Vielleicht passierte ihr das so besonders häufig, weil sie so selten aus dem Haus kam, vielleicht strahlte sie deshalb eine höhere soziale Bedürftigkeit aus, die gerade nette Leute zu einem Gran mehr Herzlichkeit veranlaßte, als eigentlich gemeint war. Aber es lag wohl eher an den unterschiedlichen Kulturen: sicher war kaum eine Gesellschaft so unterkühlt wie diese, so daß man tief erwärmt war, enthusiasmiert von jedem Mehr an Freundlichkeit, an plauderndem Interesse, an stimulierenden Bemerkungen, und eigentlich nur höfliche Leute gleich für gute Freunde oder gar verliebt hielt. Besonders bei Amerikanern passierte ihr das immer wieder – niemals bei deren Frauen übrigens. Die waren entweder derart versierte Plaudertaschen, daß die souveräne Oberflächlichkeit gar nicht zu übersehen war, oder sie waren auf fast schon wieder europäische Weise verschroben, ein bißchen tantig, ruhig und sehr zurückhaltend. Doch bei den Männern … Sie hatte mal einen ganzen Abend mit einem Autor aus New York verbracht, der dort zur Avantgarde gehörte, von dem es hier erst zwei Bücher gab, Preziosen in erbsengrünem Leinen, delikat und beinahe unverständlich, aber von den besten Übersetzern betreut. Sie saßen zusammen auf der Couch, bei irgendeinem Empfang; sie hatte sich seiner angenommen, weil er ganz allein war, und außerdem sah er gut aus, auf eine männliche, äußerst gepflegte Art; ein bißchen prätentiös allerdings, mit seidenem Einstecktuch und einem Siegelring mit Stein, und die Visitenkarte, die er ihr gleich zu Anfang gab (mit der freundlichen Bemerkung, daß die Schreibweise seines Namens eben ungewöhnlich sei), war aus dunkelrotem Papier, das sich anfühlte wie Karton, mit edelstem Leinen bezogen. *Michail Ganin* stand darauf und eine New Yorker Adresse. Sie war außerdem froh gewesen, irgendwo angekommen zu sein; sie wollte keinesfalls vor Mitternacht nach Hause gehen, wenn Wolfgang schon einmal auf die Kinder aufpaßte. Sie hatten sich lange über seine Kollegen unterhalten, Brodky und Pynchon, auch über Ellis, und er hatte ihnen ein nachsichtiges Lächeln gewidmet sowie ein paar gedehnte, vage Freundlichkeiten, um jeweils eine kurze Bemerkung anzuschließen, zur Technik des Trugschlusses oder zur Trivialität der Überraschung, die grausamer als alles zuvor klarmachte, daß er sie für überschätzt hielt, für Modeautoren, intelligenter als die meisten, auch bemüht und kunstfertig, aber eben doch nur gehobene Konfektion. Einmal erwähnte er seine Frau, die in New York geblieben war; es würde also keine Dame in vielleicht seinem Alter, mit Thatcher-Frisur und einer Handtasche aus hartem, glänzendem Leder, ihn irgendwann von diesem Sofa reißen und abführen in ein Hotel; und obgleich sie nichts Bestimmtes vorhatte und keine bestimmten Absichten auf diesen Fremden, genoß sie die kleine Aufregung, die in der Offenheit der Situation lag, in der Unbestimmtheit ihrer Bekanntschaft, in der intellektuellen Intimität ihrer Unterhaltung – fast nichts verbindet ja so schnell wie die gemeinsame Geringschätzung – und in der Tatsache, daß dieser Empfang erst einmal endlos weiterging, denn es waren zu viele prominente Künstler da, als daß man den Laden hätte einfach schließen dürfen. So tranken sie Weißwein um Weißwein und waren irgendwann mit den Autoren durch; er wollte wissen, ob die beiden Tennisplätze, die er hinter der Schaubühne entdeckt hatte, private waren, was sie ihm nicht sagen konnte; er hatte zwei schmale Zigarillos geraucht und zündete sich nun die nächste an, er beugte sich näher zu ihr und erkundigte sich in konspirativem Ton, ob er sie nun etwas fragen dürfe, sicher nicht etwas Gewöhnliches, wahrscheinlich auch etwas schwer zu Beantwortendes, aber er kenne nun mal niemanden, den er so etwas fragen könne. Sie hatte nur ruhig genickt, sie fühlte sich erhoben und geehrt und sehr gespannt; sie war, wenn überhaupt, auf eine sexuelle Überraschung eingestellt, auf eine kultivierte Marotte oder etwas naiv Verbindendes wie einen Zirkusbesuch, eine Wanderung auf den Brocken, eine Nacht mit ihm im Schlafwagen; alles schien möglich, und sie wollte sich auch nichts ausdenken, sondern sich überraschen lassen, so wie nach fünf Gläsern Weißwein nichts selbstverständlicher erscheint als eine Zeile wie »Du mußt dein Leben ändern« oder »Schafft euch Erinnerungen!«.

Er beugte sich noch weiter zu ihr, und sie kam ihm mit dem Gesicht entgegen, so daß sein Mund beinahe an ihrer Wange lag; sie schauten beide in die vor ihnen stehende wogende Menge, auf zahllose Gesäße in dunklen Stoffen, auf baumelnde Handtaschen und einige Oberschenkel in durchsichtigen Strumpfhosen von sehr jungen Frauen.

»Ich werde ja nun für einige Monate hiersein«, sagte er leise, in seinem so überaus eleganten Englisch, das ihr jede seiner Bemerkungen auf Anhieb subtil und berechtigt erscheinen ließ, »als *writer in residence,* und ich werde verzweifeln, wenn ich dieses Problem nicht lösen kann, das sich mir noch nirgends gestellt hat, nicht in Venedig und nicht in London, weder in Paris noch, selbstverständlich, in New York.«

Sie hatte die Augen geschlossen und folgte einzig seinem melodiösen Raunen; durch ihre Lider hindurch schimmerte noch die vor ihnen stehende Kerze, und ihre Wimpern bewegten sich leise mit den Reflexen; sie sah sich selbst wie ein Bild im Kino, in einer Reklame, ein blondes Frauenantlitz mit hohen Wangenknochen, lächelndem Mund bei leicht geöffneten Lippen, leuchtend von einer fast unpersönlichen Zärtlichkeit.

»Sie sind eine Frau«, fuhr er fort, »bei der ich spüre, daß ich Sie so etwas fragen kann; Sie werden mich nicht mißverstehen und nicht für – sagen wir – unmöglich halten, Sie sind eine kultivierte Person …«

Sie bewegte sich nicht.

»Es geht um meine Wäsche«, sagte er. »Ich habe diese handgearbeiteten seidenen Maßhemden aus Paris, und ich finde einfach niemanden hier, der sie angemessen pflegen könnte. Sie verstehen, eine chemische Reinigung ruiniert sie mir natürlich, aber überall, wo ich sonst war, hat sich immer problemlos jemand gefunden, der damit umgehen konnte, irgendein besonderer Service … Ich habe damit nicht gerechnet, aber es scheint in der deutschen Hauptstadt tatsächlich keine Wäscherei für dergleichen zu geben, ich muß also privat jemanden suchen. Und ich dachte mir, Sie wissen bestimmt eine Adresse?«

Sie hatte die Augen wieder geöffnet und starrte in sein Gesicht, nach einem Grinsen, nach Belustigung in seiner Miene suchend, nach irgendeinem Anzeichen dafür, daß er nur einen Witz machte, mit ihr oder auch mit der Hauptstadt, mit seiner leisen Verachtung der Deutschen, an der er sie zuvor hatte Anteil nehmen lassen, der Verachtung für deren Unfähigkeit, in der Konversation ein bestimmtes Niveau zu halten, ohne zudringlich oder polemisch zu werden, oder überhaupt eine Geselligkeit wie diese auszurichten und unauffällig dafür zu sorgen, daß alle sich wohlfühlten, daß niemand vor der Zeit betrunken wurde, daß es ein gesittetes Ende nehme … »Dafür waren hier eben die Juden zuständig«, hatte er mit einem schwer deutbaren Lächeln gesagt, als wolle er mit der Brutalität seiner Formulierung andeuten, daß er sich jede Subtilität in diesem Zusammenhang als eine besondere Geschmacklosigkeit – eine besonders *deutsche* Geschmacklosigkeit – verbitte, jede tragisch erhobene Augenbraue, jedes verständnisinnige, traurige Lächeln und all die gewohnten Gesten eines flauen, höflichen Schuldgefühls. Nichts in seinem Namen deutete darauf hin, daß er Jude war, aber bei russischen Namen konnte man es ja überhaupt nicht wissen – vom Alter her, überschlug sie hastig, war jedenfalls ausgeschlossen, daß er noch hier geboren war, doch selbstverständlich konnte er Familie haben, die sich vor der Revolution hierhergeflüchtet hatte und deren Mitglieder irgendwo in Polen oder in einem deutschen Arbeitslager umgekommen waren, und so wäre es dann eine naheliegende, nur ihr und ihresgleichen nicht geläufige Perspektive, die Berliner Geselligkeiten daraufhin wahrzunehmen, was fehlte, und in jeder sich lose findenden und wieder auseinandergehenden Gruppe die Umrisse jener zu suchen, die eben nicht dabei waren und die, zweifellos, das allgemeine Niveau deutlich gehoben hätten.

Doch nichts in seinem Gesicht deutete einen Scherz an; die grauen, von beträchtlichen Hautsäcken gesäumten Augen beantworteten ihren erstarrten Blick nur indigniert und leicht verwundert; er hatte, dachte sie, sich eben auch hier »in der Etage geirrt«, wie er sich vorhin ausgedrückt hatte; er war an eine geraten, die nicht nur nicht wußte, wo man maßgeschneiderte Seidenhemden aus Paris angemessen pflegen lassen konnte, sondern die eine solche Frage auch irgendwie degoutant fand, weil sie eben damit groß geworden war, jeden aufgewärmten Erbsenbrei mit Mehl zu schlucken, da die armen Kinder in Afrika gar nichts zu essen hatten …

»Ich kann Ihnen da nicht helfen«, sagte sie dann auch etwas streng; und um ihre Strenge wiedergutzumachen, hatte sie sich mit ihm auf eine weitschweifige und detaillierte Erörterung von Textilien eingelassen, schwere Seiden mit Fliegerseide verglichen, Rohseide mit glattem Material, farblich durchgewebte Stoffe mit bedruckten; sie wußte mehr darüber, als ihr bewußt gewesen war, und offenbar wollte sie doch einen besonders kultivierten Eindruck machen, wollte um keinen Preis der leisen Verachtung anheimfallen, in der sie ihm eben noch zugestimmt hatte, und ebendieser kleinbürgerliche Ehrgeiz bedrückte sie, und sie verachtete sich dafür. In ihrem vom Alkohol entzündeten Gehirn wog sie diese Wahl zwischen zwei Arten der Verachtung ab, die Fremdverachtung oder die Selbstverachtung, und so demütigend sie das wiederum fand, die erste war zunächst schrecklicher, obwohl die zweite dann folgte, auf dem Nachhauseweg, im dem nach kaltem Rauch stinkenden Taxi, als sie, bedröhnt von türkischem Hip-Hop, zu dem der Fahrer mit den Händen im Takt auf das Lenkrad schlug, mit sich und ihrem Ehrgeiz ins Gericht ging, mit diesem erbärmlichen Bedürfnis der Mittelklasse, zur *haute volée* zu gehören. Sie schämte sich, haßerfüllt, für ihre Mutter, wenn die jene leicht affektierte gesellschaftliche Beflissenheit an den Tag legte, die sie aus Erlangen entführen sollte und die doch Erlangen *war*, und nun war sie überführt worden als dieselbe kleine, trostlos von ihrer Minderwertigkeit durchdrungene Seele, eine Kleinbürgerin, die, vor Snobismus und Seidenhemden errötend, in die Knie ging, wenn sie nur glauben durfte, daß es sich nicht um neureiche Allüren, sondern um die Privilegien einer alten, womöglich jüdischen Familie handelte.

Hier war die Nummer, auf der Rückseite einer Einkaufsliste, die sich an jenem Abend, zerknittert und an den Ecken eingerissen, in ihrer Handtasche gefunden hatte: Frischkäse, Butter, Bio-Eier, Salat, Avocados, gem. Gehacktes o. Hühnerschenkel, 40-Watt-Birnen!! Aber noch immer war sie unschlüssig, ob sie sich bei ihm melden sollte. Sie wollte nichts von ihm als die Zusicherung, daß sein Angebot nicht nur der Laune eines Augenblicks entsprungen war, sie wollte weiterhin daran denken dürfen, zumal die Aussicht auf dieses Engagement schon einiges in ihrem Leben angerichtet hatte. Sie wußte ihn nicht einzuschätzen; seine undurchdringliche Ruhe, die, in Anbetracht seiner tatsächlichen Flüchtigkeit (seiner Reisen zu allerlei Zwecken, seiner Inszenierungen hier und dort) und seiner intellektuellen und sozialen Liquidität (seiner Vielsprachigkeit, seiner Gewandtheit, seiner weitgespannten und irgendwie undurchschaubaren Kontakten) etwas besonders Beeindruckendes oder auch Unpassendes oder Obskures war, hatte sie gelähmt, oder gebannt, jedenfalls in ihrer spontanen Urteilsfähigkeit behindert.

Sie drehte den Zettel zwischen ihren Fingern. Sie mußte sich jedenfalls bald entscheiden, denn in einer halben Stunde sollte sie Sophie vom Kinderladen abholen, und dann gab es keine verfügbaren zehn Minuten mehr bis zum späteren Abend. Vielleicht war es gut, es jetzt gleich zu tun, denn mit jedem Tag mehr, der verstrich, würde ihre Anspannung zunehmen, die bange Frage an Dringlichkeit gewinnen, ob er womöglich gar nicht mehr daran dachte, was er ihr, zu allerdings fortgeschrittener Stunde, im Halbdunkel des Theaterzeltes, auf einer Holzbank Schulter an Schulter gelehnt, in nüchternen Worten angeboten hatte.

Sie setzte sich an ihren Tisch. Die farbige Masse von Büchern in ihrem Rücken reichte bis an den Stuck der Decke; der Blick ging hinaus und brach sich an der gegenüberliegenden Wohnung, auf deren Balkon eine Frau in ihrem Alter, die auch zu unregelmäßigen Zeiten zu arbeiten schien, in einem knallgelben Bikini auf einer Liege ruhte; sie hatte die Träger ihres Oberteils herabgestreift und ihre Brust bis zu den Warzen entblößt.

Einmal verwählte sie sich. Dann ertönte, gleich nach dem zweiten Klingelzeichen, Waals bemessene, tiefe Stimme: »Dies ist der Anschluß null drei null acht sieben vier sechs drei vier. Bitte hinterlassen Sie Ihre Nachricht nach dem Signalton.«

Sie drückte auf die Abbruch-Taste. Sie fühlte sich verlegen, wie ertappt, und dann ganz leer, ausgemolken, ausgewrungen. Sie schaute auf die Uhr; es war längst Zeit. Sie nahm den Schlüssel aus der Schublade im Flur und ging langsam hinaus.

MOSKAU

Andrej Bitow
WIE SCHASCHLIK AUF DEM SPIESS

Früher wohnten hier die Köche,
heute wohnen hier die Diebe …
Moskauer Folklore[1]

Ob du nun schreibst oder nicht – die Angewohnheit, jeden Tag im Geist umzumodeln und wie geschrieben wahrzunehmen, ist zur Funktion geworden.

Als ich anfing, stand ein solcher Drang dahinter – brauchst dich bloß hinzusetzen, schon schreibst du jeden Tag eine Erzählung.

Gelang dann aber doch nicht – jeden Tag eine Erzählung.

Kein Tag gleicht dem anderen, jeder ist ein Geschenk, etwas gelingt, etwas nicht. Du versuchst, daraus irgendwie Schlüsse zu ziehen. Wird aber nicht viel draus.

Zum Beispiel machst du dir zur Regel, dich nicht auf was einzulassen, wenn nicht drei oder vier Dinge zusammenkommen. Manchmal tun sie es, meistens nicht.

Oder du merkst, daß der Tag sich schon morgens zusammenklumpt wie ein Socken im Schuh, du hetzt ständig allem hinterher, doch abends kommst du auf einmal so wunderbar zu spät, daß du, wer sagt's denn, genau rechtzeitig kommst.

Die Einmaligkeit jedes Tages zeichnet sich erst gegen Abend ab, genau wie die Einmaligkeit jedes Lebens. Reicht es nicht für eine Erzählung, so für eine Seite. Vielleicht ist der

Leser deshalb so scharf auf die Lektüre von Tagebüchern: Er möchte für sein verworrenes tagtägliches Dahinleben eine Rechtfertigung finden.

Das – wie ich meine – beste Tagebuch wurde vor vielleicht zwanzig Jahren in Tiflis gefunden.

Ein Mann mit einem sehr langen Leben hatte, ohne einen Tag auszulassen, immer notiert, was auf dem Markt der Koriander kostete und was die Petersilie. Eine gewaltige Chronik, die da am Ende zusammenkam! Die ganze Georgische Akademie der Wissenschaften gab sich mit diesem Tagebuch ab.

Oder ein anderes Tiflisser Thema, »Ein Tag im Leben des Alexander Sergejewitsch«, ein kleines Buch von Reso Gabriadse und mir: wie Puschkin auf seinem Landgut spazierengeht, ausreitet, im Gras liegt, schläft, den leibeigenen Mädels nachschaut, wie die Njanja ihn schimpft wegen seiner Untätigkeit und Puschkin zurückkeift – und eines Tages entsteht auf einmal »Erneut besuchte ich …«.

Hektik, eigenes Befinden, Erfüllung von Wünschen, Nichterfüllung von Plänen – jeder Tag gewinnt seine unvorhergesehene, doch vollendete Gestalt. Darin liegt der Reiz des Dahinlebens …

Ich hatte mal den folgenden Tag.

Das Telefon hatte davor viele Tage lang nicht funktioniert, wurde dann eingeschaltet, und sogleich geriet ich in ein System unaufschiebbarer Erledigungen. Ein Treffen mit dem ältesten Sohn. Die Einladung zu einer Buchpräsentation. Vor der in der finnischen Botschaft noch dringend ein Visum abzuholen wäre.

Gleich morgens, dann unterwegs in der Metro, blätterte ich in dem Buch, zu dessen Präsentation ich geladen war. Aha, über Asien. Darüber, wie ein Russe dort hängenblieb, anscheinend grundlos. Auch ich bin seinerzeit dort hängengeblieben, habe dort gelebt, gearbeitet und davon geschrieben. Versuchshalber lese ich hier ein Stück, da ein Stück ... Und sehe, daß der Schreiber weiß, wovon er schreibt, daß ich weiß, wohin ich fahre und weshalb, und durchaus zufrieden stecke ich das Buch in die Tasche und verlasse die Metro auf der Station »Park kultury«.

Hier nun beginnt der Tag eine Gestalt anzunehmen, die zu beurteilen ich vorerst nicht imstande bin.

Schlägt man ein durchgelesenes Buch zu, fällt man weniger über das Buch ein Urteil als über sich selbst in dem Buch. Ungefähr so, wie man im Geschäft einen Mantel anprobiert. Verläßt man während des Lesens ein Buch und findet sich in ebender Dimension wieder, die im Buch beschrieben wird, ist das ein eigenes Vergnügen. Es zeugt wenn nicht von Literatur im hochgestochenen Sinne, so zumindest vom Buch. Von der Welt.

Also, ich verlasse die Metro. Frage einen Miliztypen, wie ich zur Soundso-Gasse komme. Der weiß es nicht. Daneben zertrümmern Arbeiter den Asphalt; ich frage sie – sie wissen es auch nicht. Passanten kommen – und wissen es nicht. Obwohl sie sich bemühen zu helfen, mit den Händen in alle vier Himmelsrichtungen wedeln.

Wie in der Kindheit, als ich mit Mutter aus dem einen Dorf in ein anderes ging und wir einen entgegenkommenden alten Mann fragten, ob es weit sei in jenes andere Dorf.

»Drei sind es, anderthalb sind es nicht«, sagte der Alte.

Dachte dann nach und sagte: »Anderthalb sind es, drei sind es nicht.« Und wiederholte diesen geheimnisvollen Satz bestimmt zehnmal hintereinander in unterschiedlichen Variationen. So sehr hatte ihm der Gedanke gefallen.

Der Witz über Iwan Sussanin hat, glaube ich, einen wahren Kern: Er kannte einfach den Weg nicht …

Jedenfalls, umhergeirrt bin ich beim »Park kultury«, umhergeirrt, bis ich den Kopf hob. Und las, daß ich in ebenjener Gasse stand.

Das mutete mich bekannt an: Ich bin in Asien! Von wegen Finnland, ach woher! Das Metro-System kann man in Rußland vielleicht noch benutzen, aber alles über der Erde ist eine parallele Welt. Ist Wüste. Steppe, ringsum Steppe.

Ich lebe nun schon zwanzig Jahre in ein und demselben Haus unweit der drei Bahnhöfe, und wenn ich Leuten erkläre, wie man zu mir kommt, sage ich bis heute: »Wo der Fisch ist.« Denn die Leuchtreklame des Fischgeschäfts an meinem Haus ist sofort zu sehen, egal, woher man kommt. Wie ich seinerzeit die Zuweisung für die Wohnung erhielt, fragte ich selber eine geschlagene Stunde Passanten nach dem Weg, dabei stand ich vor meiner Haustür …

Was übrigens genauso für die Wege in Rußlands Zukunft gilt: Die Leute weisen uns in verschiedene Richtungen, wollen dabei aufrichtig helfen, haben aber keine Ahnung, wo alles ist.

Wie dem auch sei, ich bekomme mein Visum.

Wonach sich herausstellt, daß ich noch eine Stunde Zeit habe. Gerade genug, um zu Fuß vom »Park« zu Ploschtschad Wosstanija, dem Platz des Aufstands, zu gehen.

Die Adresse kenne ich, gewiß viermal hat man mir erklärt: im »Sowjetschriftsteller«, das heißt im ehemaligen »Sowjetschriftsteller«. Ich hatte für alle Fälle zurückgefragt: »Gegenüber von Bella Achmadulina und Boris Messerer?«, weil ich mich erinnerte, daß es gegenüber von ihrem Haus einen solchen Verlag gegeben hatte. »Ja, ja«, hieß es.

Im Schlenderschritt, beeindruckt von der Schönheit des renovierten Moskaus, erreiche ich Ploschtschad Wosstanija. Beim Näherkommen krampft sich mir das Herz zusammen: Wie oft hab ich an der Stelle, aus dem ZDL kommend, Taxis angehalten, mit wem hab ich sie angehalten … und wie ich in die Powarskaja einbiege, wird mir regelrecht beklommen ums Herz. Denn linker Hand, beim Schriftstellerverband, wo im Hof Tolstoi auf dem Sockel sitzt, befand sich Anfang der 60er Jahre im Seitengebäude die Redaktion der Zeitschrift »Junost«, der einzigen, die die »Jugend« veröffentlichte; und rechter Hand, im Gebäude vom »Theater des Filmschauspielers«, besuchte ich von 1965 bis 1967 den Höheren Drehbuch-Lehrgang. Damals, kurz vor dem großen Sowjetjubiläum, war eine weise Entscheidung getroffen worden, nämlich je einen Vertreter aus jeder Sowjetrepublik aufzunehmen, aber keine Moskauer – na ja, den Bitow nehmen wir noch, um Leningrad, die »Wiege der Revolution«, nicht zu kränken … Jedenfalls war ich dann der einzige Europäer, ansonsten kam nur »Provinz«: aus Armenien Hrant Matewosjan, aus Georgien Reso Gabriadse, aus Aserbaidshan Rustam Ibragimbekow, aus der Ural-Republik, die sich schon damals als etwas Besonderes gab, Wladimir Makanin, und andere, deren Namen heute jedem, der sich irgendwie für Dichtung und Kunst interessiert, einiges sagt.

Der erste, den ich kennenlernte, war ein Sohn der kirgisischen Steppen, der eine Lammfellmütze trug und im Verschwörerton wissen wollte, ob ich die Nobelpreisrede von Camus gelesen hätte. Worauf wir uns zum Buffet begaben und jeder sich einen Kognak bestellte.

Tja, und zwei Jahre später wurde mir in dem Haus über der Straße drüben, wo Tolstoi im Hof sitzt, der Mitgliedsausweis des Schriftstellerverbands ausgehändigt. Das heißt, nicht gleich ausgehändigt, denn der Ausweis war ein Werk der Buchbinder- und Kalligraphenkunst, bestimmt zweimal fragte ich nach, und er war immer noch nicht fertig, worauf ich bat, mir wenigstens einen Stempel in den Paß zu geben, damit ich nicht als Tagedieb abgestempelt wäre.

Der Stempel war noch nicht getrocknet, da stand ich schon an der Tür des ZDL, des Zentralen Schriftstellerhauses.

»Zeigen Sie«, sagte man mir, »Ihren Ausweis vor.«

»Einen Ausweis«, sagte ich, »habe ich nicht, aber ich habe einen Stempel.«

Ich zeigte den Stempel vor – und wurde ins Allerheiligste eingelassen. Ins ZDL, mit Buffet und Restaurant.

Also, wenn ich hier, beim Treppenaufgang zum ZDL, noch länger stehenbleibe, muß ich keine Erzählung, sondern einen Roman oder ein Heldenepos schreiben, darum gehen wir lieber weiter.

Rechts öffnet sich uns der Blick auf das Institut für Weltliteratur mit Maxim Gorki im Hof. Hier verbrachte ich als Ausgestoßener zwei im Nu verflogene Jahre, denn nach Abschluß des »Puschkinhauses« fand ich mich plötzlich als Doktorand in diesem Institut wieder, also in der Situation meines eigenen Helden. Es gilt als ausgemacht, ein Roman müsse aus einer Anekdote herauswachsen – hier war es umgekehrt. Auch war diese Anekdote nicht irgendwo, sondern ebenfalls im Restaurant des ZDL entstanden, wo irgendwer (nein, nicht irgendwer – der Wissenschaftliche Sekretär) auf meine Klagen über finanzielle Engpässe mir vorschlug:

»Komm doch als Doktorand zu uns. Hundert Rubel Stipendium im Monat sind auch Geld.«

»Aber wofür?« sagte ich. »Und wie kann ich es wagen? Ich bin Bergbauingenieur.«

»Ja und?« sagte der andre. »Legst an der Uni die Doktorandenprüfungen ab und kommst zu uns.«

Und ich kam zu ihnen.

Was für ein Doktorand ich war, darüber zu urteilen steht nicht mir zu, aber die großartigste Episode im Gorki-Institut für Weltliteratur war für mich der »Leninsche Subbotnik«.

Ich war ein freier Mensch, aber diesem »freiwilligen« Einsatz am Subbotnik entging keiner. Der Subbotnik fand in der Villa Rjabuschinski statt, also im Gorki-Museum, auch das nur einen Katzensprung von hier entfernt. An jenem Subbotnik waren selbst große Theoretiker wie Koshinow und Palijewski im Einsatz, sei es im Arbeitszimmer des »Sturmvogels«, sei es in seinem Schlafzimmer, mir hingegen, dem weißen Raben, wurde aufgetragen, den Teppich staubzusaugen, den der Sturmvogel von Lenin geschenkt bekommen hatte. Einen Teppich, der zu Gorkis Lebzeiten anscheinend nicht mal aufgerollt worden war, so sehr war er Reliquie.

Und mich überkam ein glückliches Kinderlachen.

Denn mir fielen auf einmal die Worte des Gründervaters

ein: »Es gibt keine besseren Märchen als die, die das Leben schreibt.«

Ich lache in der Erinnerung auch jetzt.

Ich lache in der Erinnerung, wie ich in den 70er Jahren, als die Verhaftungen von Dissidenten sich häuften, unweit des Instituts immer gerne ins Vestibül des Obersten Gerichtshofs hineinschaute (damals hatte ich die Vorstellung, es sei die Oberste Staatsanwaltschaft) und vor einer riesigen Marmortafel stehenblieb, die ich jedesmal mit Genuß las – ob mit sadistischem oder masochistischem, wüßte ich nicht zu sagen. Gott war mir gnädig, weiter als ins Vestibül habe ich nie den Fuß gesetzt. Auf den Marmortafeln stand eine Namensliste der Richter, der Scharfrichter, eine erstaunliche Liste, danach brauchte man weder Saltykow-Schtschedrin noch sonst einen Satiriker zu lesen: Kasnin (Köpfer), Uchowertow (Ohrabdreher), Nogtewoi (Fingernagler), Subodjorow (Zahnzieher) – ja, dergleichen stand da geschrieben. Jedesmal wenn ich diese Liste las, »zumindest bis zur Hälfte«, wurde ich von staatsbürgerlichem Pathos ergriffen und flüchtete zu Boris ins Atelier, wo ich mir vorkam wie in der freien Welt.

Ebendort, schräg über die Straße, es sind keine hundert Meter, wird auch irgendwann einmal eine Erinnerungstafel auftauchen: In diesem Atelier haben ab dem Herbst 1979, nach der Geschichte um »Metropol«, wir, die Konsorten, uns besonders häufig versammelt, haben uns gegenseitig aufgerichtet, getrunken, Gäste empfangen. Dort lernte ich auch Konowalow kennen, den großen Chirurgen, der mir fünfzehn Jahre später das Leben retten sollte.

Ins Gebäude des Obersten Gerichts schaue ich diesmal

nicht hinein, aber ich spüre, je weiter ich auf der Powarskaja komme, desto besser geht es mir. Zumal mich am Ende des Wegs ein Plow der Tadshikischen Botschaft erwartet. Erneut ein Hauch Asien. Plow, Straße, Institut, »Metropol« … Erinnerungen unverhofft …

Wie Sergej Saltykow schrieb, mein Lieblingsbarde:

Erinnerungen unverhofft.
Drei Plunderteilchen auf dem Flügel,
Und in der Stadt ein Rendezvous,
Bei dem Sie damals zu mir sagten:
Mein Mann kam aus dem Krieg versehrt,
Am Kopf ist kaum was drangeblieben,
Was meinen Sie, ich kann doch nicht
Mit so 'nem Menschen ewig leben.

In solcher Stimmung gehe ich weiter, merke, daß ich spät dran bin, lege einen Zahn zu und betrete den Hof des »Sowjetschriftstellers«, wo nach langer Zeit der Nichtveröffentlichung, unter Gorbatschow, wieder meine Bücher herausgebracht wurden, auch das »Puschkinhaus«. Um aus der Ungnade in den Stand der Gnade zu gelangen, muß man offenbar die Straße überqueren …

Nirgends ist was angeschlagen, niemand weiß von einer Präsentation, von Plow keine Spur. Der einzige Trost ist mein Sohn, mit dem ich mich hier verabredet habe.

»Hör mal«, sage ich, nachdem wir alles abgesucht haben, »vielleicht haben sie was verwechselt? Vielleicht habe ich alter Esel was verwechselt? Vielleicht gibt es den Plow von der Tadshikischen Botschaft im Schriftstellerverband?«

Wir treten aus dem Tor des ehemaligen »Sowjetschriftstellers«, und ich teile ihm die erstaunliche Erkenntnis mit: Mein ganzes Moskauer Leben ist auf der Powarskaja-Worowskaja aufgereiht. Wie Schaschlik auf dem Spieß. Und auch noch in der gleichen Abfolge, wie es sich ereignet hat. Drehbuchlehrgang – Schriftstellerverband – Weltliteratur – Messerers Atelier – »Sowjetschriftsteller«: ein Vierteljahrhundert.

Jetzt gehen wir zurück, sag ich, und du wirst sehen, wie dieses Schaschlik der Erinnerungen sich weiter aufreiht.

Mein Sohn nickt, und wir schlagen die Gegenrichtung ein.

Doch seltsamerweise kommen keine weiteren Erinnerungen. Als könnte man die Powarskaja nur in der einen Richtung langgehen. Als könnte man sie nicht zweimal langgehen – wie man auch nicht zweimal in denselben Fluß steigen kann? Oder hatte ich die Gegenrichtung seltener eingeschlagen?

Dann begriff ich. Ich hatte Erinnerungen in chronologischer Abfolge erwartet, dabei gingen wir ja zurück. Jetzt müßten meine Lebensbrocken nicht vom Spieß durchbohrt werden, sondern zischend und heißes Fett sprühend von ihm abspringen.

Kaum hatte ich das gedacht, erblickte ich das Haus von Baltruschaitis, wo ich vor zwei Jahren erstmals in Rußland als Jazzer aufgetreten war, zusammen mit Wladimir Tarassow, unter dessen grandioser Begleitung ich aus Puschkins Manuskripten rezitiert hatte. Dann erblickte ich das Haus, in dessen Keller sich Anatoli Wassiljews Theater befindet; er wollte mit mir das »Puschkinhaus« inszenieren. Dann die

Gnessin-Musikschule, an der ich hundertmal vorbeigekommen bin und den jungen Mädchen mit Geige nachgeschaut habe, und vor vielen Jahren bin ich auch einmal drinnen gewesen, hörte dem jungen Jewgeni Kissin zu, wie er vortrefflich Prokofjew spielte; es vergingen zehn Jahre, und ich gehörte zu denen, die ihm den »Triumph«-Preis zusprachen.

Schau mal, sag ich zu meinem Sohn, paßt alles, das ist jetzt die Gegenperspektive. Und vor allem, was für Erinnerungen – Baltruschaitis statt Oberstem Gericht, Kissin statt Weltliteratur-Institut.

Spiegelverkehrt. Ein anderes Leben …

»Und dort« – mein Sohn weist mit der Hand in eine Gasse hinein – »ist das Haus, wo ich jetzt wohne.«

Aha, dort wohnt also mein Sohn. Will ich mir merken. Obwohl es die Chronologie durchbricht.

Aber erstens ist das sein Leben.

Und zweitens nur eine Seitengasse.

Dann, kurz vor dem Restaurant des ZDL, die Residenz des deutschen Botschafters. Hier bin ich seit Beginn der Neunziger, seit der Gründung des Puschkin-Preises durch die Alfred-Toepfer-Stiftung, als erster Preisträger regelmäßig Gast. Auf festlichen Empfängen. Von einem dieser Empfänge soll die Rede sein.

Ein Bekannter brachte mich her. Er parkte das Auto, wo die Miliz ihn einwies. Viel Miliz war da; auf dem Empfang war außer russischen Schriftstellern und dem deutschen Botschafter auch der bundesdeutsche Außenminister zugegen.

Ich habe dort was getrunken. Geb es zu. Ein einziges Glas deutsches Bier. Hatte Durst gehabt …

Wir traten aus dem Haus. Sahen – eine Menschenmenge.

Ein Unfall, so stellte sich raus. Irgendwer war ungeschickt nach rechts abgebogen, in die Seitenstraße, wo wir parkten, hatte die Kurve nicht gekriegt und war auf das Auto geprallt, das an der Ecke stand, hatte es gerammt, das Auto hatte das nächste gerammt und das wieder unseres. Wodurch an unserem Auto der Kofferraum aufging. In dem recht wertvolle Dinge gewesen waren, insbesondere ein Funktelefon. Ich spreche in der Vorvergangenheit, denn als wir hinkamen, lagen weder das Funktelefon noch die anderen wertvollen Gegenstände noch im Kofferraum.

Mein Bekannter beschloß, die Lage mit den Miliztypen zu klären, die ihrerseits die ganze Zeit mit den Hauptbeteiligten die Lage klärten. Im Unterschied zu ihrer Klärung lief unsre, wie ich sah, von Anfang an in erhöhter Lautstärke ab. Was ungerecht war.

Ich trat näher – jovial, mit Schlips, soeben vom Außenminister der Bundesrepublik Deutschland kommend:

»Worum geht es, Genossen?«

»Hau du bloß ab, Saufkopf!«

Eine solche Antwort war irgendwie nicht nach meinem Geschmack.

Hatte mich offenbar ein bißchen zuviel entspannt auf dem Empfang. Oder hatte den Schlips zu fest gebunden. Ich fragte, immer noch jovial, nach dem Dienstausweis.

Der Milizionär sagte was – nicht zu mir, sondern in sein Walkie-talkie, und eine Minute später kam ein Häftlingstransporter angefahren, ich wurde hineinspediert, und noch mal drei Minuten später saß ich zusammen mit Mädels, denen unmoralischer Lebenswandel vorgeworfen wurde, hinter Gittern.

Lange war ich nicht mehr hinter Gittern gewesen.

So lange, wie ich nicht mehr die Powarskaja entlanggegangen war.

Später wurde ich natürlich rausgelassen. Mein Bekannter hatte sich ins Zeug gelegt. Ihm war seltsamerweise nichts vorgeworfen worden …

Endlich erreichen wir, mein Sohn und ich, den Schriftstellerverband. Und finden hier die Buchpräsentation. Der Plow ist noch nicht serviert worden, kommt aber offenbar noch. Mir wird klar, daß für diejenige, die mich eingeladen hat, eine Alterskollegin meines Sohnes, ob nun der Verlag »Sowjetschriftsteller« oder der Schriftstellerverband, eh alles Jacke wie Hose ist, beide sind »ehemalige«.

Eine gute Buchpräsentation. Bringe es sogar fertig, etwas zu sagen. Daß Rußland nicht nur die Grenze zwischen Europa und Asien ist, sondern zwischen Zeit und Raum. Was eigentlich gar nicht geht.

Trotzdem, bitte schön, wir leben auf dieser Grenze.

Dann erschien der Plow. Aber vor dem Plow erblickte ich Timur Pulatow, den Chef des Schriftstellerverbands, mit dem das PEN-Zentrum, wo ich Präsident bin, im Streit liegt. Dabei kenne ich Timur seit fünfunddreißig Jahren, seit dem Drehbuch-Lehrgang, der auf der anderen Straßenseite stattfand. Ich kannte auch seine Eltern (die, so zeigt sich, gar nicht mehr leben), kannte seine Schwestern (die nun doch nicht geheiratet haben), wußte auch und weiß jetzt noch, daß Timur begabt ist (so was vergeht nicht). Weshalb ich, als ich das Büro betrete, in dem er sitzt und wo vor vielen Jahren der Vorsitzende des ehemaligen Schriftstellerverbands gesessen ist und wo Pulatow nichts verändert hat, weder die Ledermöbel noch die Vasen und Teppiche zum Thema »Völkerfreundschaft«, mit der früheren Herzlichkeit sage:

»Gratuliere, Timur. Jetzt hast auch du ein eigenes Mausoleum.«

So ist mein Leben. Ein Schaschlik.

Und die Powarskaja ist mein Spieß.

Wo wohne ich? In Petersburg? In Deutschland? In Amerika? Dort, wo der Fisch ist? Oder wo?

Alle Journalisten müssen immer danach fragen.

Wo, wo ... Auf der Powarskaja-Worowskaja, dort lebe ich! Hätte nie gedacht, daß Moskau gegenüber meinem endlosen inneren Disput – was bin ich, Moskauer oder Leningrader, Asiate oder Europäer – so viel Nachsicht aufbringen könnte.

»Schau doch nur«, sage ich zu meinem Sohn, sogar mit gewissem Stolz, als hätte ich das alles selber eingerichtet, »wieviel von mir auf einer Straße aufgereiht ist. Angefangen von 1965, als ich auf den Höheren Drehbuch-Lehrgang ging ...«

»Übrigens«, sagt mein Sohn beleidigt, »1965 bin ich zur Welt gekommen.«

ANMERKUNG

1 *Enzyklopädisches Stichwort* Die Powarskaja, die »Straße der Köche«, hatte vor Jahrhunderten diesen Namen erhalten, weil die Köche des Zaren hier ihre Siedlung hatten. 1923 wurde die Powarskaja nach dem marxistischen Diplomaten und Kunstkritiker Worowski in »uliza Worowskowo« umbenannt. Der neue Name klang ähnlich wie »Worowskaja«, und das wäre »Straße der Diebe«. Was der Volksmund natürlich zu nutzen wußte. Heute heißt die Straße wieder Powarskaja. *(A. d. Ü.)*

Deutsch von Rosemarie Tietze

BERLIN

Hanns Zischler
BERLIN IST ZU GROSS FÜR BERLIN

Das Wappentier

Berlin ist dem Himmel näher als seiner natürlichen Umgebung.
Kurt Ihlenfeld, Tagebuch 9. Aug. '62

Berlin ist aus seinem Dornröschenschlaf erwacht. Der eine Bär, der russische, der seine östliche Hälfte zur Beute genommen hatte, hat sich im langen Winter der gefrorenen Kesselschlachten (1949–1989), d. h. während der *ausschließlich militärischen Sicherung* der »Errungenschaften« des Kalten Krieges, so sehr selbst geschwächt, daß er zum – bedrohlichen – Pflegefall geworden ist. Er treibt auf einer riesigen Eisscholle im eurasischen Raum, und sein Anblick ist zum Erbarmen.

Berlin ist erwacht und muß sich immer wieder zwikken, ob dieses Erwachen nicht nur ein Traum[1] ist. Es steht auf, richtet sich auf, reckt sich, es sieht eine riesige Stadtlandschaft vor sich ausgebreitet und tut, was es immer getan hat, wenn es um einen Neuanfang ging – es reißt ab, baut und baut auf und ruft, Platz da! – als herrschte in dieser Sand- und Sumpfebene, aus der die Stadt und ihr Name irgendwann aufgestiegen sind, ein wirklicher Platzmangel!

Berlin wird und nennt sich wieder »Hauptstadt«, was kein Land der Welt tut – abgesehen von der gewesenen, in die

Fehlfarben entwichenen DDR, die die östliche Halbstadt zur Hauptstadt ausgerufen hatte – *long ago* (Gottfried Benn) und *déjà vu*. Was im Fall der DDR ein Phantom (mit Phantomschmerzen) war, gerät in der neuen Republik, die sich ohne Not und berlinerisch geschmacklos »Berliner« Republik nennt und dabei die dramatische Herkunft des Namens der »Weimarer« einfach ad acta legt, zu einer Mise en scène, zu einem Operndekor, für das es noch kein Libretto gibt.

Nicht wenige Neugründungen gab es im Verlauf eines guten Jahrhunderts: die wilhelminische riß 1894 den schönen alten Dom ab – eine bis heute nicht vernarbte, eher noch angeschwollene Wunde – und überschwemmte die Stadt mit uniformen Backsteinkirchen (Konfessionskasernen); die »Weimarer« schenkte uns unter anderem die bis heute schönsten Siedlungen (Taut u. a.) und ein großartiges, ja das einzig metropolitane Verkehrsmittel: die gelbrote S-Bahn.

Dann kam die Stadt vom Weg ab: der Seitensprung mit den Nazis warf sie für lange Zeit aus der Bahn; die Verwerfungen sind noch immer zu besichtigten. Der Stadt wurde ein Gigantismus schmackhaft gemacht, an dem sie fast krepiert ist; als *appetizer* inszenierte man die Olympischen Spiele, den Flughafen Tempelhof und das Reichsluftfahrtministerium, allesamt Monumentalbauten, die als *Vorstufe*, als neue Propyläen gedacht waren; dann aber machte Hitler ernst und knallte die Blaupausen des Germania-Projekts auf den Tisch: Kubaturen, die das aktuelle Berlin ausradiert[2] hätten, wäre Deutschland und die »Festung Berlin« nicht vorzeitig und selbstverschuldet in die Knie gezwungen worden. Abgesehen von Hitlers phobischem Verhältnis zu Berlin, das zu besänftigen die Stadt einen sehr hohen Preis bezahlt hat, konnte der städtebauliche Alptraum von »Germania« nur auf einem Gelände halluziniert werden, das dies von seiner räumlichen Ausdehnung her überhaupt zuließ. Mit anderen Worten: Berlin ist zu groß für Berlin.

Die kalte Zeit zwischen 1949 bis 1989 verlief in Ost- und in Westberlin erstaunlich parallel: der Wiederaufbau entpuppte sich als ein großer Abriß[3] der beschädigten, aber durchaus noch verfügbaren historischen Bausubstanz. Zu den bleibenden Leistungen des Städtebaus der DDR gehört das im Zuckerbäckerstil Stalins verkleidete, äußerst großzügig gestaltete Areal längs der Frankfurter [= Stalin-] Allee, ein architektonisches und stadträumliches Projekt der 50er Jahre, das den öffentlichen Raum als unabdingbar luxuriös dekretierte. Die Anlage war jedoch so kostspielig, daß für den Rest kaum mehr etwas übrigblieb, sieht man einmal von der bleibenden monumentalen Scheußlichkeit und dem stadtraumverwüstenden Ulbrichtschen Fernsehturm ab. (Unter dem Gesichtspunkt ihrer sehr ausgeprägten infantil-megalomanen Triebstruktur von Stadt-Bau-Herren darf man den ABRISS des Schlosses und die ERRICHTUNG des Fernsehturms als einander ergänzende Fehlleistungen begreifen.)

Die Verwerfungen sind so gewaltig, daß Remedur vielleicht nur noch durch weitere, heilsame Zerstörungen zu gewärtigen ist, weshalb ich unbedingt für den baldigen (Wieder-)ABRISS des Neuen Doms plädiere.[4]

Berlin ist in der Gegenwart angelangt, und das Wappentier der Stadt, der Bär, ist aufgewacht. Aber auch dieser Bär ist ausgezehrt und matt; der lange Winterschlaf hat seine Substanz aufgebraucht. Er ist erwacht und müde.

Gertrud Kolmar, die diskrete, verschwiegene, mit dem

Rücken zum Literaturbetrieb arbeitende Dichterin, hat diesem Bären, Anfang der 30er Jahre, ein rabiates Gedicht gewidmet.

Wappen von Berlin
In Silber, aufgerichtet, ein schwarzer Bär

Die Bärin spricht: Ich habe sie getragen,
Die Stadt in meinem Schoße, Höhlenbrut.
Uns kam der Jäger, und ich mußt ihn schlagen.
Ihr Schlaf in dickverschneiten Wäldertagen
War gut.
[...]

Schließlich aber leidet Berlin – diese letzte und jüngste Chimäre einer europäischen Stadt – unter Agoraphobie; es ist stets bemüht, über seine (einstige und künftige) Größe zu reden, über seine gewaltige Ausdehnung (die es, bis in die Namensgebung, von London – Greater London – abgeguckt hat); es will den Raum (und letztlich die Zeit) mit seiner eigenen Bedeutung füllen und übersieht (oder doppelsinniger: verdrängt) dabei den schieren geographischen Tatbestand, daß diese Stadtlandschaft einfach zu groß für Berlin ist.

Kleine Abschweifung über die amphibische Stadt

Berlin ist, wie an der Geschichte der Eisenbahn und vor allem der Güterbahnhöfe hinlänglich erkennbar wird, eine durch die Industrialisierung hervorgebrachte Großstadt[5] – und vermutlich wäre diese Stadt zu einer ähnlich unüberschaubaren Konglomeration wie das Ruhrgebiet angeschwollen, hätte die riesige Fluß- und Sumpflandschaft sie nicht an der ungehemmten Ausbreitung gehindert. Wie der kluge Alfons Paquet (1881–1944), dessen geographischer Blick auf Berlin vom Rheinland vorgeprägt war, schärfer als andere beobachtete, bedingte in Berlin »das Auseinanderliegen der Binnenzentren einen ungeheuerlichen Leerlauf. Kaum eine Stadt hat unter ihrer Unkonzentriertheit[6] mehr zu leiden. Diese Riesenstadt, die größte Energieansammlung auf dem Kontinent, ist noch heute wie seit Jahrzehnten ein Konglomerat von Kopfbahnhöfen. Für den Durchgangsverkehr, der immer mächtiger wird, bedeutet Berlin ein größeres Hindernis als eine Alpenwand.«

Aber vielleicht *will* – wenn man für einen Augenblick einmal so etwas wie ein historisches oder morphologisches Unbewußtes postulieren darf – diese Stadt gar keinen brausenden Durchgangsverkehr, vielleicht will und kann sie nur einsammeln, kasernieren, treideln und verschieben.

Es ist die fast schon rätselhaft zu nennende Lage der in mehrfacher Hinsicht unsichtbaren[7] Wasser und Gewässer, die auch der wichtigsten Verkehrsform, der Eisenbahn, ihre scheinbar unökonomisch ausufernde Gestalt gegeben hat. Nicht nur äußerlich, sondern bis in die Einzelheiten der Stadtplanung hinein. (Schließlich heißen die wichtigsten Straßen hier immer noch »Damm«.) Paquet hat diese hydrogeographische Dominanz Berlins[8] im Auge, wenn er von der Stadt als einer »flüssigen Masse« spricht, die sich über das Land ergießt. Die Geographie läßt sich hier weniger als anderswo, weniger als im steinernen New York oder im kalkfelsigen Paris, überlisten[9]; sie suggeriert eine schier endlose, von Seenketten und Flußläufen durchzogene »östliche« Weite, ein »formloses Provisorium, als stiege die Stadt erst auf und wäre in ein ewiges ›Einstweilen‹ gestellt« (Rudolf Borchardt).

Die konvertierte Stadt

Die Geschichte dieser Stadt läßt sich weniger in ihren Schichten – sie hat keine Tiefe – als vielmehr anhand ihrer Flächen, ihrer Flächigkeit entdecken. Ehe das Eisenbahnnetz die Residenzen Potsdam, Charlottenburg und Berlin miteinander verband und verklammerte, um daraus, zumindest in industrieller Hinsicht, so etwas wie eine Großstadt zu machen,[10] verkehrten seit 1702 Last- und seit 1816 Personenschiffe auf den seenartigen Gewässern. Eine Vorstellung von diesen ausgedehnten Tagesreisen erhält man noch heute, wenn man sich einmal die Zeit nimmt, mit der Kreis- und Sternschiffahrt von Berlin-Mitte über Charlottenburg Richtung Westen nach Spandau und weiter hinaus ins Havelland zu fahren. Unvermutet tut sich eine chaotische Mischung von sumpfiger Urwelt und fast idyllischer, weil sehr weit verstreuter Industriearchitektur auf. Urstromtal überall.

So ist die Stadt selbst von Kuhlen und Senken durchzogen, auf deren Grund kleine Seen ihren Spiegel dem Himmel und den Kiefern entgegenhalten; immer sind es die eiszeitlichen Ausläufer der weitverzweigten Urstromrinnen, die hier als blanke Geologie im Stadtbild hervortreten. Der von dem großen Landschaftsplaner Baardt zu Anfang des Jahrhunderts gestaltete Brixplatz im westlichen Charlottenburg und der von einem tiefgelegenen Böcklinschen Totenweiher beherrschte, arenenartig abfallende Friedhof Heerstraße sind solche Riesenkerben mitten in der Stadt, die eine wirkliche Mitte nur dem Namen nach hat.

Zu diesen geologischen Residuen, die seit je erheblich zur Ausdehnung der Stadt, ja gewissermaßen zur *Landflucht des Stadtkörpers* beigetragen haben, gesellen sich in allerjüngster Zeit neue Flächen, deren Auftauchen ebenso unvermutet kam, wie deren Nutzung zunehmend problematisch wird. Es handelt sich um die riesigen Flächen, die von 1945 bis 1990 militärisch, d. h. von den Alliierten und der Sowjetarmee, genutzt[11] worden waren. Sie umfassen Flughäfen, Schießübungsgelände, Manövergebiete, Radarstationen, Kasernen und Wohnungen innerhalb Berlins und im unmittelbaren brandenburgischen Umland. Wie problematisch diese Flächen tatsächlich sind, wurde während der ersten Euphorie über das Wiedergewonnene zunächst übersehen; man war fast körperlich beglückt, die Stadt als ein Ganzes, als einen halbwegs konsistenten und zusammenhängenden, Geologisches, Historisches und Aktuelles umfassenden lebendigen Aggregatzustand beschreiben und erleben, sehen und durchqueren zu können. Die jahrzehntelang unbetretbar gewesenen und instinktiv gemiedenen Fremdkörper innerhalb der Stadt waren über Nacht verschwunden, und die Stadt war plötzlich noch größer geworden. Doch waren es Vergrößerungen nur der Fläche nach.

Bei der Betrachtung von Eugènes Hénards
Diagrammes de systèmes de voiries [1908]

Plus bas que moi, toujours plus bas que moi se trouve l'eau … Toujours plus bas: telle semble être sa devise: le contraire d'excelsior.

Francis Ponge, »De l'eau« in: Le parti pris des choses, 1944

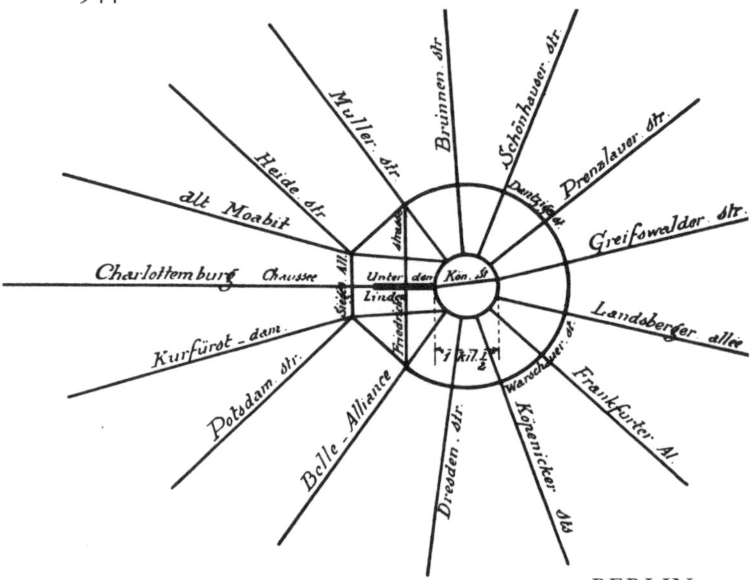

BERLIN

Der Pariser Stadtplaner Hénard hat um die Jahrhundertwende Diagramme von vier europäischen Metropolen erstellt, die durch ihren hohen Abstraktionsgrad und die Reduktion auf die *Vektoren* der Erschließungsstraßen ein dynamisches Fließbild der je individuellen Stadtentwicklung zeigen. Im Zusammenhang meiner Betrachtungen von Berlin als einer amphibischen, weichen, fluiden, von den Wasserwegen dominierten Stadt sind die Hénardschen Diagramme besonders aufschlußreich: während in die Pläne von Moskau, Paris und London die Flüsse emblematisch eingezeichnet sind, fehlt auf der Karte von Berlin der Strom. Dieser kartographische Lapsus zeigt die (hydro-geographische) Wahrheit an: nicht *ein* Wasser, *ein* Fluß, *ein* Strom durchzieht die Stadt (und hat sich von ihr zähmen oder regulieren lassen), sondern die Stadt selbst schwimmt auf einem riesigen Gewässer und wird ihrerseits von Wassern und Untiefen reguliert.

Berlin ist das, was von den vielarmigen trägen Flußläufen nach und nach verlandet, aufgehäufter Sand geworden ist. Berlin ist die Insel und der Sumpf, die sich als Festland getarnt haben. Hénards meisterhafte Reduktionen lüften das organische Geheimnis des Stadtkörpers. Während Gertrud Kolmars mythologische Bärin das Stadtkind noch am Fluß spielen läßt ... *Und zeigte braune Schwämme, / Gab graue Kiesel ihr und Kiefernstämme / Zum Spiel*, präsentiert uns Hénards nüchterne Zeichnung den Umriß eines seltsamen Tieres. Es ist vielleicht das einzige, das *auf* dem Wasser sich bewegen kann, als wäre es festes Land: die Wasserspinne. Wie dieses Spinnentier liegt Berlin auf den Wassern, deren Läufe das Grundmuster für das spätere (Verkehrs-)Netz bildeten. Was bei Hénard noch um zwei weit im Osten gelegene konzentrische Ringe gruppiert ist, verschiebt und vergrößert sich im Lauf der sogenannten »Randwanderung«[12] weit nach draußen, vor allem nach Südosten und Nordwesten. Der mysteriöse Rand aber ist die Havel, jenseits davon beginnt die brandenburgische Wüste,[13] die Streusandbüchse.

ANMERKUNGEN

1 Verweilt man für einen Augenblick im Panorama dieser Metapher, so müßte man im Grunde von einem doppelten Erwachen sprechen: zwei Teilstädte, zwei über die Jahrzehnte hochgepäppelte Tiere, sind erwacht und haben Freigang bekommen. Und es ist nicht weiter verwunderlich, daß diese beiden sehr ähnlichen Tiere in den ersten Jahren ihrer vorsichtigen Annäherung sich mitunter sehr mißtrauisch und feindselig beäugten.

2 Im sogenannten Büro Speer saßen die Yuppies der 40er Jahre; auf internen Zirkularen und Karikaturen begrüßten diese Zyniker die Bombardierung Berlins, weil die Bomben die Schneisen für die künftigen Achsen – nach dem »Endsieg« selbstverständlich – freisprengten. Diese faustischen Planer wurden nach 1945 die Up-Starter des westdeutschen Städtebaus – mit den bekannten folgenreichen, »autogerechten« Lösungen.

3 »Sichelschlag« heißt das rabiate Wort, das eine anschauliche Vorstellung sowohl der Mentalität der Planer als auch der Wirkung ihrer Amputationen vermittelt. Dieser Sichelschlag konnte von den Ostberlinern am besten aus der luftigen Höhe des Fernsehturms studiert werden; sie blickten aus der langsam rotierenden Kugel des Restaurants wie gebannt auf den versehrten Körper ihrer eigenen Stadt, ja auf ihren eigenen Körper.

Westberlins Wiederaufbau war zur Häfte ein Abriß gerade dort, wo noch genügend Bausubstanz vorhanden gewesen wäre (Ahlsenviertel im Tiergarten); man dekretierte neue Wohnformen (Hansaviertel) und verstieg sich in den 70er Jahren zu »Sanierungs«-Exzessen, unter denen ganze Stadtviertel (Kreuzberg) in die Knie und Regierungen zu Bruch gingen. Ostberlin ging nicht weniger brachial vor – vom spektakulären Abriß des Schlosses und der Zerstörung der nüchternen Grazie von Schinkels Bauakademie einmal abgesehen, schritt dort die weitere Einebnung der Stadt langsamer voran: aus Mangel an Kapital.

4 Der große Fotograf und Stadtvermesser Meydenbauer hat den Alten Dom kurz vor dessen Grablegung noch einmal festgehalten (1894). Anhand dieses Bildes läßt sich anschaulich die zurückhaltende Dimension des Baukörpers und die proportionale Übereinstimmung mit den restlichen Großbauten (Schloß und Neues Museum) begreifen – und auch, welche tortenhafte Entstellung aus Wilhelms Konditorei hier geliefert wurde.

5 Der deutschtümelnden Fraktion der NS war dieses industrielle Berlin immer suspekt; es hatte anarchische, von keiner Folklore und historischen Rückversicherung mehr tangierte großstädtische Züge. Der »technokratische« Flügel der NS hingegen wollte die industrielle Seite durch eigene Großprojekte vor allem im Eisenbahn- und Fernmeldebereich (Fernsehen) weiter vorantreiben. Die »völkische« Fraktion war es, die der Stadt eine lächerliche historische Tiefe mit der Erfindung der 700-Jahr-Feiern (1937) verpaßte; und tatsächlich gingen die dusseligen Stadtväter noch fünfzig Jahre später (1987) in diese Falle. Die Nazi-Memorials waren immer nach demselben Muster gestrickt: Nürnberg zum Beispiel, das eine entschieden sozialdemokratische (Eisenbahner und Siemens) Stadt war, wurde mit den Reichsparteitagen, dem wiedereingeführten »Christkindlesmarkt« und der hypnotischen deutsch-romantischen Fixierung an ein »Reichskleinod« bestraft.

6 Diese »Unkonzentriertheit« bezeichnet sowohl einen allgemein neurasthenischen Zustand, der im Berlin der 20er Jahre mit dem hieroglyphischen Gemeinplatz »Tempo« übersetzt wurde, als auch eine mangelnde stadträumliche Dichte, eine konstitutionelle Unterernährung des riesenhaften Stadtkörpers.

7 Nicht nur ist es die städtebauliche Merkwürdigkeit, von den Wassern weg und im Rücken zu diesen Stadt geworden zu sein, auch die vielen (gut 600) Brücken sieht und spürt man nur selten als solitäre Bauwerke; es ist aber auch der extrem niedrige Grundwasserspiegel, der die Stadt zu ertränken droht, ohne daß je eine wirkliche Überschwemmung sichtbar würde. Nicht wirklich überraschend, daß es bis heute nur unzureichende Darstellungen der Sumpfflüsse Havel und Spree gibt.

8 b[e]rl, altslawisch, aus dem »Berlin« hervorgegangen ist, hat nichts mit dem Bären, dem Wappentier der Stadt, zu tun, sondern bezeichnet ein sumpfiges Gelände.

9 Berlins Untergrund besteht im wesentlichen aus Mergel und Sand, shifting ground, schwimmende Stadt; so gesehen ließen sich New York und Paris, Moskau und Athen als »harte«, Berlin, St. Petersburg und London als »weiche« Städte bezeichnen.

10 Berlins wirkliche Bedeutung von der Mitte des 19. Jahrhunderts bis hinein in die 20er Jahre war die einer gigantischen industriellen Produktionsstätte; die kulturelle Produktion war ein parvenühaft daraus hervorgehendes Surplus. Tatsächlich ist es bis heute, von der riesigen Agglomeration des Ruhrgebiets einmal abgesehen, die größte Industriestadt Deutschlands.

11 Kleine Ausnahme: Zu den wenigen *nicht* von den Alliierten requirierten Zonen innerhalb der Stadt zählt das riesige Gelände einer ReHa-Klinik am Wannsee; durch Zufall war vom Pförtner, 1999, zu erfahren, daß der große Park *nicht* »ehemals amerikanisch« sei, sondern, wie er trocken bemerkte, »alles noch Wehrmacht«.

12 Dieses merkwürdige Wort entstand gegen Ende des 19. Jahrhunderts und bezeichnet die Migrationen der stark expandierenden Industrien (Borsig, Siemens, AEG) aus der Mitte an die feuchten Ränder der Stadt; tatsächlich induzierten diese Randwanderungen den beschleunigten Ausbau des S-Bahn-Rings und die Zusammenlegung der Teilstädte zu Groß-Berlin. Und wenn das Volk in seiner knapp bemessenen freien Zeit mit der fabelhaften S-Bahn über die hochgebauten Bahndämme ins Grüne rauscht und an den Rand wandert, stößt es unvermeidlich ans Wasser, immer nur ans Wasser. Alle Ortsnamen sind Wassernamen. Arno Holz hat es in dem Gedicht »Berliner Himmelfahrtstag« (1886) festgehalten: sie zappeln im Netz der Spinne, auch graphisch.

Wimmelnd voller Menschen, fröhlich voller Pärchen,
wuselnd voller Familien
Saubucht, Schildhorn
Schlachtensee
Onkel Toms Hütte, Pichelswerder, Paulsborn, Alte Fischerhütte.

13 Als Berlin noch durch die Mauer (1961–1989) in zwei ungleiche Hälften zerfiel und die Ränder sich vervielfacht hatten und für viele unerreichbar waren, machte mir 1987 ein Tierschützer im Gespräch den durchaus ernstgemeinten Vorschlag, man solle an den Osten appellieren, die Mauer vor allem im Gebiet des Tegeler Fließes [Sumpfgebiet] mit »faustbreiten« Löchern in Bodennähe zu öffnen, damit Kröten und Kreuzottern wieder einigermaßen natürlich wandern könnten. Die Kreuzotternpopulation war damals in Westberlin auf ca. fünfzig Paare geschrumpft. Gertrud Kolmars verwunschenes Reich, die Berliner Sumpfwiesen ihrer Kindheit – where nobody dies that matters –, war so gut wie ausgestorben, vorbei die Zeit, als *Olmgast* eingeladen zu werden: *Der Olm verschwimmt in wirrer Grotte / Und lud mich ein, / Im Dämmernden allein mit seinem Gotte / Und mit ihm zu sein.*

MOSKAU BERLIN

DIE AUTOREN

ANDREJ BITOW 1937 in Leningrad geboren, freier Autor, u. a. des Romans *Das Puschkinhaus* (1983).

KATJA LANGE-MÜLLER 1951 in Berlin geboren, freie Autorin, u. a. des Romans *Verfrühte Tierliebe* (1995).

HARALAMPI G. OROSCHAKOFF 1955 in Sofia geboren, freier Künstler und Kunsttheoretiker, ein umfassender Katalog zu seiner Petersburger Ausstellung erschien 1999 unter dem Titel *Inhabitants at the Edge of the World.*

BERT PAPENFUß 1956 in Reuterstadt Stavenhagen geboren, freier Autor, u. a. des Lyrikbands *Hetze.*
Gedichte 1994–1998 (1998).

JEWGENI POPOW 1946 in Krasnojarsk geboren, freier Autor, u. a. des Romans *Die wahre Geschichte der Grünen Musikanten* (1999).

LEW RUBINSTEIN 1947 in Moskau geboren, freier Autor, u. a. der seriellen Textkomposition *Immer weiter und weiter. Aus der großen Kartothek* (1994).

MICHAIL RYKLIN 1948 in Leningrad geboren, Philosoph und freier Autor, u. a. des Essaybands *Derrida in Moskau* (1993).

ELKE SCHMITTER 1961 in Krefeld geboren, Journalistin und freie Autorin, u. a. des Romans *Frau Sartoris* (2000).

TATJANA SCHTSCHERBINA 1954 in Moskau geboren, Journalistin und freie Autorin, u. a. des Gedichtbandes *Dialog mit einem Engel* (1999).

TILMAN SPENGLER 1947 in Oberhausen geboren, Journalist und freier Autor, u. a. der Zeitgeist-Studie *Meine Gesellschaft* (2001).

HANNS ZISCHLER 1947 in Nürnberg geboren, Schauspieler und freier Autor, u. a. des literarischen Essays *Kafka geht ins Kino* (1996).